殿さま狸《だぬき》

簑輪 諒

祥伝社文庫

目次

中国・四国周辺図
丹後
馬ノ山
伯耆
羽衣石城
因幡
但馬
若狭
千種川
美作
丹波
京都
伏見城
三日月
播磨
摂津
山崎
龍野城
姫路城
備中
備前
山城
住吉
高松城
大坂城
摂海
瀬戸内海
河内
和泉
淡路
大和
讃岐
大毛島
吉野川
一宮城
徳島城
阿波
紀伊
土佐
北

主な登場人物

◆蜂須賀家

- 蜂須賀家政　蜂須賀小六の嫡男。秀吉の親衛隊である「黄母衣衆」の一員。
- 蜂須賀小六　羽柴秀吉の腹心。木曾川を根城にする「川並衆」の頭領。
- 稲田太郎左衛門（左馬亮）　小六の弟分。生真面目な性格をした武将。
- 比奈　家政の正室。織田信長の側室である生駒吉乃の姪。
- 法斎　家政の家臣。主の周囲に影のように付き従う。
- 東嶽　家政の異父兄。阿波福聚寺で住職を務める。
- 森九華（元村）　阿波の近海を支配する海賊衆「阿波水軍」の先代頭領。
- 蜂須賀家七家老　稲田左馬亮、林図書、中村右近、山田織部、牛田掃部、森監物、西尾理右衛門の七名。いずれも、信長の覇業の草創期から戦場を駆け抜けてきた古兵。

◆羽柴家（豊臣家）

- 羽柴秀吉　織田五大将の一人。のちの豊臣秀吉。

・石田三成《いしだみつなり》　通称は佐吉《さきち》。秀吉の小姓《こしょう》出身で、吏僚《りりょう》として優れた才能を発揮する。
・徳川家康《とくがわいえやす》　豊臣政権下第一の大大名《だいだいみょう》。律義で実直な男とされているが……。

◆毛利家《もうりけ》
・吉川元春《きちかわもとはる》　毛利両川《りようせん》と言われる宿老《しゆくろう》の一人。
・堅田弥十郎《かただやじゆうろう》(兵部《ひょうぶ》)　毛利家の若き重臣。元春を敬慕している。
・毛利輝元《てるもと》　毛利家当主。広大な版図を持つ、中国地方の覇王。

蜂須賀《はちすか》

一

もうずいぶんと長い間、瞬《まばた》きをするのを忘れていたことに気づき、稲田太郎左衛門《いなだたろうざえもん》は慌《あわ》てて目をこすった。ひょっとすると、呼吸さえ忘れていたのではないか。そんな馬鹿げた考えがよぎるほどに、眼前の光景に見入っていた。

向かいの山に、敵がいる。

稲田の立っている物見櫓《ものみやぐら》から半里（約二キロ）先に見える小山に、およそ六千の軍勢が布陣している。軍勢は暮れなずむ夕陽の中で、一糸の乱れも見せることなく、篝火《かがりび》を焚《た》き、槍先《やりさき》をそろえ、空恐ろしいほどに静まっている。

三十も半《なか》ばを過ぎ、その大半を戦場で過ごしてきた稲田でさえ、ここまで見事に統率のとれた軍勢というのは見たことがない。

「敵ながら見事なものだな」

そう横合いから声をかけたのは、一人の若者である。

年の頃は二十三、四。茶漆《ちやうるし》の具足《ぐそく》と朽葉色《くちばいろ》の陣羽織《じんばおり》に包まれた肢体は、大柄でいかにもたくましい。しかし、身体《からだ》の大きさに似合わず、顔つきはまだ少年の匂いを残している。もっとも、それは顔のつくりではなく、どこか人を小馬鹿にしたような、生意気な微笑のせいであるかもしれない。

「……随分と、余裕のあるお顔ですな」

「お前こそ、そう険《けわ》しい顔をするなよ、太郎左。俺たちは今から、あれほどの大敵を出し抜こうとしているのだ。武士として冥利《みようり》に尽きる、なんとも痛快な話じゃないか」

(与太者《よたもの》が)

知った風な口を利《き》くな、と吐き捨てそうになるのをこらえる。もっと楽しめと言わんばかりの若者の態度が、苦渋も敗戦もろくに知らない呑気《のんき》な笑顔と相まって無性に腹立たしかった。

なぜこんな、無知で能天気な与太者のために、命を賭《か》けなければならないのか。

そんな稲田の気苦労など露知らず、若者は相変わらずにやつきながら、

「さあて、そろそろ日も暮れよう。支度《したく》をはじめてくれ、太郎左」

と、茶屋にでも行くような気軽さで言った。

「……承知いたした、家政《いえまさ》殿」

稲田は小さくうなずき、渋々と櫓を下りていった。

やはり、あのとき断っておくべきだったかもしれない。

夕闇の中を駆ける稲田の脳裏には、数刻前の軍議の光景が浮かんでいた。

あのとき、本陣の帷幕《いばく》の内では、十数名の諸将が軍議のために集《つど》っていた。羽《は》柴秀長《しばひでなが》、黒田官兵衛《くろだかんべえ》、浅野長吉《あさのながよし》、杉原家次《すぎはらいえつぐ》……稲田太郎左衛門もまた、その中で床几《しょうぎ》に腰をかけていた。

「おい見ろよ、太郎左」

稲田の隣《となり》に座っている初老の大男が、そう小声でささやいてきた。

男の名は、蜂須賀小六《はちすかころく》。稲田にとっては戦場での上役であり、幼少の頃からの兄貴分でもある。

「我らが大将が、柄にもなく深刻な顔をしていやがる」

小六が指差したのは、本陣の奥に座っている小男である。鼠《ねずみ》に似た貧相な顔を、猿のような矮軀《わいく》にぶらさげ、陽気に微笑をたたえている。

「……あれで深刻なのですか？」

「あれでも十分に深刻だ。あんなに大人しく床几に座っているところなんざ、俺でさえはじめて見たぜ」

冗談とも本気ともつかない調子で小六は言った。

羽柴秀吉《ひでよし》、官名は筑前守《ちくぜんのかみ》。

浮浪児同然の卑賤《ひせん》から身を起こし、類《たぐい》まれなる才覚で成り上がった稀代《きだい》の名将である。いまや天下に最も近い大名である織田信長《おだのぶなが》の軍団長として、六万の大軍を一手に握っている。

小六や稲田にとってこの秀吉という大将は、要するに上役である。ともに織田家の家臣という点で同格だが、命令系統として小六は秀吉の指揮下に、稲田はさらにその下に属する。

だが、それは言わば軍制上の関係であり、小六と秀吉の関係はいま少し複雑だった。

蜂須賀小六は、もともと尾張《おわり》と美濃《みの》の国境の木曾川《きそがわ》を根城とする、川並衆《かわなみしゅう》という野伏《のぶせ》り（野武士）の頭領《とうりょう》だった。

浮浪児時代の羽柴秀吉は、そんな小六のもとに身を寄せる弟分であり、織田家に出仕してからは共に戦場を馳駆《ちく》した朋輩《ほうばい》であった。そして、めきめきと出世していく秀吉を、小六はいつしか腹心として支えるようになっていた。

実質的な主であり、惚《ほ》れ込んだ大将であり、二十年来の友でもある。あえて矛《む》盾《じゅん》をいとわずに表現するのなら、小六にとって秀吉とはそういう男だった。

「しっかしまあ、乱れんなあ」

猿面冠者《さるめんかじゃ》とも禿《は》げ鼠とも称される奇妙な面貌を大げさにしかめつつ、秀吉は言った。

「十倍もの我が軍を前にしながら、わずかな綻《ほころ》びさえ見せぬ。聞けば、敵は背水の陣を敷いているというではないか」

――後《うしろ》ニ渡シタル橋津川《はしづがわ》ノ橋ヲ引落《ひきお》トシ……係置《つなぎお》キタル数百艘《そう》ノ警固船共悉《ことごと》ク陸地へ曳上《ひきあ》ゲ、櫓械《ろかい》不残《のこらず》撲折《うちおら》セラル
と、『陰徳太平記《いんとくたいへいき》』にもあるように、山上に布陣する敵軍は、背後の川に架《か》かる橋を落とし、引き連れてきた数百艘の舟は残らず陸に揚げ、櫓も櫂《かい》もすべて破却し、自らの退路を断った。

十倍の敵と対峙《たいじ》するには、それほどの覚悟がいる。しかし、実際に自らそれを成せる大将は、天下広しといえども決して多くはない。

「さすがは毛利《もうり》家、そして吉川元春《きっかわもとはる》よ。中国の覇王は、あくまでわしらの行く手を阻《はば》み続けるか」

そう言ってうつむいた秀吉の顔が、ありあまる陽気さを抑えかねたように、再び笑み崩れだしていることを、稲田は見逃さなかった。

（……いや、本当に楽しんでいるのかもしれぬな）

かつて、美濃は墨俣《すのまた》の地に短期間で城を築けと命じられたときも、越前金ケ崎《えちぜんかねがさき》で総崩れとなった味方の殿《しんがり》を申し出たときも、そして、中国地方の大半を領する大大名《だいだいみょう》、毛利家の攻略を命じられたときも、秀吉はこんな顔をしていた。

状況が困難であればあるほど、かえって愉快で仕方なくなる。その困難を覆《くつがえ》したときの人々の驚きを思えば、策を練る前から笑いが込みあげてきてしまう。

稲田の知る限り、羽柴秀吉はそういう男だった。

織田家という新興勢力は、急速な膨張を続けている。

尾張から身を起こした織田信長は隣国美濃を平らげ、さらにそのまま西方へ侵攻し、権力の根源地である京を押さえ、四方に勢力を拡大した。

信長は、各方面への侵攻を、配下の軍団長たちにまかせた。北陸《ほくりく》方面は筆頭家老の柴田勝家《しばたかついえ》、関東へは滝川一益《たきがわかずます》、近畿は明智光秀《あけちみつひで》、といった具合である。

そして、毛利家が支配する中国地方へは、羽柴秀吉を大将として抜擢した。

秀吉は、奮闘した。

百や二百はくだらぬ諸城がことごとく敵として牙を剝《む》くなか、それらを一つひとつ均《なら》していく。気の遠くなるような侵攻戦を、秀吉はわずか四年で大きく進め、かつての毛利家の勢力圏のうち、播磨《はりま》、但馬《たじま》、備前《びぜん》、因幡《いなば》が、織田家の版図として塗り替えられた。

——次は伯耆《ほうき》だ。

と、秀吉は新たな目標に向けて軍を進めた。

無論、毛利家としてもこれ以上の侵攻を許すわけにはいかず、毛利家中でも随《ずい》一《いち》の名将である吉川元春を、羽柴軍迎撃のために差し向けてきた。

こうして、すでに織田領となった因幡と毛利領である伯耆の国境付近で、羽柴軍は御冠山《みかんむりやま》、毛利軍はその向かいの馬ノ山《うまのやま》に陣を敷いて対峙した。

天正《てんしょう》九（一五八一）年、十月二十七日のことである。

「野戦でぶつかれば、数の多い方が勝つ」

秀吉は、おもむろに口を開いた。

「……という戦《いくさ》の常道に従えば、こちらが負ける道理はないな。味方は六万、敵は六千だ」

「野戦であればその通りでしょう」

と言ったのは、小六である。

「しかし、あれは違う。馬ノ山は野陣であって野陣ではない」

馬ノ山の標高はおよそ五十五間(約九九メートル)、高さはさほどでもなく、ごくなだらかな小山といえる。

しかし、背後は人馬がのぼりようもない断崖であり、羽柴軍から見て左手には東郷池《とうごういけ》という潟湖《せきこ》が、南方から幾筋も注ぎ込む河水をたたえて横たわり、堀の役目を果たしている。

加えて、吉川元春はこの山の四方に櫓をしつらえ、柵を構え、土塁《どるい》をかきあげ、あたかも城塞《じょうさい》のように防備を構えた。

「要するに、あの陣は城なのです」

石垣《いしがき》も天守《てんしゅ》もないが、馬ノ山の要害は紛《まぎ》れもなく城郭《じょうかく》のそれであり、吉川元春もそう見立てたうえで、あの山頂に「籠城《ろうじょう》」した。野戦ならともかく、城に籠《こも》る敵へ力攻めを仕掛ければ、兵力差がどれほどあろうと大きな損害を被《こうむ》ることになる。

そして、懸念の材料はそれだけではない。

「せめて……」

稲田は力なく声をもらした。

「せめて人質さえ取られなければ、いま少し戦況は容易《たやす》かったでしょうな」

戦場から南方二里半（約一〇キロ）の位置に、羽衣石《うえし》城という小城がある。

城主の南条《なんじょう》氏は、もとは毛利家の支配に従っていた国人《こくじん》領主（在地小領主）だったが、秀吉の侵攻が始まると旗色を変え、織田家に寝返った。毛利家は南条を征伐するべく何度か軍勢を送り込んだが、羽衣石城は切り立った岩山に囲まれた峻嶮《しゅんけん》の地で、容易に攻め落とすことができない。

毛利家は、戦術を変えた。

羽衣石城に、兵糧《ひょうろう》攻めを仕掛けたのだ。

城主南条氏の領内では至るところで放火、稲薙《いなな》ぎが行われ、城内は兵糧の欠乏に見舞《みま》われた。

さらに毛利家は、いくつもの付城《つけじろ》を築いて羽衣石城を遠巻きに取り囲み、城へ通じる諸道をことごとく封鎖した。この包囲により、羽衣石城は兵糧を運び入れることも、城から脱け出すこともできずに、いまにも立ち枯れそうな状況にある。

城を見捨てることは簡単である。街道から遥《はる》かに外れた山奥の小城など、敵に取られたところでさしたる影響もない。

(しかし、羽柴様にはそれができない)

そう思った稲田の内心をなぞるように、

「羽衣石城を見捨てるわけにはいかん」

と、秀吉は小さくこぼした。

「城主の南条がどういうつもりで織田家へ寝返ったのかは知らぬ。毛利に対して不満があったのかもしれんし、単に己の立身という欲に目がくらんだだけかもしれぬ。――しかし、どんな肚《はら》づもりであれ、あの男は毛利の大軍勢と敵対することを覚悟し、我らに与《くみ》した。そして、未《いま》だに城を開くことなく、兵糧攻めに耐え続けている。南条は信じているのだ。羽柴秀吉であれば必ず救援する、決して味方を裏切らぬとな」

そういう男を見捨てたとすれば、誰がこの先、織田家の傘下に降《くだ》ろうなどと考えようか、と秀吉は喉《のど》を震わせ、いまにも泣きだしそうな声で言った。

これこそが、この男の光彩だ。

稲田は、今さらながらそんなことを思わずにいられない。

秀吉は人を殺さぬ大将である、という評判は天下に知られている。この男はどれほど不利であっても味方を見捨てようとはせず、たとえ敵であっても死者が多く出るような戦術を出来る限り避けてきた。

それが秀吉個人の人格に由来するものなのか、高度な計算から出るものなのか、長きにわたって小六と共につき従ってきた稲田さえ、はっきりとはわからない。

だが、秀吉がどんな肚づもりであったとしても、その信念を半生にわたって貫《つらぬ》き続けてきたこと自体が、一種の威徳となっている。

稲田の察するところ、卑賤に過ぎなかった秀吉を今日《こんにち》の身分にまで押し上げたのは、なによりもこの不思議な信念だった。それがなければ、ついに小才の利く小間使いで終わり、大将として重んじられることはなかっただろう。

そして、敵将の吉川元春が衝《つ》いてきたのは、まさにその信念だった。

秀吉は、兵糧攻めを受けている羽衣石城を見捨てることはできない。そして、城を救うための方法は二つしかない。

城の解放を条件に毛利方の要求――たとえば、伯耆、因幡からの撤退――を呑《の》むか。

あるいは、馬ノ山に陣取る吉川元春を早々に打ち破るか。

吉川元春が仕掛けたのは、その選択のいずれかを強いる示威籠城戦であり、いわば羽衣石城という人質を握った立て籠りというわけだった。

「こうしている間にも、羽衣石城は飢え苦しんでおる。選べる道は二つだけだ。いずれを採るべきか、皆の考えを聞かせてくれ」

そう秀吉は言ったが、即座に答えられる者はいない。

重苦しい沈黙の中で、稲田は考えを巡らせる。

当然、毛利に屈することはできない。伯耆から兵を退《ひ》けば、羽衣石城は助かるかもしれないが、代わりに稲田も小六も秀吉も、主《あるじ》の信長によって殺されてしまうだろう。

となれば、やはり大損害を覚悟してでも、馬ノ山の敵陣に打ち掛かるしかない。

「二つの方策、いずれも採り難くはありますが、やはりここは……」

と、稲田が自身の結論を述べようとしたときだった。

「いや、もう一つありましょう」

不意に、妙に間延びした声が上がった。

居並ぶ重臣たちのいずれの言葉でもない。声を発したのは、近習《きんじゅう》として秀吉の傍《かたわ》らに控えている大柄な若者だった。

「黙っていろ、家政」

言うなり、小六は立ち上がって、家政と呼ばれた若者を睨《にら》み据《す》えた。その双眸《そうぼう》には、すでに戦場と変わらない殺気がゆらめいている。

しかし、若者はひるむどころか平然と、微笑さえまじえながら、「なぜ黙らねばならぬ？」などと挑発するようにのたまった。

「わけを説《と》かなきゃならねえか？　お前のような阿呆《あほう》には」

「ああ、ぜひご教示いただきたいね」

不敵に笑いながら、若者も応じるように立ち上がる。

「俺はあんたの配下でもなければ家来でもないし、蜂須賀家の部屋住みでもない。たかが百五十石とはいえ、自立して禄《ろく》を食《は》む織田家の直臣《じきしん》だ。その俺が、なにゆえあんたに黙れなどと命じられなきゃいけないのか、教えてくれないか――親父殿」

（あっ）

そこでようやく、稲田も思い出した。

蜂須賀家政。

羽柴軍の指揮下に属する織田家臣であり、秀吉の親衛隊である黄母衣衆《きほろしゅう》の一員であり、そしてなにより蜂須賀小六にとって、たった一人の跡取り息子だった。

なにぶん、羽柴軍は六万もの大所帯であり、部署が違えば数年も顔を合わせないということも珍しくない。稲田自身、こうしてまともに家政を見たのは五、六年ぶりだった。

まさかしばらく見ないうちに、こんなはねっかえりの与太者になっていたとは。

「ドラ息子が」

呆然とする稲田の横で、小六はぺっと唾《つば》を吐き捨てた。

「お前のような軽輩に、この場で口を挟《はさ》む資格があると思うか？　戦陣にあって軍議を乱した罪は万死《ばんし》に値する。手討ちにされたくなけりゃ、今すぐ手をついて皆に詫びろ」

「嫌だね」

　家政はせせら笑う。

「馬ノ山のような要害に策もなく打ち掛かれば、味方がどれほどの痛手を被ると思う？　俺は間違ったことは言っていない。命惜しさに曲事《くせごと》に服するくらいなら、手討ちにされた方がまだましだ」

「そうかよ」

　はっと稲田が気づいたときには、小六はすでに家政の前に立っている。そうして佩刀《はいとう》の柄《つか》に手をかけ、今にも白刃を抜き放ちそうになった。

　そんな小六と家政の間に、小さな影が立ちふさがった。秀吉だった。

「まあ待て、小六」

　秀吉は思いきり背伸びをして、小六の肩をぽんぽんと叩いた。

「お前の申すことはもっともだ。しかし、軽輩といえばこのわしも、もとは信長様の草履《ぞうり》取りからの成り上がりよ。そういう者の知恵が、意外に役立つこともある」

そう言って今度は家政に向き直ると、

「話すがいい、家政。お前のいう『もうひとつの方策』とやらを。ただし、それが下らぬものであれば……わかっておるな？」

秀吉は相変わらず陽気に、笑いながら言った。しかし、家政の献策が期待外れであれば、本来の処分を容赦なく実行に移すだろう。人を殺さぬ大将と名高き秀吉であればこそ、味方の損害につながる軍規の緩《ゆる》みを決して見過ごすことはない。

しかし家政はやはり平然と、どこか童《わらべ》じみた生意気な笑みを浮かべつつ、秀吉の前にひざまずいた。

「羽柴様の、仰せのままに」

それから間もなく陣卓の上に、地元の者に描かせた即席の地図が広げられた。

家政はその地図をいちいち指し示しながら、学問の講義でもするように策について説明した。

「馬ノ山は捨て置きます。要は、羽衣石城に兵糧が運び込めればいいのです。それさえできれば、羽衣石城は人質の体《てい》をなさなくなり、兵数に劣る吉川元春は撤退せざるを得なくなる。敵に頭《こうべ》を垂《た》れたり、無謀に力攻めを仕掛けるよりもよほど得策ではないかと」

「ふっ」

稲田の横で、小六が苦笑をもらした。言葉で否定するのも馬鹿馬鹿しい、羽衣石城へと続く道は、毛利方によって残らず封鎖されているではないかと、この父は考えているのだろう。

「して、お前はいかにしてそれを成す？」

「単純なことです」

興味深げに目を輝かせる秀吉に、家政はくるりと向き直った。

「敵が封鎖していない道を使って、兵糧を運び込みます」

秀吉の表情が、みるみるうちに渋くなる。

「……酔っているのか？」

「あいにくと、私は下戸《げこ》です。酒は舐めただけでも目が回る」

「この伯耆は、敵の領国ではないか」

当然ながら、敵はこちら以上に地形を熟知している。ましてや、大将は名将で知られる吉川元春である。わずかな抜け道や獣道《けものみち》であろうと見逃すような愚を犯すはずはない。

秀吉が指摘するそれらの事実に、家政はいちいち首肯したが、最後に「しかしながら」と意味ありげに言うと、再び地図に目を落とした。

「知り尽くしているのが、むしろ付け入る隙なのですよ。ここから南方の羽衣石城へと続いている道が、毛利方には道に見えていない。だからこそ、吉川元春ほどの名将が、あり得ない失策をしてしまった」

そして、右手をゆっくりと巡らせ、地図上のある一点を指差した。

一瞬の沈黙。

だがそれは、すぐに破られた。向かいの山まで届きそうなほど、ひどく大きな笑い声によって。

稲田が地図から顔を上げると、秀吉が腹を抱えて盛大に笑い転げていた。

「なるほど、その手があったか。おい、小六！」

「はっ」

「お前の配下から墨俣以来の熟練の者を選んで、家政に預けろ。今宵、敵の隙を衝き、羽衣石城に兵糧を運び込む」

墨俣、という言葉に小六の厚い唇がにやりと歪《ゆが》んだ。

「しからば、稲田太郎左衛門を補佐役につけましょう」

「えっ！」

思わず、稲田は頓狂《とんきょう》な声を上げてしまった。

「兵だけが熟練でも、大将が青二才では心もとない。太郎左ならば、川並衆でも最古参の一人、墨俣以来の軍練老巧の者ゆえ、万事上手《うま》く計らいましょう」

口を挟む暇もない。稲田が呆気に取られているうちに、小六は手早く話を進め、秀吉も「うむ、まかせたぞ。太郎左」などと言ってそれを承認してしまった。

（私が、あの与太者の補佐を？）

暗澹《あんたん》とする思いで、改めて家政を見る。稲田が補佐を命じられたこの若者は、これから戦に出るというのに、まるで緊張感のない態度で、気だるげに首などを揉《も》んでいる。そのまま放っておけば、あくびさえもらしそうだった。

そんな家政に、小六がふと声をかけた。

「家政、初陣《ういじん》はいつだった？」

「姉川《あねがわ》の合戦だよ」

舌打ちまじりに父親を一瞥《いちべつ》し、そっぽを向いてぶっきらぼうに答える。だが、小六はそんな家政の不遜《ふそん》を咎《とが》めることなく、ただにやにやと笑っている。

「とすれば十年ほど前か。ははあ、まだ元服《げんぷく》もしていなかった頃だな」

「それがどうしたってんだよ」

「いや、この戦はお前にとって二度目の初陣だと思ってな」

「はあ？」

怪訝《けげん》な表情を浮かべる家政を、小六は愉快そうに眺めている。

二度目の初陣。意味の通らぬ、矛盾した言葉。その語に込められた意図がなんであるのか、端《はた》で聞いている稲田にもまるでわからない。

「太郎左、よく見ておけよ」

傍らの稲田に、小六はひそひそと囁《ささや》いた。補佐役として目を離すな、ということだろう。稲田は生真面目に襟《えり》を正し、決意を固めて小六に向き直った。

「役目は必ず果たします」

「馬鹿、そうじゃねえ」

鬚《ひげ》の濃いたくましい顎《あご》を撫でながら、小六はゆっくりとかぶりを振った。

「見逃すなってことさ。こんな面白いもの、そう見られるものじゃないぜ」

——蜂須賀家政という武将は、この戦でもう一度生まれることになる。

まるで謎でもかけるように、小六はそう付け加えた。

二

「——嘘《うそ》だろう？」

翌朝、毛利軍大将吉川元春が、最初に口にした言葉がそれだった。

羽衣石城に、兵糧が運び込まれた。おそらくは、昨晩のうちに。

そんなあり得ない報告が、領内に放っていた諜者の一人からもたらされたのである。元春は寝所から跳ね起き、自ら確かめるべく山頂の物見櫓に上った。

明けたばかりの陽光が、朝靄《あさもや》のただよう山野を照らしている。馬ノ山の山頂からは、周囲の景色を一望することができる。

しかし、元春にはその美しい自然に心を寄せる余裕などなかった。その目にまず飛び込んできたのは、遥か向こうの羽衣石城から狼煙《のろし》のように上がっている、飯炊きの煙だった。

元春の驚嘆にさらに追い打ちをかけるように、馬ノ山の陣所には次々と新たな報告がもたらされた。そのどれもが、羽衣石城に兵糧が運び込まれたことを——その方法と実行者さえも、裏付けるものだった。

「卍の旗だと？」

そのような意匠《いしょう》の旗が、羽衣石城に掲げられているという。無論、城主である南条氏のものではないし、ほかの伯耆国人の紋《もん》でもない。この珍しい旗の持ち主は、元春の思い至る限りただ一人だった。

「……蜂須賀だ」

羽柴軍の柱石《ちゅうせき》、蜂須賀小六。

その前身は、尾張と美濃の国境を流れる、木曾川を根城とする「川並衆」である。

武士にせよ、百姓にせよ、或《ある》いは猟師や木こり、僧侶や公家《くげ》であっても、この国の多くの人間は土地を基盤として生活を営んでいる。

だが、川並衆は違う。彼らの基盤は米でも土地でもなく、川だった。彼らはときに水上の荷運びを務め、ときには川を渡る者から通行料を取る代わりに、渡す間は護衛を務めて安全を保障した。

といって、彼らは単なる水運業者や河川の管理者ではない。通行料を払わず川を渡ろうとする者には容赦《ようしゃ》なく襲いかかったし、戦が始まれば各地の大名に雇われて勇猛に活躍した。

川並衆は水運と水賊《すいぞく》と傭兵《ようへい》を一手に兼ねたような、乱世なればこそ成立し得た奇妙な集団だった。

（……東郷池へ南方より注ぎ込む河川を、奴らは舟で遡《さかのぼ》った。そうして包囲の穴をまんまとくぐり、羽衣石城へ兵糧を運び込んだのだ）

本来、そんなことができるはずはない。流れに逆らい、櫂や棹《さお》だけを頼りに川を遡上するだけでもよほど難しく、まして荷をたっぷり積んだまま、真夜中に松明《たいまつ》も持たず、地勢も十分にはわからぬ敵国でそんな方策をとるなど、無謀にもほどがある。

だからこそ、元春ははじめから羽柴軍が河川を通ることなど考えず、背水の陣のために舟も櫂も残らず放棄し、水上には一切の警戒を払わなかった。

しかし、川並衆に限っては、そんな無謀な策さえ成しうるのだ。川を住処《すみか》とし、生死も盛衰も川と共に重ねてきたあの者たちなら、見知らぬ川を遡ることも、己の庭を歩くのと変わるまい。

――公（家政）、独リ手下ノ兵ヲ率《ひき》ヰ、計《はかりごと》ヲ以《もつ》テ糧ヲ城中ニ輸《ゆ》シテ還《かえ》リ、一卒モ損セズ（『蜂須賀家記』）

鈍痛にも似た敗北感が、元春の全身に染みわたっていく。立ち続ける体力も、物事を考える気力も、すべてが緩やかに削り取られていく。

しかし、この痛みに浸り続けてはいられない。

「弥十郎《やじゅうろう》」

元春は、傍らに控える少年を招き寄せた。

「数日中に陣を払う。敵に気取られぬよう密かに備えを進めよ」

「承知いたしました」

大将の仕事は、むしろ負けてからである。敗勢の中でいかに手を打ち、しぶとく最善へとにじりよるか。それは、一つ間違えれば主家が吹き飛ぶ、「名将」にしかできない仕事であると、元春は軽い自嘲《じちょう》とともに自分に言い聞かせた。

三

「よう、どうだった。二度目の初陣は」

本陣で秀吉への報告を済ませた帰り、稲田と家政は不意に声をかけられた。

蜂須賀小六が、陣幕のすぐそばで煙管《きせる》を吹かしながらたたずんでいる。

「なんの用だよ」

家政がじろりと睨みを飛ばす。

「そうつんけんするなよ。父が我が子の大功をねぎらいに来たってのに」

「父？」

家政は鼻で笑った。

「この程度の策も思いつかないような老いぼれを、そんな風には呼びたくないな」

「家政殿！」

稲田は慌てて制止した。このまま剣呑な会話を続けさせていては、親子で斬り合いすらはじめかねない。

しかし、小六は暴言にも動じず落ち着き払った様子で、懐《ふところ》から一枚の書状を取り出し、稲田に手渡した。

書状を開いた瞬間、稲田は息を呑んだ。そこには昨晩、稲田と家政が実行した策の全てが、従事する人員の姓名や兵糧の数、地形の特徴や敵の配置に至るまで事細かに記されていた。

「……なんだよ、これ」

家政がいかにも不服そうに口を尖らせる。

「軍議の後に、藤吉郎《とうきちろう》（秀吉）に渡そうと思っていたもんだ」

「こんな小細工までして、負け惜しみかよ」

「そう思うか？」

「思うね。前もってあんたが同じ策を思いついていたのなら、軍議で俺を止める必要なんかない。実は自分も考えていたと、この紙切れを出せばよかったじゃないか」

「それでは軍規が軽んじられ、士気が乱れる」

あの軍議の場で家政がしたことは、軍中の秩序を乱す越権行為である。それが、小六の一言で曖昧《あいまい》に済まされてしまうようでは、六万もの軍勢はとてもまとめてはいけないだろう。

「だったら、なんで初めからこの策を提案しなかった？　あと一歩で、無謀な力攻めが行われるところだったぞ」

「力攻めの方が都合がいいからな」

紫煙をゆらゆらとくゆらせながら、小六は答えた。

「力攻めなら、開戦は翌朝になるだろう。前夜から全軍が戦支度を始めれば、当然その報は馬ノ山の毛利軍にも届く。毛利軍は防戦のために兵力をかき集め、守りを固め、諸道の封鎖は二の次になる。もちろん、川の警戒もさらに緩むだろう」

「あんた、味方を騙そうとしたのか！」

「ああ。必要だったからな」

激昂する家政を尻目に、小六は涼《すず》しい顔で言った。その口元にはいつしか、からかうような微笑が浮かんでいる。

「なにもそんなことまで……」

「というからには、お前は俺以上に手を尽くしたんだろうな？　この無謀な策を成功に導くために」

「それは……」

家政は言葉につまった。

「家政よ、毛利軍が川を警戒していないと突き止めたところまではいい。だが、その川を遡上できると考えた根拠はなんだ？」

「川並衆の腕なら、そんなものなんでもないだろう」

「ほう、お前が川並衆のなにを知っている？　此度《こたび》は兵を三十ばかり貸してやったが、そいつらの姓名を一人残らず言えるか？　腕はそれぞれどの程度のものか把握しているか？」

家政は、答えられない。今日まで、秀吉の親衛隊である黄母衣衆に属していたこの若者に、川並衆の実態などわかるはずがない。

「俺はただ、川並衆の技量を信じて……」

ようやく絞り出せたのは、その一言だけだった。

「信じる、ねえ」

小六はくっくと低く笑った。

「いい言葉だなあ。まったく、この世にこれほど好かれる言葉もないだろうよ。だからこそ、誰も彼もがこぞって言い訳に使いたがる」

「言い訳だと？」

「そうじゃねえか。お前は信じるということを言い訳にして、それ以上はなにもしなかった。将たる者は、極限まで考え、案じ、手を尽くし続けなければならないというのに、その責を途中で放り投げた。信じるなんてのはな、人の上に立つ者が使うべき言葉じゃねえ。俺たちの仕事は、信じるのではなく信じられることだ」

家政は無言でうつむいたまま、ただ小六を睨み上げている。小六もまた、その視線に身を晒《さら》したまま、静かにその場に立ち続けている。

沈黙は、どれほど続いただろうか。

「……わかったよ」

聞き取れないほどに小さな声で呟《つぶや》くと、家政はぷいと背を向けて去って行った。稲田はほっと息をついた。いつどちらかが刀を抜くか、間に立っていて気が気でなかった。

「面白いやつだろう?」

小六は相変わらず愉快そうに、くすくすと忍び笑いさえもらしている。

「わかったよ、だとよ。うるせえよ、とでも言えばいいのにな」

「はあ……」

結局、稲田にはわからない。

蜂須賀家政という武将の賢愚《けんぐ》も、あの若者がなにを考えているのかも、そして父である小六の真意がどこにあるのかも。

「二度目の初陣とはなんのことです」

出陣前にも、そしてつい先ほども、小六はそんなことを言っていた。しかし、初陣に二度目などあるはずがないし、家政は十年も前にそれを済ませているではないか。

そんな意味のことを稲田が問うと、

「黄母衣衆の蜂須賀家政ならな」

と言って、小六はにやりと口元を歪めた。

「しかし、昨晩はあいつにとって、初めての戦だったはずだ。膂力《りょりょく》と勇気のみを競う槍働きではなく、川並衆とその統率者としての戦だったのだから。――つまりはそれが、家政の狙いだ」

「……狙い？」

「あいつはただ、川並衆を率いてみたかっただけなのさ」

「まさか！」

そんなことのために、あんな無茶をするはずがない。そう口にしかけたところで、稲田は思い返す。

――ではほかに、どんな方法がある？

よほどのことがなければ、小六が配下の川並衆をまかせるはずはない。秀吉も、まさか黄母衣衆の家政に川並衆としての働きを命じたりはしまい。

軍規違反による処刑をも覚悟した、命賭けの献策。あまりにも無謀だが、家政が川並衆を率いるには、それ以外の方法はない。

「しかし……」

稲田には理解し難い。すでに、家政は槍働きで十分に評価され、秀吉の親衛隊である黄母衣衆に抜擢されるという栄誉まで得ている。そのうえ、いずれは蜂須賀家の家督を継ぐ立場にさえある。

「これほど満ち足りた境遇でありながら、なにゆえ命を賭けてまで、家政殿は川並衆にこだわったというのです」

「さあてな」

煙管を美味《うま》そうに吸いながら、文字通り煙に巻くように小六は言った。

「なにはともあれ家政は、曲がりなりにも毛利軍と吉川元春を化かしきった。味方の羽柴軍でさえ、そのひそやかな望みにまで気づいた者はいないだろう」

「私にはそう大した男には思えません」

稲田は眉をひそめる。

「多少小才は利くようですが、此度の策にしても手抜かりが多すぎる。羽衣石城を救えたのは、言わばまぐれ当たりです」

「だが、挑まなければ、まぐれや偶然すら手に入らない。存外、ああいう分《ぶ》をわきまえない与太者が、大きなことを成し遂げるかもしれないぞ」

（大きなことをやらかす、の間違いではないか）

いずれ大失策をして、蜂須賀の家督も領地もなにもかも没収されるのではないか。家政の与太ぶりを見ていると、稲田はそんなことを危ぶまずにはいられない。

しかし、小六はそんな稲田の話を聞くとますます愉快そうに笑み崩れ、

「それはそれで楽しみだ」

などとうそぶいた。

無論、小六や稲田は知らない。彼らだけでなく、当の蜂須賀家政でさえ、自身が将来行う「大きなこと」について、このときはまだ知る由もなかった。

中原《ちゅうげん》の鹿

一

——お前は何者だ。

そう自身に問いかける癖《くせ》がいつから始まったのか、蜂須賀家政にはもはや思い出すことができない。遥か昔から続いている気もするし、つい最近のことのようにも思える。

いや、始まりが問題なのではない。問題になるのはいつでも終わりの方だ。家政は今も、答えの欠片《かけら》さえ投げ返せぬまま、終わりの見えない回廊を歩くように、人知れず自問を繰《く》り返している。

——お前は何者だ。

蜂須賀家嫡男《ちゃくなん》。羽柴軍黄母衣衆。

そんな境遇を羨《うらや》ましがられることもある。継ぐべき家があり、支えるべき大将がおり、務めるべき役目さえある。その中のどれ一つとして、ついには手に入れられずに生涯を終える者もいる。

だから、満足すべきだ。そんな風に思い込もうとしたこともあった。しかし、本当に満ち足りていると言えるのだろうか。

蜂須賀家嫡男。羽柴軍黄母衣衆。

その肩書を脱いだとき、蜂須賀家政という一人の男になにが残る。槍働きに自信がないわけではない。戦功もそれなりに立ててきた。身体も大きく、膂力もあり、場数も他人に劣らぬつもりだった。

だが、それがなんだというのだろう。一騎駆けの武勇など、老いれば衰え、傷つけば失われ、歳月が過ぎれば追憶でしかなくなる。武勇や武功が水のように零《こぼ》れ落ちたのち、自身の手のひらにいったいなにが残るというのか。

家政は自答なき自問を繰り返す。なにも持たない、なにも見えていない己を幾度となく確かめる。悪夢にうなされ続けるように、自傷に惑溺《わくでき》していくように。

「そのように呆《ほう》けられていては困りますな」

不意にかけられた声で我に返ると、しかめっ面をした中年の武士が、家政の傍らに立っていた。

「こんなところで、なにをしておられるのですか」

稲田は眉をひそめた。家政は川のほとりに腰かけ、釣《つ》り糸を水面《みなも》に下ろしている。悩みなどまるでなさそうな緩みきった顔つきが、稲田の姿を見とめた途端、みるみるうちに渋くなった。

「……太郎左、備中《びっちゅう》にいたんじゃなかったのか」

「じきに、上方《かみがた》から備中に援軍が送られてきますからな。私は小荷駄奉行《こにだぶぎょう》ゆえ、戦陣と後方をなにかと行き来せねばなりません」

天正十（一五八二）年、五月下旬。

伯耆馬ノ山における毛利軍との対陣から、半年あまりの歳月が過ぎている。

現在、羽柴軍は山陰道《さんいんどう》からの侵攻を一旦休止し、山陽道《さんようどう》の毛利領である備中を攻めている。

その前線へ、間もなく味方の援軍が差し向けられる手筈になっている。一万を超える援軍を滞《とどこお》りなく動かせられるかは、物資の手配や街道の整備などを司《つかさど》る、小荷駄奉行の働きにかかっていた。

「とはいえ、裏方は裏方にござる。一城の主たる家政殿に比べれば、とても……」

「主なものかよ」

家政は気だるげに自嘲した。

「城代《じょうだい》なんぞ、ただの留守番じゃないか」

蜂須賀家政は、前線から遥か後方の、播磨《はりま》龍野《たつの》城の城代に任じられている。

この龍野城は、羽柴軍が播磨を平定したのち、五万三千石の領地と共に蜂須賀小六に与えられた城であり、家政は本来の城主である小六の代わりに、この城の守りを務めている。

「結構なお役目ではないですか。自らの城をまかせるなど、お父上に見込まれている証《あかし》でございましょう」

「目ざわりなドラ息子を遠ざける、体のいい口実ができたと思ったんだろう。だいたい、お前もお前だ。小荷駄奉行の仕事が忙しいのなら、こんなところに寄らずともよいだろう」

「家政殿がきちんと城代を務めておられるなら、私もわざわざ、街道外れの龍野まで見回らずに済むのですがね」

「城に戻ってもやることがないんだよ」

不服そうに、家政が口を尖らせる。

「政務なら、付家老《つけがろう》の牛田又右衛門《うしだまたえもん》が取り仕切っている。俺が城にいない方が、かえって仕事がやりやすいだろうよ」

「それで、仮にも城代たるお方が、城を脱け出して釣りを？」

「怖い顔をするなよ、魚が逃げる」

そのとき、川面《かわも》で波がしぶいた。家政は慌てて竿を引いたが、上がってきたのは空の釣り針だけだった。

「ほらみろ、逃げられた」

と、家政は咎めるように稲田を睨みつけてきた。

「私のせいではありませんよ」

「なら、俺か？」

「城におられず釣りばかりしていて、魚に顔を覚えられたのでしょう」

ふん、と面白くなさそうに鼻を鳴らし、家政は再び釣り糸を垂らした。あくまで城に戻るつもりはないらしい。稲田は呆れるとともに、「ドラ息子を遠ざけるために城代を命じた」という家政のへらず口も、まんざら外れていないような気がしてきていた。

「どうも、この竿は釣れないな。……法斎《ほうさい》！」

「はい」

いつからいたのか、茂みの陰からすっと人が出てきて、家政の傍らに控えた。普通なら驚くべきところだが、稲田はすでにこの人物を見知っている。近頃、家政がどこかから連れてきて召し抱えた男である。

（相変わらず、胡散《うさん》臭い男だ）

身体の節々に見える刀傷や、立ち振る舞いからすると、元々は武士だったのだろう。年の頃はまだ四十半ばといったところだが、法斎などという号を名乗り、隠居風に頭を剃《そ》りあげている。

しかし実際に隠居をするわけでも、僧籍に入るわけでもなく、外見だけはそれらしく繕《つくろ》って武士を続け、しかも家政のような若造に微禄で仕え、小間使いのような扱いに甘んじているとは、どういう了見なのだろう。

家政が竿を突き出すと、法斎はニコニコと穏やかな微笑を浮かべたままそれを別のものと取り換え、

「餅《もち》にございます」

と、竹皮で包んだ豆餅と、水筒を左手で差し出した。

「食べるか、太郎左」

「いえ……」

内心、苦々しく思いながら、稲田は家政と法斎を交互に見た。多くもない禄で召し抱えた人間を単に雑用として使っている家政と、その家政を甘やかし続ける法斎……何度見ても、気に食わない光景だった。

今日こそは、よほど一言申してやろうかと思ったが、「俺が俺の禄をどう使おうが、家臣になにをさせようが、お前が口出すようなことではないだろう」などと屁理屈《へりくつ》で突っぱねられるのが目に見えている。

そんな稲田の気などまるで知らぬ様子で、家政は美味《うま》そうに餅を頬張り、あっという間に食べ終えると、再び釣り竿を手にした。

「ときに、備中の陣はどんな様子だ」

視線を川に向けたまま、家政は口を開いた。

「聞けば、大変なことになっているそうじゃないか。高松《たかまつ》の城は」

「それはもう」

大変などというものではない。毛利方の最前線拠点、備中高松城の現況は、前代末聞としか言いようのない有様だった。

高松城の守りは、堅城の名にふさわしいものだった。周囲はぬかるんだ低湿地によって攻城軍の進退が難しく、城に籠る将兵も決死の覚悟を決めており、力攻めで落とそうと思えば何年かかるかわかったものではなかった。

ゆえに、秀吉は力攻めを避けた。

かといって、調略や兵糧攻めを行ったわけでもない。秀吉が行ったのは、そのような軍略戦策の類《たぐい》ではなく、言うなれば巨大な土木工事だった。

秀吉は、蜂須賀小六を総責任者に任じ、二十六町（約二・八キロ）にも及ぶ長大な堤《つつみ》を築かせて、高松城をぐるりと取り囲んだ。その堤の内側に、河水を流し込んだのである。

おりしも季節は梅雨《つゆ》であり、連日の雨によって川のかさは増している。さらには、高松城周辺の土壌は低湿地で、いかにも水が溜まりやすい立地だった。

数日のうちに堤内は水で満ち、高松城は突如として出現した大湖の中で孤立した。

もはや、城方はいかなる抵抗をしようもない。日々上昇する水位に城が全て呑み込まれるか、城兵たちが音を上げるか、いずれにせよ遠からず高松城が落ちるのは明らかだった。

　敵を城ごと、水で沈める。

　そんな大それた方法で戦に勝った者が、かつて存在しただろうか。稲田自身、なにもないところに巨大な湖が出現する有様を間近で見ながら、己の目に映った光景を半ば夢のように感じていた。

　家政は、うつむいたまま沈黙している。さすがにこのひねくれた若者も、皮肉や憎まれ口を叩くような気が起きないらしい。

　やがて、思いつめたような口ぶりで、

「太郎左、俺はひねくれものだ」

　とつぶやいた。

（存じております）

　とは、さすがに稲田も言いかね、愛想笑いを浮かべたまま、言葉の続きを静かに待った。

「……なんと言うべきかな。俺の親父はあの通り、羽柴秀吉という大将に惚れ込んで、己の人生を、羽柴様を支えることに賭けてきた人だろう？　親父殿は、昔からしきりに、藤吉郎はすごい男だ。あれこそ天下を切り回す大器者だ、などと口癖のように言っていた」

軒先から雨だれが落ちるように、家政はぽつりぽつりと、どこかたどたどしく言葉を紡《つむ》いでいく。普段の、人を虚仮《こけ》にするような軽口とは明らかに違う。ただ、自分の中の感動を持て余し、誰かに話さずにはいられなかった……稲田の目には、そのように映った。

「俺はひねくれものだ。性根のねじ曲がった男だ。親父殿が羽柴様を褒めれば褒めるほど、かえって、それほどの者でもあるまい、と小さく見ようとしてしまっていた。だが、そんな俺にもようやくわかった。いや、わかってはいたのだが、とうとう認めざるを得なくなった」

そう言って家政は顔を上げ、目を細めて遠くの空を見つめた。

「羽柴様は、すさまじい大将だ。なるほど、親父殿の申す通り、天下に二人といない名将だろう」

「されば」稲田は、ほんの少し揶揄《やゆ》するような気持ちで「その羽柴様の才覚を、誰よりも早く見抜いたお父上のことも、素直に名将と認めねばなりますまい」

と言った。

「……ふん」

家政はぷいと顔を逸《そ》らし、

「どうも今日は釣れないな。城に戻るか」

と言って、法斎に竿と魚籠《びく》を預け、億劫《おっくう》そうに立ち上がった。


「見ろ、太郎左」

龍野城に向かう道中で、家政が道端を指差した。見ると、十坪ばかりの小さな畑が一枚ある。作物と思しき背の低い草は、紫がかった紅色の蕾《つぼみ》をつけていた。湿気を含んだ午後の風に、花は静かに揺れている。

「なにを育てているかわかるか？」

「はて」

稲田は首をひねった。畑の中に植えられているのは、どうやら蓼《たで》のように見える。しかしまさか、蓼のようなどこの道端にでもある雑草を、わざわざ畑に植えたりはしまい。

「なんだ、知らんのか。あれは藍《あい》だよ」

家政が意地悪くにやつきながら言った。

言われてみれば、稲田も似たような畑を見たことがあるような気がする。もっとも、この頃、染料の藍の産地といえば摂津《せっつ》か山城《やましろ》が大半を占めており、まさか播磨でも作られているとは思いもよらなかった。

「摂津などに比べると少ないが、この播磨でも古くから藍作が行われているのだ。龍野よりもう少し南の、飾磨《しかま》の藍畑などはなかなかに盛んだぞ」

「しかし、あのような紅色の花が、染め出すと藍色になるのですか？」

「いや、染物に使うのは葉だそうだ。ところで備中高松の辺りでも、藍畑をやっていただろう」

「はて、どうでしたかな」

「やっていたはずだ。そうでなくては、水攻めなど出来るはずがない」

歩きながら、家政は次のようなことを説明した。

藍というのは、水気の多い川沿いを好む。それも、たびたび洪水を起こすような暴れ川の付近を好むのだ。なぜならば、藍は同じ土での連作を嫌うため、氾濫《はんらん》によって上流から頻繁《ひんぱん》に堆積土《たいせきど》が運び込まれるような、水害の地が最も栽培に適している。

「どこでこのような知識を？」

「どこでだっていいじゃないか。結局、俺はこんなことを知っていても、高松の様子を思い浮かべるくらいしかできないのだから」

家政は変わらずにやついていたが、その笑みはどこかぎこちない。

「だが、名将というのは違う。この藍を見ただけでも、水攻めという古今に例《たとえ》のない策を思いつく。あるいは自ら思いつかないまでも、その策が十分に成し得ることを即座に理解する」

（まさか）

家政は、自分と小六を比べて落ち込んでいるのか。

（だとすれば、馬鹿げている）

そもそも、比べるまでもないのだ。秀吉にしても小六にしても、万人に傑出した、歴史に名を残すほどの名将である。

九郎判官義経《くろうほうがんよしつね》や諸葛孔明《しょかつこうめい》のようなものだ。彼らのような名将になりたいと志《こころざ》す者は多くいるだろう。しかし、それら歴史上の名将と自身を同じ物差しで測り、及ばぬと嘆くなど馬鹿げている。

――ああいう分をわきまえない与太者が、大きなことを成し遂げるかもしれないぞ。

かつて聞いた小六の言葉が、唐突に稲田の脳裏をよぎった。だが、まさかと思う。いかに家政が与太者であっても、そこまで分別がないとは思えない。小六のようになりたいとは思っても、越えたいなどと正気で考えるはずがない。

「ああ、ところで」

家政は、わざとらしくとぼけた声を上げた。

「備中への援軍は、誰が来るのだったかな」

無論、家政が知らないはずはない。ただ話を変えたかっただけなのだろう。

「日向守《ひゅうがのかみ》様ですよ」

仕方なく、稲田は答えた。

「援軍に参られるのは、羽柴様と同じく織田五大将が一人――明智日向守光秀様です」

二

なみなみと流水を満たした大河は、目に痛いほどに青かった。

のちに海を目にするまでは、世の中の水がすべてこの木曾川に流れ込んでいる気さえしていた。

「馬鹿、そんなわけねえだろう」

隣に立つ小六に頭を小突かれて、家政はようやく、自分が夢を見ていることに気づいた。

小六はいま備中高松に、自分は播磨の龍野にいるのだ。濃尾《のうび》の境を流れる木曾川を並んで見ることなどあり得ない。

この風景は、いつの記憶なのだろう。家政は九歳のとき、蜂須賀家から織田家への忠誠を示すため、人質として信長のもとに送られた。それ以来、木曾川には一度も戻っていない。

だとすれば、よほど幼少のころ見た景色らしい。そんなことを考えていると、

「見えるか、千松丸《せんまつまる》」

と言って、小六は家政を高々と持ち上げた。気づけば、家政自身の身体も、千松丸と呼ばれていた幼童の頃に戻っている。

川面は不思議なほど静かに、陽光をきらきらと照り返しながら流れていく。ゆるやかな、しかし決して止まることのないその流れは、美しさだけでなく恐ろしさのようなものを家政に感じさせた。

「川は高きから低きへ流れる。それは誰にも変えることはできない。だが、俺た

ち川並衆は……」

小六の言葉は、そこで唐突に途切れた。それは同時に、幼い千松丸などではない、龍野城代蜂須賀家政の現実が、歴史の中で流れ始めた瞬間でもあった。

六月二日の深夜、近臣の法斎に揺り起こされた家政は、報告を聞いて愕然とした。嘘だろう、などと問い返すことさえ忘れ、頭も身体も、金縛りにあったように硬直していた。

「誰が……」

渇ききった喉の奥から、ようやくその一言を絞り出す。

法斎は、懐から書状を取り出し、左手で家政の前に差し出した。

「日向守様でございます」

明智日向守光秀。

羽柴秀吉と並ぶ、織田五大将の一人。

その光秀が、備中高松へ援軍として向かう途上、ひそかに進路を変え、主君である織田信長の宿所、京・本能寺《ほんのうじ》を襲撃したというのである。

のちに「本能寺の変」と称されるこの反逆により、信長は死んだ。天下が、一夜にして瓦解《がかい》したといっていい。

「太郎左を呼べ！」

家政が鋭く叫ぶと、法斎は一言の反問も漏らさず即座に駆け出した。

稲田太郎左衛門はここ数日、西国街道沿いの姫路《ひめじ》城や瀬戸内海の室津湊《むろつみなと》などを行き来していたが、さいわい昨晩から龍野城に泊っている。

いまこの状況で、家政にとって確実に味方と呼べるのは、稲田と法斎しかいない。

頭の端がびりびりと痺《しび》れそうになる。恐怖のためか、それとも動揺のためだろうか。しかし、立ち止まるわけにはいかない。いま、この龍野城を預かっているのは家政なのだ。たとえ置物のような城代だとしても、ここで決断や責任まで投げ出しては、本当の置物になってしまう。

（さあ、考えろ）

家政は自身にそう強く命じた。

まずは書状に目を落とす。差出人は、在京の織田家臣であり茶人の長谷川宗仁《はせがわそうにん》である。宗仁は軽々しい虚言にのるような人物ではない。すぐに人を京に送って実情を確かめなければならないが、少なくとも明智光秀が謀叛《むほん》を起こしたことは、間違いないとみていいだろう。

とにかく、急いで備中高松の秀吉たちに知らせなければならない。

毛利家が信長の死を知れば、光秀と連合し、秀吉を挟み撃ちにしようと企むだろう。毛利に気づかれる前に、備中から上方へ駆けもどり、光秀を討ち果たす以外に羽柴軍が生き延びる道はない。

（いや、待て）

背筋に、ぞくりと冷たいものが走った。光秀を、秀吉が討ち果たしたとすれば、その先はどうなる？

正体のわからない寒気が、家政の四肢を端まで浸していく。

これ以上、考えてしまっていいのか。この思考の行き着く果てを、のぞいてしまっていいものか。

ぞっとする。恐ろしくさえある。たかが黄母衣衆の一人、百五十石の身上、借り物の城主……その程度の身分に過ぎない家政が背負うには、「それ」はあまりに大それている。

（……いや、恐れるな。考えを止めるな）

将たるものは、極限まで考え、案じ、手を尽くし続けなければならない。たとえどれほど恐ろしい結論が待っていたとしても、そこから目を逸らすことは許されない。

「そうだ、恐れるな」

小刻みに震える自らの肩を抱きながら、家政は静かにそう呟いた。将たろうとするのなら、名将でありたいと願うなら、

（あの蜂須賀小六を、越えたいのなら）

決して立ち止まってはならない。考えることから逃げてはならない。

ほどなくして、稲田が法斎に伴われてやってきた。よほど急《せ》かされたのか、寝巻同然の格好《かっこう》で、髷《まげ》さえまともに結っていない。

「さて、寝起きのところ悪いが、覚悟を決めてもらうぞ」

と言いつつ家政も、稲田にこの結論を告げることに迷いがある。しかし、取りつくろっている暇はない。今の家政にとって頼るべきは、この稲田太郎左衛門以外にいないのだ。

いつの間にか家政の口元は大きく歪み、生意気な、ふてぶてしい笑みを形作っていた。

我ながら、なんと幼稚で臆病なことだろう。余裕のないときほど、つい笑って

強がろうとするこの悪癖は、千松丸と呼ばれていた頃からまるで変わっていない。

（しかし、俺がやるしかないのだ）

書状を広げ、稲田に手渡す。そして、家政は一語一語ゆっくりと、決意を込めて口にした。

「これより羽柴様を、天下の主へ押し上げる」

羽柴秀吉の織田家中の序列というのは、せいぜいが三、四番の家老に過ぎない。その地位はあくまで一方面の軍団長でしかなく、天下の政《まつりごと》に口を挟む資格などあろうはずもなかった。

だが、主の仇《かたき》である光秀を真っ先に討ち果たしたとすれば別である。

秀吉は最大の功臣として、信長の遺産である織田政権を取り仕切ることになるだろう。いかに大身《たいしん》とはいえ奉公人に過ぎない秀吉は、天下の実権を相続するという未曾有《みぞう》の好機を得ることになる。

「明智の使いを西にやらないことだ」

しばらくの間をおいて、家政は言った。稲田が信長の死という衝撃から立ち直り、状況を理解したのを見計らってのことである。

「国境を厳しく固め、明智の密使と思しき者はことごとく捕える。旅商人や遊《ゆ》行者《ぎょうしゃ》の類であっても、謀叛を知る者は一人として西には通さぬ。毛利に知られれば、羽柴様は天下を取るどころか挟み撃ちにされてしまう」

「しかし、明智めは事前に毛利と共謀しているやもしれませんぞ」

稲田が険しい顔で反問した。

「たしかに、ありえなくはない。だが、明智光秀といえば一介の浪人から織田家の家老にまでのし上がった男だ。それほどの武将が、こうもあからさまな悪手《あくしゅ》を打つとは思えない」

「悪手、ですか」

「考えてもみろ」

謀叛を成功させるための第一条件は、計画の完全な秘匿《ひとく》である。事前にわずかでも企図が漏れてしまえば、その時点で光秀は破滅する、と家政は説いた。

「明智から見れば毛利は敵国、毛利から見た明智も同様だ。そういう相手に、決行の日時や企ての細かな中身まで、わざわざ告げると思うか？　告げられた毛利も、その報《しら》せを鵜《う》呑みにして、一家の進退を明智に預けると思うか？」

要するに、光秀も毛利家も共犯者になるには互いに疎遠すぎる。とても事前に示し合わせて、綿密な連携が取れるはずがない。

「そのただ一点が、俺たちが衝くべき明智の隙だ。毛利家へ伝わる謀叛の報せは、俺たちが全て堰《せ》き止める。そうして信長様の死を伏せたまま、即座に毛利と和議を結び、羽柴軍は上方へと大返《おおがえ》し（総反転）する」

稲田は目を丸くし、唖然《あぜん》としている。家政も、我ながら無謀なことを口にしていると思っていた。

だが、賭けるだけの価値はある。家政の双眸に、不敵な色がにじむ。

「なあに、楽なものさ。俺たちは俺たちの為《な》すべきことを為すだけでいい。和議を結ぶための交渉は、どこぞの名将の仕事だからな」

「……あっ！」

稲田が声を上げる。この頭の固い古兵《ふるつわもの》も、家政の意図に気づいたらしい。

信長の死を悟らせずに、毛利家と和議を結ぶ。その刃《やいば》の上を歩くような際どい交渉はほかでもない、蜂須賀小六の役割だった。

かつて小六は川並衆の頭領として、ときには傭兵として諸勢力の間を渡り歩き、ときには水運業者として無数の商談を取り仕切ってきた。羽柴軍の陣営には歴戦の武者や智謀に優れた策士が何人もいるが、こと対外交渉という分野において、小六ほどの玄人《くろうと》はいない。

怯《おび》えるように青ざめていた稲田の顔が、救われたように明るくなった。

万が一にも、小六がしくじるとは考えていないのだろう。あるいは、しくじったとしても、小六を助けて死ぬのなら本望だと思っているのかもしれない。

（将の仕事は、信じるのではなく信じられること、か）

胸中に浮かぶ羨望とわずかな嫉妬《しっと》を振り払い、家政は立ち上がる。自分が持たないものを嘆いているような猶予《ゆうよ》はない。まずは、挑むことだ。

稲田は家政に付き従い、龍野城をほとんど空同然にして、四里（約一六キロ）ほど離れた姫路城に移り、ここを本営とした。

姫路は街道上に位置しており、敵の軍勢だけでなく、飛び交う情報を押さえるための要所でもあった。

西国街道をはじめとする諸道は、龍野から引き連れてきた手勢と、姫路城や周囲の支城の城兵によって厳しく固め、地図にもないような抜け道の類は、稲田とその配下が受け持った。

ただし、家政は龍野以外の将兵に命令を下す権限を持っていない。このため、「備中高松に在陣している我が父より、かような沙汰《さた》を受けた」などと、ありもしない小六の命令をでっちあげ、念の入ったことにその命令書まで捏造《ねつぞう》し、わずか百五十石の分際で姫路城の軍権を実質的に掌握《しょうあく》してしまった。

「安心しろ。羽柴軍は、もう間もなくこの姫路まで引き返す」

家政はそう言って兵たちを励ましたが、無論でまかせである。実際は、備中高松の戦況はおろか、小六たちに謀叛の報せが無事に届いているかさえわかっていない。

羽柴軍が毛利との和議締結と大返しに失敗すれば、当然ながら家政の虚言も露見し、姫路の兵たちによって血祭りにあげられるだろう。

危険な賭けである。稲田は気が気ではなかったが、とうの家政は不安な顔一つ見せず、ふてぶてしいほどの笑みを浮かべながら、この難事をこなしていった。それまでこの若者を軽蔑してきた稲田も、その豪胆さには目が覚めるような思いがした。

こうして姫路城下は一夜にして、巨大な関所に姿を変えた。

「しかし、まだなにかが足りない」

姫路に移って二日目の夕刻、家政は城内の一室に稲田を呼びよせて言った。

「なにか、足りないのだ」

再び開かれた唇はわずかに青かった。怯えのためではない。そぼ降る細雨《さいう》の中、それぞれの関の様子を、家政が自ら点検し、励まして回ったからだった。

本来なら、大将がそのような軽々しい振る舞いをするべきではないが、関を守る番士たちの大半が借り物である以上、家政の行動は必然のものといえた。

そういったことも含めて、本能寺の変報を受けとってから、家政たちは手ぬかりなく動いてきたと、稲田は感じていた。

「羽柴軍が大返しを為すために、我らは十分に手を尽くしているかと存じます」

「では、大返しのあとはどうなる」

意外な返答に、稲田は戸惑った。いや、呆れたといった方が正しい。

「ご自分の立場を忘れられては困りますな」

稲田は言う。

「本来、家政殿は黄母衣衆ではござらんか。羽柴様が戻られたあとは姫路の城をお返しし、戦場で槍を振るうだけのこと。そのような先のことまで考える必要はありますまい」

「それはそうだが……」

「川の流れのようなものでござるよ」

稲田は優しく言った。

家政の心情もわからなくはない。一介の槍武者が、突如として天下取りを支えるような立場になったのだ。さらなる大きな働きを、と舞い上がるのも無理はなかった。

しかし、なにもかもが自分の思うようにいくわけではない。世の中には、どうにもならないことなどいくらでもあるのだと、稲田はこの世間知らずの御曹司《おんぞうし》を諭《さと》そうとした。

だが、稲田が口を開くよりも早く、

「川は高きから低きへ流れる」

と家政が、うわごとのようにぽつりと漏らした。

「それは誰にも変えることはできない」

「その通りです」

意外に物わかりがよくなったものだ、と稲田は感心した。あれほどひねくれていた家政も、大きな責任を背負うなかで、少しは大人になったのかもしれない。

しかし、それは稲田の錯覚に過ぎなかった。

「そう、川の流れは変えられない。だが俺たち川並衆は……流れを手繰《たぐ》り寄せ、舳先《へさき》を導く術《すべ》を知っている」

虚を衝かれ、ぎょっと目を剝いた稲田の前で、家政は今まで見せたことのない顔をしていた。それは二十歳を過ぎた大人のものとは到底思えない、まるで悪戯《いたずら》を思いついた悪童のような――そして奇妙なことに、父の小六とひどく似通ったものだった。

「な、なにを……」

なにを企んでおられるのですか。そう稲田が聞き返すのをためらっているうちに、家政は揚々と語り出した。

それはまさしく、川並衆の戦だった。

三

羽柴軍が、備中高松から大返しを開始したのは、六月六日の昼過ぎである。

本能寺の変報を三日の夜に受けとった秀吉は、蜂須賀小六に交渉を命じ、なんと翌日には毛利家との和議を纏《まと》めてしまった。

もちろん、毛利方はその時点で信長の死も光秀の謀叛も知らないはずだった。羽柴方が提示した「所領のうち八カ国安堵」という寛大過ぎる処置を多少訝《いぶか》しがりはしたようだが、これほどの有利な条件を拒絶するわけにもいかず、結局は和睦を受け入れた。

その後、毛利軍が高松から退き始めたことを確認すると、羽柴軍も退却を開始した。

姫路城までは、およそ二十七里（約一〇八キロ）。その距離を、総勢三万の羽柴軍は一心不乱に駆け続け、驚くべきことに翌七日の夜には姫路に到着した。

遥かな僻地《へきち》にいたはずの秀吉は、恐るべき速さで光秀を射程に捉《とら》え、天下の主座に片手をかけた。

姫路城内に漂う悪臭はひどいものだった。一日半、夜を徹して駆け続けた羽柴軍の将兵は、誰もが睡眠と休息を欲していた。彼らはこの強行軍で身体に染みついた汚れをほとんど拭《ぬぐ》いもせず、それぞれの詰所に入るとすぐに眠りこけてしまった。

数万人の汗と垢《あか》、それに泥と塵《ほこり》の臭いが、生温い湿気を含んだ夏の夜風に運ばれてくる。いまの姫路城に比べれば、馬小屋の方がまだましだろう。

しかし、家政は慣れている。いや家政だけでなく、この時代の武士にとってはこの悪臭こそが日常だった。そこにあるのは紛れもなく、開戦前夜の戦場の臭いだった。

（いよいよ、戦だ）

興奮と緊張が混ざり合ったような落ち着かない足取りで、家政は廊下を渡った。

「よう、来たな」

本丸の一室で家政を迎えた小六は、粗末な木椀で白湯《さゆ》をすすっていた。この五十を半ば過ぎた父も、備中高松から息もつかずに駆け続けてきたはずなのだが、顔色も態度も、普段とまるで変わらない。

「家政、留守の間はご苦労だった。まだまだ脇が甘いが、お前にしては上出来だ」

「ん、ああ」

どんな皮肉や嫌味が飛んでくるかと身構えていたが、小六が口にしたのは拍子

抜けするほど率直な褒め言葉だった。褒められ慣れていない家政は、かえって狼《ろう》狽《ばい》してしまい、

「別に俺一人がやったわけじゃない。働いたのは太郎左たちだ」

などと柄にもないことまでつい口にしてしまった。

「しかしまあ、随分と派手にやったな」

小六が愉快そうに言った。

「なんのことだよ」

「とぼけるな。『乱《らん》』のことに決まっているだろう」

乱とは、川並衆における一種の兵科分類である。

『永禄州俣記《えいろくすのまたき》』によれば、川並衆は配下を角《かく》、飛《ひ》、乱の三組に分けて用いた。

「角」は武器をとって戦う戦闘部隊であり、「飛」は物見や伝令などを担当する。そして「乱」は、敵地への潜入や情報収集、虚言の流布などの後方撹乱《かくらん》を司《つかさど》る部隊だった。

戦が近づくと、この「乱」は山伏《やまぶし》、針売り、百姓など様々な姿に変装し、敵地に潜入して工作を行った。正規の武士団にはない技能であり、野武士の戦術といっていい。

家政は、まさにその「乱」の技能を利用した。

稲田太郎左衛門に命じ、畿内一円にある噂《うわさ》をばら撒いたのである。その噂とは、

――信長は本能寺から脱出し、ひそかに生き延びている。

という、あまりに荒唐無稽なものだった。

無論、取るに足らない与太話である。光秀はじめ明智方の者たちが、こんな根も葉もない噂に動じるはずもない。

だが、京の付近を領している大名たちの反応は違った。もちろん、彼らとて噂を信じたわけではない。しかし、迷った。万が一、信長が本当に生き延びていたとすれば、光秀に与した者は残らず殺されてしまうだろう。

このため、光秀から加勢を要請されても、誰もが躊躇《ちゅうちょ》し、即答を避けた。そうして大名たちが旗色の表明を先のばししているうちに、秀吉が備中から駆け戻ってきた。しかも、光秀の倍の三万もの軍勢を率いていた。この瞬間、趨勢《すうせい》は決まったといっていい。

摂津の池田《いけだ》氏が真っ先に羽柴方への加勢を表明し、かつて明智配下の与力だった中川《なかがわ》氏、高山《たかやま》氏もそれに続いた。

「なんというやつだ」

小六は非難《ひなん》するような口ぶりで言ったが、表情はますます愉快そうにほころんでいる。

「要するにお前ははじめから、敵ではなく味方を化かし、もたつかせてやろうと
したわけだ。まったく、ひどい悪人もいたものだ」

「必要だったからな」

家政は悪びれもせず、傲然《ごうぜん》と答えた。

「それに、ただの噂なら、たとえそれが誤っていようが、俺が責められる筋合い
などない。姫路城の兵を騙したときよりは、ずいぶんと気が楽だったさ」

「やれやれ、育て方を間違ったかな」

「どの口が言うんだよ」

今まで散々、虚言や攪乱を駆使して、敵はおろか味方までも化かしてきたのは
小六ではないか。家政の胸中にいくつもの文句が渦巻いたが、どのようになじっ
ても「いかにも、その通りだ」と開き直られるのが目に見えていたので、それ以
上は言わなかった。

「そんなことより出陣はいつ頃になるんだ」

「兵次第だろうな」

と小六は答えた。

疲れ切った今の状態では、とてもまともに戦などできはしない。少なくとも、二、三日は物資の準備と休息にあてなければならないだろう、というのが小六の見解だった。

「だが、休んでいる間に出し抜かれるんじゃないのか」

「丹羽《にわ》様のことか？」

織田家の二番家老、丹羽長秀《ながひで》のことである。長秀は秀吉や小六のような派手さこそないが、どのような仕事もそつなくこなす有能さと、律義で篤実な性格から、信長にも厚く信頼されていた。

長秀は京にほど近い摂津におり、光秀を討つためには最も有利な位置条件を備えている。

しかし、長秀には光秀を打ち破るだけの兵力がなかった。本能寺の変直前、この二番家老は摂海《せっかい》（大坂湾）を越えて四国に侵攻するため、兵と物資の手配を進めている最中だった。だが、その準備が整う前に、変事が起こってしまったのだ。

「丹羽様の軍勢は、多く見積もっても一万にすら届かないだろう。我ら羽柴軍を出し抜いて明智を討つなど、丹羽様自身が夢にも思うまい」

「では、それを知りながら、丹羽様はなぜ合流しない？」

「格というものがある。来るならばお前から来いといったところだろう。丹羽様は二番家老、それに丹羽様と行動を共にしている神戸《かんべ》信孝《のぶたか》様は信長様の三男、主《しゅう》筋《すじ》の若君だ」

「格、ねえ……」

　末端の槍武者に過ぎない家政には、理解しがたい感覚だった。天下への野望よりも、亡主の仇を討つ責務よりも、格とは重んじるべき価値があるものなのだろうか。

「それで結局、丹羽様についてはどうするんだ、親父殿」

「捨て置くわけにもいかないだろう。ご加勢願い奉《たてまつ》り候《そうろう》、と恭《うやうや》しくお頼み申し上げるさ」

「だが、今まで何度も書状は出しているんだろう？　そこまで下手に出るほどのことか？」

　そうまでして丹羽長秀を味方につけようとする意味が、家政にはわからない。

羽柴軍は本来の兵力だけでも明智の軍勢を遥かに上回っており、今後は諸大名の加勢によりさらに増えていくだろう。

「こう言ってはなんだが、丹羽様を放っておいたとしても、明智を討ち取るには十分なんじゃないのか」

「そこまで言うなら、見に行くか」

　小六が含むように言った。

「なにを？」

「味方にする意味があるかどうかをだ。明日、俺は先触れとしてひと足早く摂津へ向かう。その際、丹羽様の本営がある住吉《すみよし》にも立ち寄ることになっている。これは藤吉郎の……」

　そこで小六はにやりと笑い、

「いや、上様のご了承も得ていることだ」

と、わざとらしく言いなおした。それは、ほんの数日前まではこの世でただ一人、前《さきの》右大臣織田信長に対してのみ使われていた、天下人を表す尊称だった。

四

小六と家政が住吉の駐屯地に入ったのは、それから三日後のことである。二人は江口《えぐち》という若い丹羽家臣に案内され、指揮所で丹羽長秀と対面をした。

長秀は、世評通り篤実で人の良さそうな男で、織田家の序列からすれば遥かに格下に過ぎない小六はもちろんのこと、言葉も交わしたことがないような軽輩の家政にまで、丁重な態度を崩さなかった。

（こういう物腰の柔らかいお方なら、格などにこだわらず、すぐにでも羽柴様に加勢して下さりそうなものだが……）

もっと傲岸で気位の高い男を想像していただけに、家政はなにやらちぐはぐな印象を受けた。

「丹羽様に重ねてお願い申し上げます」

小六が膝《ひざ》をすすめ、戦場鍛えの喉で朗々と口上を述べ始めた。内容はこれまで書状で要請し続けたことと同じ、羽柴陣営への参加要請である。

長秀はその言葉の一つひとつにうなずきを示し、やがておもむろに口を開いた。

「無論、わしも筑前（秀吉）殿に加勢したい。亡き信長様の無念を晴らさんとする思いは、この長秀も貴殿らに劣らぬつもりだ。ここで仇討ちに加われぬとあれば、弓矢取る身としてこれほどの恥はない」

そこで長秀はわずかに顔をしかめ、

「されど、信孝様がうなずかぬのだ」

と苦しそうに言った。

神戸信孝は、前述したように織田信長の三男である。

この貴君子は、織田家の四国侵攻における名目上の大将であり、本能寺の変後も丹羽長秀と行動を共にしている。その信孝が、秀吉への合流を承諾しないのだという。

（なるほど、そういう事情か）

家政はようやく合点がいった。

丹羽長秀は、四国侵攻軍の実質的な大将である。しかしその上に、名目上の大将である神戸信孝がいる。

形式だけとはいえ、大将は大将であり、最終的な決定権は信孝にある。長秀がいくら勧めたところで、信孝が首を縦に振らなければ、軍を動かせない。律義者で知られる長秀は、この頑迷な若君を無視し、独断で動くわけにもいかないのだろう。

「それで、その信孝様は?」

小六の問いかけに、長秀は申し訳なさそうにかぶりを振った。どうやら、会う気はないということらしい。家政はため息が出そうだった。

神戸信孝がどういう男なのか、家政はよく知らない。ただ、形ばかりとはいえ四国侵攻の総大将をまかされるほどだから、決して愚人ではないのだろう。むしろ、常人以上に現状を見通せればこそ、ここまでこじれてしまったのかもしれない。

これまでは、父である信長の威風により、誰もが信孝に傅《かしず》いてきた。人の上に立つための堅固な土台が、生まれたときにはすでに用意されていた。

その土台が、本能寺の変によって崩れた。

——信孝ニ随逐《ずいちく》ノ侍《さむらい》、皆《みなうしない》失テ、ワツカ八十余騎也

と『武家事紀《ぶけじき》』にもあるように、もとは一万以上いた信孝の軍勢は変の直後に逃亡が相次ぎ、騎乗の指揮官だけでおよそ八十騎、その配下の兵たちも含めてわ

ずか四千未満にまで減ってしまった。信孝を守ってきた織田家の威光は、煙のように消え去ってしまった。

信孝は、それを認めたくないのだろう。あるいは、自分の才幹や将器というものを信じられなかったのかもしれない。だからこそ、すでに存在しない信長の権威にあくまですがりつこうとしているのではないか。

明智征伐のための軍勢は、当然ながら最大の兵力を持つ羽柴秀吉が、総大将として軍配を握る。合流すれば、形式はどうあれ信孝はその麾下《きか》となる。二番家老の丹羽長秀さえ従えていた織田家の貴公子が、さらに格下の秀吉如きの采配に従う立場になる。

それは信孝にとって、容易《たやす》く受け入れられるものではないだろう。

(もっとも)

俺も似たようなものかもしれないな、と家政はひそかに思い返す。

昨年の伯耆での羽衣石城救援、あるいは今回の情報封鎖や虚言の流布……そのどれもが、策としては小六の模倣に過ぎず、実際に指揮をとったのは稲田だった。姫路城の兵を封鎖に使えたのも小六の名を騙《かた》ったためであり、蜂須賀家の嫡男という信用がなければ、家政はなにもできなかっただろう。

家政も信孝と同様に、素手の自分ではなにもできないことを知っている。今の地位が、父の威光に過ぎないことも知っている。

その光が途絶えたとき、信孝はおそらく絶望した。愚人ならば感じる必要のない悲観……それに気づくことのできる賢さが、彼に誰よりも愚かしい行動を取らせ続けている。

(同じ境遇なら、俺はどうするのだろう)

ちらりと小六の顔をのぞき見る。威光をその身に纏う父は、刀傷だらけの浅黒い顔に、分厚い微笑を浮かべている。

「わかりました」

小六は言った。

「ではせめて、丹羽様には我が主より誠意の証をお受け取りいただきたい」

「お気持ちは嬉しいが、信孝様を差し置いて、高価な茶器や宝具を受け取るわけにはいかない。いらぬ誤解を招くのでな」

「いえ、お贈りしたいのは物ではありませぬ」

そう言って、小六は家政を意味ありげに見た。なんのことかと家政が戸惑っていると、

「我が息、蜂須賀家政を人質として差し出します」

耳を疑う言葉が、世間話のように軽々しく告げられた。

目の中がくらみそうになる。声を上げることも忘れた。あまりに唐突な状況に、理解がまったく追いつかない。

「総大将である筑前殿が、信孝様に人質を？」

「信孝様ではありませぬ」

怪訝そうに尋《たず》ねる長秀に、小六は含むように答えた。

「丹羽様に、です」

「……かたじけない。だが、やはり受け取れぬな」

長秀は眉尻を下げ、少し困ったような顔をしてみせた。

「しかし、誠意は確かに受け取った。いずれ必ず報いると、筑前殿にはお伝えくだされ」

なにがなんだかわからぬまま、ただ呆然とする家政の前で、小六と長秀は顔を見合わせ、互いに微笑を浮かべていた。

「どういうことだよ、親父殿」

住吉を去ったあと、家政たちは摂津尼崎《あまがさき》城に入った。そこで改めて、家政は小六を問い詰めた。

「なにがだ？」

「なにもかもだよ。なんだったんだ、さっきの丹羽家での顚末《てんまつ》は」

今さらながら、怒りがふつふつと湧《わ》いてきている。だが、人質にされかけたことをなじるよりも、小六がなんのためにそんなことを言い出したのか、家政はまず知りたかった。

「前にも言っただろう、丹羽様を味方につけるためだよ」

「だが、加勢は断られたじゃないか。そもそも、そこまでして味方につける必要があるのか？」

「お前は本当に馬鹿だな」

大げさなため息とともに、小六は言った。

「なんでそうやって手元しか見ないかねえ。櫂《かい》ばかりじっと見てたって、舟はまっすぐ進まないんだぜ？」

「煙に巻かずにはっきり言えよ、狸親父《たぬき》が」

「はは、狸か。いいねえ、一番の褒め言葉だ」

皮肉ではなく、本当に嬉しそうに小六は笑い、

「仕方ねえ、順を追って教えてやる。まず信孝のことだが」

と、平然と主筋の若君を呼び捨てにした。その態度からも、この父が信孝をまったく問題にしていないことは明らかだった。

「あの坊ちゃんは放っておけばいい。開戦が間近になれば、いやでも合流するさ。この期《ご》に及んで仇討ちに参戦できなければ、それこそ物笑いもいいところだからな」

「なら人質は要らないはずだな？」

家政は冷ややかに小六を睨みつけた。

「そう怒るなよ」

「実の父親に売られかけた息子にかける言葉か、そいつは」

「売られたんなら大変だが、売られかけただけじゃねえか」

「このっ……！」

野犬のように歯を剝き、ますます怒りを漲《みなぎ》らせる家政を、小六は面白い見世物でも見るようににやにやと眺めている。

「ときに家政よ、なぜ武家では、人質というやつが取り交わされると思う？」

る。


「裏切らないことを示すためだろう」

新参の家臣が忠誠心を表すため、大名同士が和睦の約定を遵守《じゅんしゅ》するため、その他、条件は様々にせよ、人質は裏切らないことを保障するために取り交わされる。

「人質を差し出した以上、羽柴家は丹羽家を裏切らない」

小六は軽く眉を上げた。

「だから、いざとなったら信孝を捨てて来い、なにかまずいことがあっても羽柴秀吉が、そしてその腹心の蜂須賀小六が必ず助ける……あの人質は、そういう含みを込めた証だったんだよ」

「でも、受け取らなかったじゃないか」

「そりゃあ、丹羽様は受け取らんさ。人質を取って、信孝を放り捨てられるような方なら、はじめからそうしているだろう。そういう律義者の心を取ったというのが大きいのさ」

「だから、それがこの戦にどう役に立つんだよ」

「この戦じゃない。……その先だ」

家政は、はっとした。

そして、ようやく小六の言う意味に気づいた。

戦に勝利し、明智光秀を討ち取ったとしても、その瞬間からいきなり秀吉の手に天下が転がり込んでくるわけではない。秀吉と同様に、政権の後継を狙う織田家の重臣はいくらでもいる。

この継承争いに勝つためには、多くの味方を引き込まなければならない。丹羽長秀ほどの有力者の支持を得れば、秀吉は今後大きく有利になるだろう。

（そこまで考えていたのか……）

そんな先のことまで、家政は見ようとさえしていなかった。ただ、この戦をいかに勝つか、そのことばかりを考えていた。人の上に立つためには、これほどまでの深慮が必要なのか。

「まあ、反省はしばらくあとに回しておけ」

言うなり、小六は鴨居《かもい》の槍掛けから槍を取り、うつむく家政に差し出した。

「まずはこの戦を切り抜けることだ。余計なことで悩んでいると、あっさり死ぬぞ」

そう、間もなく戦が始まる。

家政は黄母衣衆に戻り、一騎駆けの武者として槍を振るうことになるだろう。

そこに大軍の将のような深い思索は無用である。

(俺は所詮、黄母衣衆だ。……今は、まだ)

しばしの逡巡《しゅんじゅん》ののち、家政は目の前の槍に手を伸ばした。


六月九日、秀吉は姫路城を発《た》ち、十一日には尼崎城に至った。

光秀は、この日に初めて秀吉の来襲を知ったとされている。だとすれば、仰天したことだろう。

突如として、まるで魔法のように出現した羽柴軍に対して、彼は予測もしていなければ、なんの備えもしていなかった。

しかし、無理もない。秀吉は京から五十里(約二〇〇キロ)離れた備中高松で、大敵の毛利家と対峙していたのである。それが全軍ことごとく引き返して目の前にいるなど、神でもない限り予測しようがない。

秀吉の軍勢は、近隣の旧織田家の大名、それに遅ればせながら合流した丹羽長秀、神戸信孝を加え、最終的に四万以上に膨れ上がった。

六月十三日、京と摂津の国境である山崎《やまざき》の地で、両軍は激突した。

世にいう「山崎の戦い」である。

ただ、敵より一歩でも前へ踏み込む。一瞬でも早く突き伏せる。それ以外のことを家政は自分に許さなかった。

水車のようなものだ。田畑に水を引くという機能のためだけに、朽ちて砕けるまでただ回り続ける。

『蜂須賀家記』にも記されているように、家政は自ら長槍を振るって敵陣に斬り込み、稲田太郎左衛門らと共に奮戦して多くの首級を上げた。

土埃《つちぼこり》と硝煙《しょうえん》が舞い、敵味方入り混じる戦場で、家政は自身の機能を果たし続けた。

明智軍も勇戦したが、兵力差は覆しがたく、羽柴軍に側面からの急襲を受けたことをきっかけに総崩れとなった。

(あの男は、なにも知らなかったな)

すべての戦闘が終わったとき、家政はふと、そんなことを思った。

光秀は目隠しをされたようになにも知らぬまま、孤立した状態で大軍を迎え入れ、為す術もなく敗れた。

対して、羽柴軍の諜報能力は卓越していた。川並衆をはじめとする、あらゆる手立を用い、先んじて情報を掌握し続けた秀吉は、常に優勢に事を進め、本能寺の変からわずか十一日後に仇討ちを成し遂げてしまった。

なぜ自分が敗れたのかすら、光秀にはわかってはいまい。

(無念だろう。……だが、不幸だろうか)

光秀がなんのために謀叛を起こしたのか、家政にはわからない。だが、それがどんな目的であれ、己が信じるなにものかのために決意し、断行したことは間違いない。

光秀は秀吉についてなにも知らなかったが、自身のことだけは十分過ぎるほど知っていたはずである。

――お前は何者だ。

耳の奥で、誰かの声が聞こえた気がした。はたして、これは自分の声だろうか。あるいは神戸信孝の声かもしれないし、明智光秀の声かもしれない。

その声に、家政は答えなかった。もとより、答えるべき言葉など持ち合わせてはいなかった。

(だが、いずれは……)

いまだにそう思えることが果たして幸福なのか、それも家政にはわからない。

鳥無き島

一

千種川《ちくさがわ》の流れは、中国山地の奥から発する。播磨国の西端を縦断するこの川は、山間を貫きながら南へ下り、いくつもの支流に枝分かれしつつ、瀬戸内海へと流れ込む。

その支流の一つ、本郷川《ほんごうがわ》の岸沿いに「三日月《みかづき》」と呼ばれる在所がある。

——一般に山地にて平野少なく
と『佐用郡誌《さよぐんし》』にもあるように、広々と横たわる山脈に切れ目を入れたようなわずかな狭間に、田園と民家が隅々まで敷き詰められている。

天正十三年（一五八五）年五月、稲田太郎左衛門はその三日月に立っていた。路上を歩きつつ、周囲を見回す。民家で薪《まき》を割る百姓がいる。初夏の陽光に青々と映える水稲《すいとう》がある。そんなありふれた光景を見るたびに、稲田はいちいち立ち止まって、同じ言葉をぼそりとこぼした。

「……まさか、これがすべて、あの家政殿の領地とはな」

本能寺の変から、三年の月日が流れている。

その間、羽柴秀吉は自身の政敵をことごとく攻め滅ぼし、信長の遺産である織田政権を完全に掌握した。

そして蜂須賀家政は、これまでの一連の戦功を賞され、播磨国佐用《さよう》郡三日月、じつに三千石もの領地を与えられた。

(ついこの間まで、わずか百五十石の槍武者に過ぎなかったのだが……)

実際にその封地を目《ま》の当たりにしながら、稲田はどこか夢でも見ているような心地がした。あるいは、家政の方も似たような心境であるかもしれない。

そんなことを考えながら歩いていると、やがて家政の屋敷に着いた。ところが、とうの家政は不在であった。

(よもや、また……)

龍野城代の頃を思い出してひやりとした。しかし、屋敷の者に話を聞いてみると、政務を放り出してのことではなく、上方から来た役人の饗応《きようおう》をしているのだという。

それにしても、わざわざ屋敷を出るというのは妙だったが、稲田はそれ以上は問い質《ただ》さず、

「まあいい、少し待たせていただきましょう」

と言って草鞋《わらじ》を脱いだ。

そのとき、

「申し訳ございません、稲田様」

と声がした。

はっと顔を上げると、そこには華やかな小袖《こそで》を纏った若い娘が立っていた。瞳《ひとみ》の色が、吸い込まれるように深い。その目元が柔らかな、どこか幼さを残した微笑に染まっている。

年は二十歳を越えているだろうが、小柄な身体つきも手伝って、一目では十五、六くらいの少女に見えた。

「これは、姫様……」

稲田は慌てて姿勢を改めた。心臓が高鳴っているのがわかる。容貌の可憐《かれん》さのためではない。世が世なら稲田は、このあどけない姫君と口を利くことすら許さ

れないのだ。

「もう姫ではありませぬ」

静かに微笑みながら、娘は言った。

「今の私は、蜂須賀家政の妻ですもの」


藍で染め出したような濃い青空が、川面に映り込んでいる。その岸に立つ蜂須賀家政の手には、使い古された竹竿が握られている。

「なんのつもりだ」

家政の傍らで、若い男が責めるように言った。深くかぶった編み笠の下で、色白で端整な顔には不釣り合いなほどの鋭い両眼が、厳しく家政を睨みつけている。

「俺は遊びに来ているのではない。検地奉行としての役目により、視察に来ているのだぞ」

男はさらに眉をひそめ、険しい口調で言った。ところが、家政は悪びれもせず、

「検地帳を眺めるだけじゃ、わからないこともあるのさ。なあ、米はなにで育

つ？」

「なに？」

「土と水だ。三日月の田畑は、みなこの本郷川の水をひいている。その水の質を知るには、同じ川で生きている魚を食ってみることだ」

「与太話を」

男は嚙《か》みつくように言った。

「そのような屁理屈に化かされる俺だと思うか」

「そうやって化かされまい、ぬかるまいと気を張っていると、誰もお前に親しまないぞ。人も、魚もな」

「魚は関係ないだろう」

「いいや、同じことだ。お前のように気難しい顔をしているより、俺のように少し抜けているくらいが、魚だって近寄りやすい」

「その割には、釣れていないな」

男の言う通り、家政の足もとの魚籠《びく》は、先ほどから小魚一つ入らないまま転がっている。

「……法斎」

「はっ」

例によって、どこからともなく現れた近臣の法斎が、にこにこと穏やかな笑みを浮かべたまま、家政の竿を左手で預かり、新しい竿と手早く取り換えた。

「どうもあの竿はよくないな。龍野にいた頃もまるで釣れなかった」

「竿よりも腕を換えるべきではないか」

編み笠の男が無愛想に言った。諧謔《かいぎゃく》のつもりらしいが、にこりともせずに言うものだから、痛烈な皮肉にしか聞こえない。男のことをよく知っている家政だからよかったものの、相手を間違えれば、この一言で斬り合いが始まってもおかしくない。

「お前は本当に変わらぬな、佐吉《さきち》よ」

「童をたしなめるような物言いはやめろ」

佐吉と呼ばれた男は、ただでさえ鋭い目つきをますます険しくした。

石田三成《いしだみつなり》、通称は佐吉。

もとは羽柴秀吉の小姓《こしょう》であり、黄母衣衆だった家政とは十年来の旧知にあたる。

もっとも、仲が良いわけではない。利発で堅苦しい三成と、ひねくれ者でいい加減な家政は、水と油のように性格が合わず、共に秀吉の近臣《きんしん》をしていた頃も、ささいなことで揉めることが多かった。

ただ、その諍《いさか》いがもとで、互いを憎むようなことはなかった。家政にとっても我ながら奇妙であり、理由もよくわからない。恐らくは三成にとっても同様だろう。

（小うるさい奴だとは思うが、なぜだか憎む気は起きない。こういう仲を、腐れ縁とでもいうのだろうか）

そんなことを思いながら、家政は竿を下ろしている。しかし、その釣り糸は先ほどからぴくりとも動かない。

「法斎殿、竿を」

見かねたように三成が言った。法斎はこくりとうなずき、ついさっき家政が「これは釣れない」と言って手放した竿を差し出した。

針の先にエサの赤虫をくくりつけ、川に向かって投げ入れる。そのまま三成が竿を構えていると、数分もしないうちに、

ぱしゃっ

と水面で小さく波が跳ね、銀色の魚影がひるがえった。

目を丸くする家政の前に、よく太ったウグイが引き上げられた。

「よく釣れるな、この竿は」

帳簿の数字を読み上げるように、淡々と三成は言った。

家政は顔を渋らせ、

「……そのようだな」

と言うほかなかった。

結局、その後も家政はさっぱり釣れず、三成は立て続けに四匹ほどの川魚を釣り上げた。

「法斎、鍋だ」

と家政が命じるより早く、法斎は焚き火を熾《おこ》して鍋を沸かしていた。この頃はまだ戦乱の収まりきらない時代だけに、野陣で食事を作らなければならないことも多く、法斎の手際の良さは戦歴の長さの証といってよかった。

その間、家政は自ら包丁を取り、魚の腹から内臓を除いてぶつ切りにすると、青菜や味噌玉《みそだま》と共に、ぐらぐらと煮え立つ鍋に放り込んだ。

ほどよく煮えたところで火を消し、木椀《わん》に取り分ける。

「うん、いけるじゃないか」

川魚特有の野趣はあるものの、新鮮なためか臭みはない。熱さのために荒い息をつきながら、家政は夢中で身をほおばり、汁をすすった。

「どうだ佐吉、美味いだろう」

「自分が釣ったわけでもないのに、偉そうに言うな」

「俺の領内で獲れた魚だ。俺が誇ってなにが悪い」

「その屁理屈、お前こそ昔からなにも変わらんな」

三成は不機嫌そうに顔をしかめつつも、休まず箸《はし》を動かしている。

やがて食事が終わり、片付けを済ますと、三成は再び笠をかぶり、草鞋の紐《ひも》を締め直した。すでに検地帳の確認や領内の見回りは済ませてある。家政が釣りに誘ったのは、それらの仕事が終わった矢先のことだった。

「検地奉行というのも難儀な役目だな」

家政はしみじみと言った。

「諸国を飛び回り、領主たちの内政に嘴《くちばし》を入れて回るのだ。領主にとっても役人にとっても、最も面倒で嫌われる仕事だろう」

「必要なことだ」

「だが、あまりに多忙ではないか。わざわざ播磨の端まで来て、すぐ大坂《おおさか》へとんぼ返りでは」

「多忙には違いない。しかし、難儀ではない」

迷いを微塵も感じさせない、力強い口ぶりで三成は答えた。

「俺は、近江《おうみ》の小領主の次男坊だ。家督を継げぬゆえ坊主となり、山野の奥で伽《が》藍《らん》を清め、経を読み続けるだけで生涯を終えるはずだった。その俺を、上様は家臣として拾い上げ、才覚を活かす場を与えてくださった」

堅苦しかった三成の顔が、わずかながら緩んだように見えた。

（幸せなんだな、こいつは）

三成は秀吉の手足として、その生涯を賭けようとしている。単に恩というばかりではなく、経理に優れ、吏僚《りりよう》としての資質に恵まれたこの若者にとって、その才を表現する場を与えられたことは、なにものにも代えがたい喜びなのだろう。

そんな三成が、家政には羨ましくもある。

三成を見送った後、家政は屋敷に戻った。

といって、正面から帰ったわけではない。大手門は避けて裏口からこっそり入ると、そのまま庭をぐるりと回り、濡《ぬ》れ縁《えん》から忍び足で自室に入ろうとした。

そこで、妙なことに気づいた。

誰もいないはずの室内から、かすかに人の気配がする。

（まさか……）

恐るおそる、障子を開ける。

そこに、小柄な娘が座っていた。

「ひ、比奈《ひな》……」

「お帰りなさいませ、千松丸様」

娘――家政の正室、比奈は、手をついて恭しく頭を下げた。うなじが、目にまぶしいほどに白い。

「なぜ、俺の部屋に……」

「門で待っていた方がよろしかったですか？　ねえ、千松丸様」

「その呼び方はやめてくれぬか」

「では、ほかにどのようにお呼びすれば？　家来を騙して昔馴染みと遊びに行ってしまう子どものようなお方を、比奈は殿などとお呼びしたくありません」

弱りきる家政の顔を、比奈は明るく微笑みながら、じゃれるような調子で覗き込んでくる。猫になぶられる鼠の気分だ、と家政はますます苦りきった。

「……どうすれば許してくれる?」

「なにごとも、比奈に隠し事をなさらないでください。私たちは夫婦でしょう? ならば、嘘も取りつくろいもいらぬはずではございませんか」

「ああ、そなたの申す通りだ。その通りに努めよう」

「……努めよう?」

比奈は眉根を寄せ、拗《す》ねたように唇を結んだ。家政は慌てて、

「いや、必ず、誓って約定は違《たが》えない。俺も武士だ、二言はない」

などと、しどろもどろになりながら弁解した。

「仕方のない方ですね、殿は」

(どっちが殿だかわかったものじゃない)

くすくすと悪戯っぽく笑う比奈の前で、家政は小さくため息をついた。夫婦とは、はたしてこのようなものなのだろうか。夫というよりは、からかいがいのある兄弟程度に思われているような気もする。

「ああ、それともう一つ」

比奈はそっと家政の耳元に口を寄せると、

「次に釣りに行くときは、比奈も連れて行ってくださいませ」

と、静かにささやいた。

比奈が部屋から去ると、入れ違うように稲田がやってきた。

「遊びで脱け出していたわりには、浮かぬ顔ですな」

ずっと別室で待たされていた稲田は、家政の顔を見るなりそのように言った。

「公務だよ」

気だるげに、家政は言った。

「ちょうど、お前のように堅苦しくて、真面目ぶっていて、しかも輪をかけて無愛想な検地奉行殿を、領主として饗応していただけだ」

「ほう、屋敷の外で？」

「茶の湯の作法には、野点《のだて》というやつもあるだろう。俺がいかに風流を重んじ、礼を厚くして、此度のもてなしに骨を折ったか。その苦労たるや、とても言葉では表しきれぬ」

「ならば、奥方にもそうお伝えすればよろしかったのでは」

「比奈は困る」

渋い顔で、家政はぼやいた。不思議なことに、比奈は家政に対してだけ妙に勘が鋭く、嘘やごまかしがまるで通じない。

「屁理屈を捏《こ》ねあげてからかったつもりが、気づけばこちらがからかわれている。それを思うと、どうも言い訳をする気が起こらぬ」

「それは重畳《ちょうじょう》」

稲田は珍しく声を上げて笑った。

「家政殿にとって、これ以上ない奥方様ですな。その調子で、太郎左ならば適当な言い訳を吹っかけてもよかろう、などという考えも改めていただきたいものです」

「お前も言うようになったな」

と言ったあとで、家政は自らの言葉に首をひねった。そういえば、稲田太郎左衛門というこの口うるさい叔父のような男と、こんなに軽々しく冗談を交わすようになったのはいつ頃からだろう。

(ひょっとすると、比奈が嫁《とつ》いできてからか)

年下の女房の尻に敷かれているという弱みが、傲岸でひねくれた家政の印象において、一種の親しみや愛嬌《あいきょう》となっているのかもしれない。

もっとも、それは考え過ぎで、単にこれまで多くの戦を共に駆け抜けてきた年月が、自然と両者の仲を近づかしめたのかもしれなかった。

（まあ、どちらでもいいことだ）

苦笑しつつ、家政は話題を転じた。

「それで、今日はなんの用だ。まさか、わざわざ三日月くんだりまで、俺が尻に敷かれている様を笑いに来たわけではないのだろう？」

「お父上の使いで参りました」

声を落とし、稲田は続ける。

「間もなく、陣触れがあります。龍野の小六殿、それに播磨山崎の黒田家、備前岡山《おかやま》の宇喜多《うきた》家ら二万あまりの軍勢に、家政殿も加わっていただきます」

敵は誰か、などと家政は訊き返さない。秀吉とその政権の次なる敵が何者であるのか、家政や稲田ばかりでなく天下の誰もが知っていた。

「いよいよ攻めるのだな、あの長宗我部《ちようそかべ》を」

長宗我部元親《もとちか》は、もとは四国の土佐《とさ》でわずか一郡を領するだけの小豪族に過ぎなかった。

だが、その一郡から元親は瞬く間に飛躍した。剽悍《ひようかん》な土佐兵を率い、ときに腹黒いまでの策略を用い、およそ二十年、一代のみで四国全土をほぼ併呑《へいどん》するに至った。

一方で、この四国王は秀吉の新政権を認めようとはせず、常に対立を続けてきた。元親は東海《とうかい》の徳川《とくがわ》家、紀伊《きい》の雑賀《さいか》衆などといった反秀吉勢力と連携し、海を隔てた四国より、秀吉の本拠である大坂城の背後を脅かしてきた。

しかし、今や元親は孤立している。雑賀衆は秀吉によって滅ぼされ、徳川家も人質を差し出して屈服した。同盟者をことごとく失った長宗我部元親は、もはや翼をもがれた蝙蝠《こうもり》も同じであり、今こそ四国を攻めやらん、と秀吉が考えたのは当然のことだった。

「やれやれ、また戦か」

家政がため息まじりに言った。

「せっかく領地を貰っても、こうも戦続きでは、ゆっくり内政など出来たものではない」

「そんな中でも務めを果たすのが、領主というものです」

稲田が太い眉を吊り上げて言った。

「いつまでも、黄母衣衆だった頃のつもりでおられては困ります」

「わかっているさ」

すでに一介の槍武者ではない。小六の陣代でもない。小なりといえど、家政はもはや一個の自立した部隊長であり、領主なのである。

無論、負担は大きい。だが、その忙しさが、不思議と嬉しくてしょうがない。多忙だが難儀ではない、と言った石田三成の気持ちが、家政にもわかる気がした。

その夜、家政は比奈の部屋で横になっていた。

寝ころんだまま、豆餅をかじっている。下戸の家政は餅や菓子の類がなにより好きで、晩酌代わりに食べるのが日課のようになっていたが、われながら行儀が悪すぎる。いくら川並衆の上がりとはいえ、ここまでだらしないのは家政くらいのものだろう。

「酒が呑めぬ俺には、これだけが自《みずか》らをくつろがせる術だ」

というのが家政の言い分だったが、さすがに三千石の領主となった以上、領民や新たな家臣への体面もあり、このような姿をさらすのは比奈の前だけとなっていた。

「間もなく、四国攻めがある」

同じ体勢のまま、家政は稲田から聞いたことを比奈にも話した。出陣は、恐らく来月の頭、家政は八十名ほどの小部隊を率いて、小六らと共に瀬戸内海を越え、四国へ攻め込むことになるだろう。

「ずいぶんと、慌ただしいことですね」

家政の傍らに座っている比奈は、少し呆れたように言った。つい先月、紀伊の雑賀衆と戦い、攻め滅ぼしたばかりである。本能寺の変以降、家政ら羽柴家配下の武将たちは、戦に次ぐ戦で兜を脱ぐ暇もない。

「それでも務めを果たすのが、領主というものだ」

「稲田様の受け売りですか？」

比奈はくすりと笑った。

「なぜそう思う」

「夫婦ですもの。らしくない言葉はわかりますよ」

（らしくない……か）

たしかにな、と家政は苦笑した。元来が、武士でも百姓でもない、世上の秩序の外にある川の民の出である。その蜂須賀家のせがれが、領主や大名の柄であるはずがない。

もちろん、家政にとってその出自は恥ではない。むしろ、身分によらず実力のみで世に出た川並衆を、誇りにさえ思っていた。

ただ、誰もが家政と同じ印象を川並衆に抱いていたわけではない。いかに氏素《うじす》性《じょう》が意味を持たない時代とはいえ、この得体の知れない集団とその出身者を、野盗の類のように見る者は未だ少なくない。

「比奈」

「はい」

「なぜ、俺のところに嫁いできた？」

いきなりの問いかけに、比奈は少し小首を傾け、

「生駒《いこま》は、ああいう家風ですから」

と答えた。

生駒家とは、比奈の実家である。もともとは、尾張でわずかな領地を支配していただけの、ありふれた小豪族に過ぎなかった。

だが、いつ頃からか、商売を行うようになった。売り物は、藁《わら》や草木の灰《はい》である。この当時、灰を溶かした水の上澄《うわず》み（灰汁《あく》）が、植物の色素を定着させる媒

染剤として染め物に広く用いられていた。

生駒家はこの灰を大量に生産し、諸方に売りさばいた。また、売り出していく過程で、馬借《ばしやく》（運送業）も自ら請け負うようになり、商売が大きくなると灰以外に油なども扱うようになった。

こうして生駒家は、武家でありながら尾張有数の豪商となった。だが、この家が当てた商品の中で最も大きかったのは灰でも油でもなく、織田信長という男だった。

まだ信長が尾張一国の統一はおろか、家中の掌握も完全ではなかった時期、生駒家の吉乃《きつの》という娘が側室として嫁いだ。吉乃は信長の後継者である信忠《のぶただ》（本能寺の変で死亡）をはじめ数人の子を産み、生駒家は織田家の一門として、家中でも一種の威望を持つようになった。

比奈は、その吉乃の姪《めい》である。織田の血は受けていないが、信長にとっても姪といっていい。織田家が健在の頃であれば、とても蜂須賀家などに嫁ぎはしなかっただろう。

「つまり生駒家は」

家政は上体を起こしつつ、

「信長様の次は、この俺の将来に賭けたということか?」

と尋ねた。

「さあ、どうでしょう」

比奈は否定も肯定もせず、ただ静かに微笑んでいる。もちろん、家政も本気でこんなことを聞いているわけではない。

「わかっている。親父殿とのつながりを強くしたかっただけだろうよ」

信長亡き今、生駒家は新たな庇護者を見つける必要がある。幸い、蜂須賀家はかつて生駒家とほど近い宮後城《みやうしろ》を拠点としており、小六自身、生駒屋敷に頻繁に出入りしては、運送や護衛の仕事を請け負ってきたという縁があった。

商家としての生駒家の感覚で言えば、秀吉が新政権の主となるに伴い、腹心である蜂須賀小六の価値も急騰した。そのおこぼれとして、蜂須賀家嫡男である家政の値打ちも、それなりに上がったということなのだろう。

「まさしく今が買い得、生駒殿もお目が高いことだ」

家政は皮肉っぽく口元を歪めた。

「ええ、父上はきっと、そのようなお考えかと思います」

「お前は違うというのか?」

「ねえ、あなたさま」

比奈は、まるで悪戯の相談でもするかのように、声をひそめてささやいた。

「覚えてらっしゃいますか、初めて出会った頃のこと」

「……ああ」


家政と比奈が出会ったのは、十五年前のことである。

当時、二人は共に岐阜《ぎふ》城内に、織田家への人質として預けられていた。

人質とはいえ、多くは家中の重臣の子弟である。それぞれが世話役をつけられ、我が子以上に丁寧に扱われるのが常だった。

だが、千松丸こと蜂須賀家政だけは例外だった。というより、家政の世話役が例外だった。

「その世話役は高木左吉《たかぎさきち》と言ってな」

ついたての陰に身体を隠しながら、十三歳の幼い家政はひそひそとささやいた。

「織田家の馬廻衆《うままわり》の中でも、一、二を争うほど高名な男だ。その高木が、鬼のような顔をして、肩を怒らせてやってきては、朝から晩まで槍の稽古《けいこ》をさせるのだ」

「お稽古が、そんなに嫌なの？」

と、不思議そうに言ったのは、まだ八歳の比奈だった。そもそも、ここは比奈の部屋であり、家政は稽古中に隙を見て脱け出し、無我夢中で城内を逃げ回った末に「かくまってくれ」と言って飛び込んできたのだ。

「高木は厳し過ぎる」

家政は恨めしくつぶやいた。

「だいたい、俺は人質とはいえ蜂須賀家の嫡男だぞ。世話役のあいつは、それこそ真綿でくるむように丁重に扱うべきではないか。それがなんだ、『千松丸殿を一人前の武士にお鍛え申しまする』などと言って、青あざ、生傷が絶えぬまで、反甫槍《たんぽやり》で打ちまくるのだぞ」

「高木殿が、怖いのね」

比奈は一人で納得したようにうなずいている。そのように言われて、家政も黙っているわけにはいかない。武士にとって、臆病と言われることはなによりの恥辱である。

「別に怖がっているわけではない。ただ、あんな無茶には従えぬというだけだ」

「では、怖くないの？　震えているけれど」

小刻みに震える家政の手を握り、比奈は心配そうに言った。

「高木など怖くはない」

「でも震えてる」

「これは武者震いだ！」

家政は立ち上がって叫んだ。

「高木左吉の一人や二人、断じて怖いはずがあろうものか！」

「そう、よかった」

心からほっとしたように、童女の比奈はにっこりと笑った。

そんな風に言われてしまうと、流石《さすが》にもう一度、うずくまって隠れ直すわけにもいかない。仕方なく、家政は比奈の部屋を出て、その後は高木左吉にいつも以上にしごかれた。

それから間もなく家政は父に伴われて近江へゆき、そこで初陣を果たした。以後、秀吉の配下として近江に留まったため、岐阜に戻ることもなく、婚姻の日まで比奈と再会することはなかった。

「臆病なのに強がりで、理屈ばかりは一人前で、あなたのそういうところは、千松丸様の頃とお変わりありませんね」

嬉しそうに微笑む比奈の前で、家政は気まずく頬を掻いた。幼少のこととはいえ、我ながらあまりにも情けない記憶である。

「災難だな、そんな男の許へ嫁ぐことになって」

「いいえ」

比奈はゆっくりとかぶりを振り、

「ただの臆病ならつまらないけれど、あなたは自分が臆病なことを誰よりも知りながら、それでも逃げずに進もうとしている……。比奈は、そんな家政様をお慕いしております」

あの吸い込まれそうに深い瞳が、家政の方へまっすぐ向けられた。

（ああ、もう）

だからこいつは苦手なのだ。照れくささから、適当な言いわけで逃げようとしても、この瞳を前にすると、すぐに見抜かれてしまう気がする。

明かりを消し、比奈の細い肩を抱きすくめた。胸元から、赤子のように柔らかい匂いがした。

二

龍野城に戻った稲田は、小六に家政の様子を報告した。小六は、はじめのうちこそ頷いたり、相槌《あいづち》を打ったりするだけだったが、やがて話が比奈と家政の近況に及ぶと、膝を何度も叩き、喉が嗄《か》れるほどに大笑した。

「いやあ、惜《お》しいことをしたな」

笑い過ぎてむせたのか、咳き込みながら小六は言った。

「やはりお前にまかせず、俺が自ら、家政が尻に敷かれる様を見に行くべきだったか。あの傲岸なドラ息子が、よもや五つも下の小娘に参りきっているとは」

「しかし、今後もあの様子では、跡取りとしてはどうでしょう」

「それを言うのなら、今や天下人たるあの羽柴秀吉でさえ、女房に頭が上がらないことは誰もが知っているではないか」

女から生まれた男が女に敵《かな》うはずがない、というような意味のことを、小六はひどく下卑《げび》た表現で言った。

「だがあの与太者も、やるべきことはきちんとやっているらしい。仕置き（内政）に抜かりがあれば、奉行の石田が黙っているはずはないからな」

「遊び癖は抜けていないようですがね」

「まあ、その辺りは奥方が上手く転がしていくだろうさ。それにほれ、麻《あさ》に連《つ》るる蓬《よもぎ》という言葉もあるだろう」

　蓬という植物は、曲がって育つ性質を持っている。しかし、真っ直ぐ育つ麻の中に植えると、一緒になって曲がらず育つという。家政もこの蓬と同じように、妻の比奈と接するうちに少しは素直になるのではないか、と小六は言いたいらしい。

「しかし、家政殿に蓬のような可愛げがあるかどうか」

「おやおや、随分と手厳しいことだ。もっとも、俺も同感だがな」

　愉快そうににやつきつつ、小六は稲田に盃《さかずき》を差し出した。息子の家政と違って小六は大酒漢であり、還暦を迎えた今をもってなお、その酒量は衰えていない。

　稲田もまた、そんな小六と半生を共にしてきただけに、酒は嫌いではない。決して小さいとはいえない盃を、ほとんど一息で飲み干した。

　その後も、互いに盃を交わし合ったが、不意に小六が、

「ときに、太郎左よ」

と、珍しく生真面目《きまじめ》な、思いつめたような顔で言った。

「お前は、どういう肚でいるのだ」

「とは？」

「大名に、なる気はないのか」

「なにを馬鹿な」

稲田は慌てて否定した。唐突な問いに、酔いはすっかり覚めてしまった。

「私は、こうして小六殿を支え続けることが生き甲斐《がい》です。その他に存念はありませぬ」

誇張でも阿諛《あゆ》でもない。稲田の言葉は紛れもない本心であり、それほどまでに両者の関係は深いものだった。

稲田太郎左衛門は、尾張の有力な武家に生まれた。

だが幼少の頃、父が主家から謀叛の疑いをかけられ冤死《えんし》したため、稲田は郷里を追われ、川並衆の頭領である小六にかくまわれた。やがて長じてからは小六に伴われて織田家に出仕し、羽柴軍に配され、数え切れぬほどの戦場を共に駆けてきた。

稲田にとって小六は恩人であり、戦友であり、この世に寄る辺《よべ》のない自身にとって唯一ともいえる家族だった。

現在、稲田は小六の与力として、播磨佐用郡のうち二千石を領しているだけに過ぎない。かつて「河内《かわち》で二万石の大名にしてやろうか」と秀吉に誘われたこともあったが、それさえ蹴って今の身代《しんだい》に甘んじている。

だが、後悔はない。むしろ本望だった。自ら口にしたように、稲田にとっては小六を支えることが全てなのだから。

「では、俺が死ねばどうする」

投げかけられた言葉に、金槌で頭蓋《ずがい》を叩き割られたような衝撃が走った。

「もう俺も六十だ。畳の上で過ごしても、お前より長く生きるのは難しかろうよ。まして戦陣にあっては、いつ何どき死んでもおかしくない」

小六の言葉の一つ一つが、稲田の肺腑に深く突き刺さる。

気づいていなかったわけではない。ただ、考えまいとしてきた。いずれ小六はいなくなる。わかりきった事実だが、それでも稲田は認めたくなかった。

「そのとき、お前はどうする？　これからさらに武功を上げ、禄を稼ぎ、羽柴家の傘下で大名となるのを目指すのか」

そこで小六は言葉を切り、ほんの一瞬、目を伏せてから、

「それとも蜂須賀家の家臣となるのか」

と言った。

それはつまり、あの家政に仕えることと同義である。

稲田はうつむいて考え込んだ。

家政を見直す気持ちがないわけではない。まだまだ危なっかしく、だらしないところは少なくないが、あの伯耆馬ノ山の陣の頃からすれば、見違えるように成長した。かといって、主君として仰ぐとなれば全く話が違う。

しかし、小六への恩と義理がある以上、蜂須賀家を捨てるような真似《まね》もできない。

「昔のことは気にするな」

稲田の心をなぞったように、小六は言った。

「川並衆にかくまわれたことに借りを感じているのなら、そんなもの、とっくに返し終わっている。むしろ俺は、お前から色々と貰いすぎたくらいだ」

「頭領……」

「そんな風に呼ぶなよ。こいつは川並衆頭領ではなく、古い友垣《ともがき》としての言葉

だ」

小六は酒器を持ち上げ、稲田の盃になみなみと酒を注いだ。稲田は涙ぐみながら、夢中でそれを飲み干した。

三

同年六月十六日、羽柴軍による四国征伐が開始された。

蜂須賀小六、家政らの播磨勢二万三千は讃岐《さぬき》から、秀吉の実弟、羽柴秀長が率いる本軍六万は阿波《あわ》から、そして本能寺の変後、秀吉の傘下に降った毛利家三万は伊予《いよ》から攻め込んだ。

総勢十一万三千という、途方もない大軍勢である。

対する長宗我部家の動員能力の限界はせいぜいが四万であり、しかも防戦のため少ない兵力を各地に分散しなければならない。長宗我部元親がどれほどの英雄であろうと、これでは防ぎようもなかった。

開戦以来、羽柴軍は連勝を重ねた。圧倒的な大軍によって、長宗我部方の城砦《じょうさい》は次々と陥落し、無人の野を往くが如く、羽柴軍は四国の山野をほしいままに蹂《じゅう》躙《りん》した。

そんな中、阿波の一宮《いちのみや》城だけが、固く持ちこたえていた。守将は、長宗我部家中にその人ありと言われる、家老の谷忠兵衛《たにちゅうべえ》である。谷は守りを厳しく固め、城兵を鼓舞し、攻城開始から十五日が過ぎても、なお抵抗を続けていた。

そんな矢先である。

「一宮城へ、援軍に行きたい」

と、家政が小六に申し入れたのは。

「そんなもの送らずとも、一宮はいずれ落ちるだろう」

本営で進言を受けた小六は、うるさそうに言った。

このとき、家政たち播磨勢は、讃岐を抜いて阿波に入り、近隣の寺院を本営に定め、長宗我部方の岩倉《いわくら》城を包囲している。まずは眼前の城を攻め落とすことに集中するべきであったし、そもそも一宮城は、九千ほどの城兵に対して四万もの攻城軍が配備されている。守将の谷忠兵衛がいかに勇戦したところで、いずれ陥落するのは明白だった。

「いずれでは遅い」

家政は、淀みのない声で言った。

「それでは、降伏が遠のく」

「降伏だと？」

小六は呆れたような顔をした。ほんの数ヶ月前、秀吉は紀州雑賀衆を攻め滅ぼした。それ以前にも、織田家中における秀吉の政敵だった柴田勝家や神戸信孝など、抵抗する敵勢力はことごとく滅ぼしてきた。

「俺たちは、今まで数えきれぬほどの敵を滅ぼしてきた。だがお前は、長宗我部に対しては降伏を許し、命を助けろと言うのか？」

「あんたや秀吉様《うえ》が、天下より四国が大事だというなら別だがな」

家政の考えるところ、もはやかつてとは状況が違っている。

これまでは、秀吉にとって言わば足場固めの時期だった。自身の政権を確立させるため、その障壁は全て打ち倒さなければならなかった。

だが、その段階は既に過ぎた。かつて、信長が目指した天下統一という大事業――その野望と勢力を引き継いだ秀吉にとって、今や最大の敵は長宗我部元親などの諸国の豪傑たちではない。

敵は、時間である。

いよいよ滅びが避けられぬとなれば、長宗我部の軍勢は一兵一卒に至るまで覚悟を定め、四国全土が灰になるまで激しい抵抗を続けるだろう。

それらを残らず根絶やすのに、どれほどの年月を要することか。さらに今後、九州や東国でも同じことを繰り返していては、統一に何十年かかるかわかったものではない。

秀吉の寿命はもとより、あまりにも戦が長引いて財政や兵力が疲弊《ひへい》すれば、その隙を衝いて内部から反逆者が続出し、政権が根底から覆りかねない。

「それよりも、許すことだ」

と家政は言う。長宗我部を許すことで、四国平定を早めるばかりでなく、天下に向かって秀吉の寛大さを宣伝する。降伏すれば許されると知れば、このさき立ちふさがる諸国の大名たちも、争って傘下に降るだろう。

家政は、右のような理由をつらつらと説明した。かといって、献策をしているつもりはない。この秀吉政権における根本的な課題について、その腹心である小六が把握していないはずがなかった。

「しらを切るのもいい加減にしろよ。この戦ははじめから、殲滅《せんめつ》ではなく降伏が狙いのはずだ」

「なるほどな」

小六は、それまでのとぼけたような呆れ顔をやめ、呵々《かか》と声を上げて笑った。

「少しは先のことまで考えるようになったか。しかし降伏など、長宗我部が呑むと思うか？」

「それを呑ませるのが、あんたの仕事だろう」

「六十の爺に無茶を言いやがる」

「なにが無茶だよ」

家政は鼻で笑った。小六は歳を経て老け込むどころか、壮年以上に若々しく、現役の武将として八面六臂《はちめんろっぴ》の活躍を続けている。

得手《えて》としている交渉の分野では、つい最近、毛利家との領土境界の確定という難しい問題をまとめ上げたばかりだったし、武人としてもこうして一軍を率い、播磨勢の軍監を務めている。

その小六にとって、この交渉が無茶であるはずがない。

「まあ、いいだろう」

と、小六はうなずいた。

「阿波の要所である一宮城が落ち、股肱《ここう》の臣《しん》である谷忠兵衛が敗れたとなれば、たしかに長宗我部方の士気は萎《な》え、降伏に近づくだろう。それで、援軍の兵はいかほど要る？」

「一人でいい」

と、家政は即座に答える。

「あんたの家臣の久米四郎左衛門《くめしろうざえもん》、あいつを貸してもらおうか」

ほう、と小六は感心したような声を上げた。

久米氏は阿波の有力国人であり、四郎左衛門はその末裔《まつえい》である。だが、長宗我部家の侵攻によって領土を奪われ、流浪の末、小六に召し抱えられた。城攻めの偵察をさせるのには、うってつけの人材と言えた。

「久米のことを知っていたか。随分と、目ざといことだ」

「どっちがだよ」

家政は小さく舌を打った。

小六が久米を登用したのは、本能寺の変が起こり、明智光秀を討ち果たした直後のことである。まだ秀吉の政権確立さえ不確かな時期から、小六は将来の四国征伐を見越していたに違いない。

　四国征伐を予測した者は、小六だけではないだろう。だが、そのための具体的な手段を、何年も前から講じていた者がどれほどいただろうか。

（まったく、この壁はどこまで高いのやら）

　もはや、驚嘆を通り越して呆れる思いがする。だが、だからこそ挑みがいがある、と家政は思いなおした。これで小六が老い衰えでもしていたら、それこそ家政は報われない。

「いいか、家政」

　小六は手元の煙管を深く吸い、ゆっくりと煙を吐き出してから言った。

「一宮城を、必ず落とせ。俺はそのつもりで、降伏交渉の備えを進める」

「妙なこと言うなよ」

　これまで、家政が小六の成功を前提として策を立てることはあっても、その逆はなかった。いや、家政に限らず、蜂須賀小六という男は自分以外の誰かを信じて、手を打ったことなど一度もないはずだった。

「信じるなんて言葉は、大将が使うべきじゃないと言ったのはあんたじゃないか」

「ああ、信じやしねえさ」

煙管をくわえたまま、小六はふてぶてしく笑った。

「信じるだけなら元手は只《ただ》だが、只で結果は変えられねえ。俺はただ、お前に賭けてみようと思っただけだ。こんな勝ち目の見えた退屈な戦は、そのくらいの楽しみがないとやってられねえからな」

「俺はあんたの賽子《さいころ》代わりか」

不機嫌を隠しもせず、家政は聞こえよがしに舌打ちした。

「それで、その賭けが外れればどうなる？」

「交渉のために積み上げてきた布石が、全て無駄になるだろう。だが、賭けるとはそういうことだ。目的のために、なにかを失う覚悟を負うことだ」

「ふん」

家政はそっぽを向き、無愛想に鼻を鳴らした。

「言われなくても一宮城は落とすさ。だが勘違いするなよ、別にあんたのために落とすわけじゃない」

「ほう、なら誰のためだ。さては女房のためだな」

「うるせえ」

「ははっ、照れんなよ、でかい図体して」

耳障りなほど大きい小六の笑い声を振りきり、家政は廊下に出た。その直後、背後の声は苦しげな咳に変わった。

（笑い過ぎてむせたな）

やれやれと肩をすくめ、家政は寺院をあとにした。


家政が一宮城にたどり着いたときには、すでに陽は沈んでいた。

城の周囲に焚かれた無数の篝火が、頭上に横たわる夜の闇を赤々と焼いている。その灯の根元では、具足に身を包み、刀槍を携えた四万の軍勢が控えており、方々からさざ波のようなざわめきが聞こえてくる。

「ところで、お前はなんでついてきたんだ？」

傍らの稲田太郎左衛門に、家政は尋ねた。本来、援軍として向かうのは家政の手勢と、小六から借りた久米四郎左衛門だけのはずだったが、なぜか稲田も自ら申し出て、この軍勢に加わっていた。

「見極めたいからです」

稲田は答えた。

「なにをだ？」

「……色々と」

「どうもよくわからないな」

と家政は首を傾げたが、稲田には稲田なりの考えがあるのだろうと思い、それ以上は問わなかった。

「蜂須賀家政殿ですね」

不意に、闇の中から声が聞こえた。その方角から、人影がひとつ近づいてくる。やがて、篝火に照らされて浮かびあがったのは、まだ二十歳にもならないような、少年の匂いの抜けきらない若者だった。

「わざわざの援軍、ご苦労に存じます」

若者は、白い歯をにっと見せて、愛想よく笑いかけた。笑うと、丸っこい輪郭がほころんで、仔犬のような顔つきになる。

(どこぞの小姓か?)

と一瞬、家政は考えたが、たかが小姓にしては身なりが整い過ぎている。

「貴殿は?」

「これは失礼致しました。私は、毛利家の堅田《かただ》弥十郎と申します」

(堅田——)

その名は、家政も噂で聞き及んでいた。中国八カ国の主である毛利家、その当主・毛利輝元《てるもと》の側近が、この堅田弥十郎だった。

若年ながら大変な俊才で、「麒麟児《きりんじ》弥十郎」「安芸《あき》の公瑾《こうきん》」などと称され、今や毛利家に欠かせぬ男となりつつあるという評判は、家政の領国の播磨だけでなく、大坂や京にまで届いていた。

（だが、いくら若いといっても、ここまでとは……）

驚きを隠せない家政の前で、堅田は人懐《ひとなつ》っこい笑みを浮かべ続けている。その物軽い態度は、どう見ても大国の高官などというものではなく、どこにでもいる少年と変わらない。

「そうか、貴殿があの、堅田弥十郎か」

「私などのことを蜂須賀殿がご存じだったとは、光栄です」

「そういえば、なぜ俺が蜂須賀家政だと気づいた？　たしかに援軍のことはこちらの陣に伝えてあったが、貴殿と会ったのは初めてじゃなかったか」

「その紋」

堅田は家政の胴丸を指差した。

「ああ、これはうっかりしていた」

そこには、蜂須賀家の卍《まんじ》の定紋が、金箔《きんぱく》でもってあしらわれていた。羽柴軍でこの珍しい紋をつけている重臣は、小六か家政と決まっている。

「だが、貴殿のような若い者が、蜂須賀の定紋まで知っていたとは意外だな」

「知っているどころではありませぬ」

堅田は、意味ありげに眉をあげた。

「羽衣石城にひるがえる卍の旗を見て、私たちがどれほど悔しかったことか」

「うん？」

思わぬ言葉に、家政は目を白黒させた。羽衣石城、そして卍の旗、それらが指し示すのはただ一つ——四年前の、伯耆の陣における、羽衣石城の救援戦である。

「貴殿は、あの陣にいたのか！」

「ええ。馬ノ山で、吉川元春様の近習を務めておりました。あの戦での家政殿のご活躍、敵ながら大したものだと、元春様も舌を巻いておられましたよ」

「それはまた、身に余る光栄だな」

しかし、素直に喜べるものではない。たったいま、家政の脳裏に次々と蘇《よみがえ》っているのは、策を成功に導いた快さなどではなく、そのあとで小六にさんざん己の未熟さや手抜かりを指摘された、苦い記憶ばかりだった。

「そういえば、吉川殿も四国に来ているのか？」

「いえ……」

それまで明るかった堅田の顔に、わずかに影が差した。

「元春様は、隠居なされました」

「隠居？」

家政の記憶が正しければ、吉川元春はまだ五十半ばのはずである。若いとはいえないにしても、戦場から退くような齢《よわい》ではない。

「それはつまり、形の上での隠居ということか？」

どれほどの名将であっても、戦場ではいつ果てるかわからない。そのような急死による混乱への備えと、次代への家中体制の確立のために、当主が実権を握ったまま形式上の隠居をするということなら、珍しくない。

だが、堅田は力なく首を横に振った。

「元春様は、真に隠居をされてしまわれました。家督も実権もご子息に全て譲られ、ご自身は山中の館に籠り、人をほとんど寄せ付けず、虜囚《りょしゅう》の如く孤独に過ごしておられます」

「なぜ……」

「それが、大将としてのけじめだと、そう仰《おつしや》っておられました」

本能寺の変以前、毛利家は中国地方の覇者として、織田政権の、そしてその方面司令官である羽柴秀吉の侵攻に対し、凄絶なまでの抵抗を続けてきた。

だが、信長の死をきっかけに、方針を大きく転換した。毛利家は、すでに抗戦が限界にあることを認め、新たに勃興《ぼつこう》した秀吉と手を結び、その傘下に降って生き延びる道を選んだ。

――では、この敗戦の責は誰が負うのだ！

というのが、元春の心の叫びだった。降伏が間違っていたというのではない。ただ、この降伏に至るまで、毛利家は無数の犠牲を払ってきた。

毛利家の将兵は言うに及ばず、傘下となった国人、共に起《た》ち上がった同盟者、その他、数えきれぬほどの血肉が、山陰山陽の大地に惜しげもなくばらまかれてきた。

その結果、毛利家はなにも得ることができなかった。ただ、五年以上にわたって領国を戦火で荒廃させ、無意味な屍《しかばね》を数千数万と量産し、欠けた所領と己の命を、降伏によって恩着せがましく安堵されただけである。

――死も、勝敗も、衰勢も、全ては乱世の習いじゃ。だが、自分たちで抗戦を選びながら、敗戦や失策の責を誰ひとりとして負わず、のうのうと生き延びて栄華をむさぼることなど、許されていいはずがない。

元春はこの敗戦を招いた責任者の一人として、己を罰することによって、犠牲となった者たちに対してせめてもの筋を通そうと考えた。

ただし、自害はできない。降伏し、秀吉に存《なが》えることを許された命を、ここで自ら絶ったとすれば、それは羽柴政権への公然たる批判にほかならない。そんなことをすれば、主家である毛利家はたちどころに取り潰されてしまうだろう。

元春には肉体としての死を選ぶことが許されない。だからこそ、彼は代わりに、武将としての己を殺すことを選んだ。

隠居という形を取ることで、自らを座敷牢へ閉じ込めたのである。元春は、類稀なる武将の才を持ちながらそれを死蔵し、残りの寿命を幽囚《ゆうしゅう》の身として費やすことを決意した。

「元春様は恐らく、二度と世間に出られることはないでしょう。それが、あのお方の選んだ、大将としてのけじめなのです」

（なんという男だ）

話を聞きながら家政は、身体の芯が熱くなるような気がした。あくまでも己の筋を通そうとする元春の覚悟と決断は、家政のようなひねくれ者でさえ、血を沸き立たせるに足るものがあった。

しかしその一方で、

(俺が同じ立場なら、違う方法を取っただろうな)

と、頭の片隅に、ひどく覚めた部分を残している自分にも気づいていた。

なるほど、吉川元春の決意は見事である。その理由も、美意識も、信念も、家政は十分に理解ができた。

(だが、信念や志で飯が食えるわけでも、まして家や国が富むわけでもあるまい)

たとえ死者への罪悪感に苛《さいな》まれようとも、責を負わなかった己への嫌悪に押しつぶされようとも、自分ならさんざんに迷った挙句、世に出て才を活かす方法を選ぶだろうと、家政は思った。恐らくその差は、なんらかの優劣によるものではなく、単に好みの違いに過ぎないのだろう。

もっとも、そんな内心など、家政はおくびにも出さない。

「将たるものは、かくありたいものだ」

と、丸きりの嘘とも心からの本音とも言い難い、いい加減な言葉で取り繕った。

「それで、毛利の重臣が、なぜこんなところにいる？」

「無論、一宮城攻めの援軍のためです」

堅田は答えた。

「あの城は、毛利が攻め落とします。私はその先遣として、物見に参りました」

「わざわざ伊予から、ここまで援軍を送ると？」

毛利軍は現在、阿波とは真逆の伊予方面の城を攻めている。一宮城に援軍を送るとすれば、ほとんど四国を横断するような長駆を経なければならないはずだった。

「難儀ではありますが、仕方ありません。一宮城はまさしく、毛利軍を除いては破るあたわざる堅城です」

「大層な自信だ」

家政は呆れた。まるで、毛利軍以外は武者ではないと言わんばかりの口ぶりだった。

「だが、俺たちが来たからには、無用になるやもしれんな」

「失礼ですが、蜂須賀殿の手勢はいかほどでしょう？」

「八十人」

「八十で、九千の兵が籠る城を落とされると？」

「そんなに驚くことかね」

家政は意地悪く笑い、

「俺は昔、三十の兵を率いて六千の包囲を出し抜き、結果として撤退に追い込んだことがある。似たようなものだと思わないか」

と、皮肉を込めて言った。

「戦は数ではないと仰りたいのですか」

「少なくとも、川並衆に限ってはな」

「川並衆？」

堅田は、不思議そうに小首を傾げた。

「そんなものがどこにおりましょう」

「なに？」

「なるほど、かつての技能の名残はあるかもしれません。しかし、実態はありません。すでに木曾川から離れ、ほかの武士と同じように禄を食み、技能も徐々に失われつつある。川並衆など、すでに滅んだも同然ではありませんか」

「小僧！」

と、思わず叫んだのは稲田である。

「いや、堅田殿、取り消していただきたい。川並衆は、滅んでなどおりません」

「しかしいずれは滅びます。そうでしょう、稲田殿」

堅田はにっこりと笑った。嫌味ではなく、親切に事実を教えているような、善意に満ちた態度だった。

「四国だけではありません。九州、さらには東国へ、今後、秀吉様は兵を差し向けられることでしょう。これより始まる戦はかつてのように、細々とした奇策や特異な技能によって勝敗が決せられる類の、小規模なものではありません。数万、数十万という大軍がひしめき合う戦場で、川並衆への追憶にこだわるのは、むしろ蜂須賀家にとって危険だとは思われませんか」

「だから、大人しく毛利からの援軍を待てと申されるのですか」

稲田は怒りを堪えてぶるぶると震えている。

「私はそちらの方が賢明だと思います」

「毛利、毛利と仰られるが」

稲田はきっ、と堅田を睨みつけ、

「その大いなる毛利とて、本能寺の変の折、我らに変報を遮《さえぎ》られて、動くことができなかった。戦の大半は数で決まるやもしれません。しかし、それだけが全てではない」

「あれは動けなかったのではありません。——動かなかったのですよ」

「なにを馬鹿な」

本能寺の変報は、家政らによって遮断され、毛利家には届かなかったはずである。だからこそ、信長の死を伏せた形で和睦が成立し、羽柴軍は上方へ向けて大返しをすることができた。

「あの封鎖には、穴がありましたよ」

堅田は言う。

「海路から、毛利家へ報せは届いておりました。和睦が結ばれ、羽柴軍が撤退を始める直前でした」

稲田は愕然とした顔をした。

あのとき、家政らは、姫路城や播磨国内の支城の兵を用い、陸路は完全に遮断した。しかし、海路はまるで手つかずだった。

そもそも、塞ぎようがなかった。家政の配下に水軍はおらず、あの土壇場で近隣の海賊衆を味方に引き入れるような手立てもなかった。交渉の手腕に長《た》けた小六がいれば或いは為し得たかもしれないが、いずれにせよ当時の家政や稲田では、あの封鎖が精いっぱいだった。

つまり毛利軍は、その気になれば撤退する羽柴軍を突き崩すことができたのである。

「なぜ、それをしなかったのです？」

「それが、毛利両川《りょうせん》の判断でしたから」

堅田がいう毛利両川とは、毛利家特有の体制のことである。

安芸の小領主に過ぎなかった毛利家を、類稀なる知略と謀略で中国の覇王にまで引き上げた毛利元就《もとなり》は、その行く末を三人の息子に託した。

毛利宗家を継承した毛利隆元《たかもと》、次男の吉川元春、三男の小早川隆景《こばやかわたかかげ》である。

――一つの矢では簡単に折れてしまうが、三本合わされば容易くは折れない。

という有名な「三本の矢」の逸話は、この三人の息子への結束を説いた、元就の教えに由来する。

だが、毛利宗家を継いでいた隆元が早世してしまい、その子の輝元が若年の身で後を継ぐと、吉川元春と小早川隆景、「毛利両川」と称される二人の宿老の補佐によって、家中運営を取り仕切るという体制が確立した。

本能寺の変の際も、軍議はこの二人を中心に進められた。

——今すぐ全軍を率いて、羽柴軍の背後を追撃するべきだ。

と、本能寺の変報を受けた吉川元春は主張した。

秀吉は信長の死を秘し、毛利家を謀《たばか》って和議を結んだ。それが露見した以上、毛利が採るべき手段は戦しかないのだと。

これに対して、もう一人の宿老である小早川隆景は、むしろあえて追撃を行わず、秀吉に恩を売るべきだと説いた。元春が局地戦に優れた稀代の戦術家であるのに対し、小早川隆景は外交的判断も含めた、大局的な戦略に長じていた。

議論の末、元春は隆景の案を受け入れ、毛利家は追撃を行わなかったのだと、堅田は説明した。

「堅田殿は、今の羽柴家は毛利の恩情で成り立っているとでも仰りたいのですか」

「恩情ではなく、誠意と言っていただきたいものです」

噛みつくような稲田の言葉を、堅田は微笑で軽く流し、

「立ち話が過ぎてしまいましたね。私は援軍を受け入れるための準備に参ります
ので、これにて失礼いたします」

と言って、その場を後にした。

その背を、稲田は歯がゆい顔で睨み続けていた。

「俺たちも行くぞ、太郎左」

それまで黙り込んでいた家政が、ようやく口を開いた。

「なぜ、なにも言い返さなかったのです！」

稲田は真っ赤な顔で叫んだ。

「川並衆も、家政殿も、あんな若造に虚仮《こけ》にされたのでござるぞ。かように侮《あなど》ら
れて、なぜそのように平然としておられるのですか」

「太郎左、なぜそう怒る。むしろ俺たちは喜ぶべきだ」

家政は意味ありげに笑ってみせた。

「頼みもしないのに、向こうから俺たちのことを勝手に侮ってくれているんだ。

出し抜いて、一泡吹かせるには、絶好の機会じゃないか」

「……家政殿？」

「川から離れても、技能が滅んでも、なくならないものもある。それを、あの若造に見せてやろう」

四

翌朝、四万もの羽柴軍は、再び一宮城に攻めかかった。

阿波一宮城は、典型的な山城である。

麓《ふもと》から六十六間（約一一八・八メートル）もの高所に位置する本丸を中心に、山麓上に五、六個ほどの郭《くるわ》を配してある。攻城軍から見て城の前面には鮎喰川《あくいがわ》が横切って堀の役目をなし、後方には四国山脈が広がって天嶮《てんけん》をなしている。

まさしく天然の要害というべき堅固さであり、これほどの大軍を擁《よう》しながら、羽柴軍はこの連日、苦戦を強いられ続けていた。まだ晴れきらない乳色の朝靄の中で、大軍は怒声を上げながらひしめき合い、銃声と叫喚《きょうかん》が木霊《こだま》のように響き渡る。

その様子を、家政は後方の本陣近くから遠望していた。

「なにを見ておられるのです」

背後から堅田弥十郎の声がした。だが、家政は一瞥さえくれずに、靄の向こうの一宮城を見つめたまま、

「あの城の落ちるところ」

と、独り言のように言った。

堅田が、再びなにごとかを問いかけようと、口を開いたときだった。

一宮城から、煙が上がった。

山中の砦の一つが、遠目からもはっきりわかるほどに、轟々《ごうごう》と火を上げて燃えていた。

「これは、一体……」

「水の手を断った」

愕然とする堅田を尻目に、家政は満足そうな笑みを浮かべながら言った。

一宮城は、天然の要害を備えた、阿波国内でも有数の山城である。

だが、それだけでは、わずか九千の兵力で四万もの攻城軍を防ぎ続けている理由として、十分とはいえない。

「山城の難点は、水の確保が難しいことだ」

と、家政は堅田に言った。

山城はその構造上、高所にあるため、平城のように郭内に井戸を作ることが難しい。水を得るには、周辺の井戸や川から、あらかじめ水を汲んで甕《かめ》などに詰めておくか、さもなくば山中でたまたま生じる湧水か、雨水を溜めておく箱井戸ぐらいしか手がない。

人間にとって、渇きほど大きな弱点はない。有り体に言って、水の手さえ断ってしまえば、大半の城は数日以内に陥落する。

当然のことながら、一宮城を攻める羽柴軍も、その程度のことは十分に心得ている。事実、攻城軍の総大将である秀吉の実弟、羽柴秀長は、地元の者を雇って検分させ、水の手となる湧水や麓の井戸などを抜かりなく封鎖し、破却した。

しかし、それでも一宮城は落ちなかった。

「その話を聞いて、考えたのだ。もしや、水の手は完全に断ち切れてないのではないか、とな」

「しかし、地元の住民でも見つけられなかった水源を、家政殿はどうして……」

目を何度もしばたたかせる堅田に、家政は説明を続ける。

「考えればわかることだ。ずっとここで暮らしている住民が知らないのなら、つい最近、新しく見つかった水源とするのが自然だろう」

「新しく、ですか？」

「たとえば、防戦に備えて城を改築している最中、とかな」

そして、水源が見つかったとすれば、城方はなにを始めるか。

城の防衛とは直接関わりのない、水源を守るための砦を築くはずである。

「太郎左は、すぐに探り当てた。南西の砦が臭い、とな」

「稲田殿が？」

「川並衆は、その手の仕事に慣れている」

正規の武士団ではない川並衆は、傭兵として大名などに雇われるとき、槍働きばかりでなく、火付けや刈り働き、兵糧庫や井戸の破却などといった、いわゆる乱破《らっぱ》のような役目を担うことも多かった。

家政は昨晩、阿波出身の蜂須賀家臣、久米四郎左衛門に地理を調べさせて一宮城の縄張り図を作り、そこからさらに稲田に検証させた。

――この砦が、周りから浮いていますな。

という表現で、稲田はすぐに探り当てた。その砦は城の防備のためには効果的な立地とはいえず、まるでなにかを外から覆い隠す壁のように築かれていた。

家政は、さっそく攻城軍の大将である羽柴秀長にそのことを伝え、攻城の際に小部隊を迂回《うかい》させ、ひそかにこの砦を急襲させるべきだと献策した。

その結果が、目の前の顚末である。攻城軍の奇襲によって砦は占拠され、炎上した。

それから間もなくして、

「家政殿！」

と、稲田が馬を駆ってこちらに向かってきた。家政たちの前まで来ると鞍《くら》から降り、すぐさまその場に跪《ひざまず》いた。

「おお、どうだった」

「睨んだ通りでした。やはり、あの砦の付近に水源があったようです」

稲田の報告によれば、水源は砦近くの山中に湧いていた湧水で、城方はこの水を樋《とい》で引き、本丸脇の人工池にひそかに貯水していたのだという。

籠城中に、水の手を断たれた恐怖と疲労は並大抵のものではない。いかに敵が勇猛でも、一宮城の落城はもはや時間の問題であるといえた。

「堅田殿よ」

家政はにやりと笑って堅田を見やった。

「貴殿の言う通り、川並衆は滅びゆく集団なのかもしれない。だが、それでも受け継いでいけるものはある。それは単なる追憶や感傷とは違う、他の武家にはない、俺たちだけの武器だ」

技能が全てではない。川並衆の視点、考え方があってこそ、水の手を突きとめることができた。そしてそれは、たとえ川並衆の実体が滅んだとしても、蜂須賀家の中で受け継がれていくもののはずだった。

「参りました」

堅田は肩をすくめた。

「さすがは、元春様を出し抜いただけのことはあります。川並衆の手際、しかと拝見させていただきました」

その態度には、屈辱や焦燥など微塵も浮かんでいない。むしろ全てが狙い通りであるかのような、そんな印象さえ家政は受けた。

「あんな若さで、食えない策士もいたものだ」

堅田が去ったあとで、家政はぽつりと呟いた。

「なんのことです?」

「そもそも、胡散臭いと思わなかったか」

怪訝そうな顔をする稲田に、家政は考えを述べ始めた。

「たしかに一宮城は堅城だったが、わざわざ四国を横断して援軍を送らねばならぬほど、戦況が逼迫《ひっぱく》していたわけではない。なにより毛利家にとって、この援軍は労が多いわりには、これといった旨味がない」

数万もの軍勢の無意味な大移動は、それだけ糧秣《りょうまつ》を膨大に消費する。もはや一宮城の落城が見えた以上、堅田は一刻も早く引き返し、援軍を止めなければならない。

にもかかわらず、堅田はありえないほどに落ち着いており、その表情から一抹の焦りさえ見出すことはできなかった。

「言われてみれば、少々おかしゅうござるが……」

「左様、おかしいのだ。だが、もしあいつが嘘をついていたとすれば？」

「嘘？」

「毛利の援軍など、はじめからなかったのではないか。堅田弥十郎は虚言によって俺たちを謀《たばか》り、あえて川並衆を侮辱してけしかけたのだとすれば、あれほど奴が落ち着いていたのも、うなずけるとは思わんか」

「まさか」

稲田は目を丸くした。

「なんのために、そんなことを」

「さあてな。伯耆馬ノ山の陣での意趣返しか、あるいは西国の抑えの一つである蜂須賀家の手前や、後継ぎ息子の将器でも探ろうとしたか……」

無論、確証などありはしない。しかし、毛利が四国を横断して援軍にやってくるなどという話よりは、よほど現実味があるのではないかと、家政は思わずにいられなかった。

「それほど疑っておられたのなら、なにゆえ、あの男を問い質さなかったのです」

「お前がここまでついて来た理由と同じさ」

「は？」

「見極めたかったのだ。援軍の虚実について、堅田の人物について、それに川並衆の力についてもな。お前の方はどうだ。見極めたかったものとやらを、確かめることはできたのか」

「……そうですな」

稲田はじっと家政を見つめ、

「まずまず、といったところでしょうか」

「なんだそりゃ」

普段の稲田らしくもない、はっきりとしない答えが妙におかしく、家政はつい噴き出した。

それから間もなく、十九日間にわたって防戦を続けた一宮城はついに開城した。この敗報が長宗我部方に与えた衝撃は大きく、そのほかの諸城も次々と陥落していった。

そして八月六日、長宗我部元親はついに秀吉に降伏し、土佐一国のみを安堵とされ、政権の傘下に収まった。

こうして、六月よりはじめられた四国征伐は、わずか一ヶ月半で平定した。九州をのぞく西国をことごとく平定した秀吉の権力はますます強大なものとなり、間もなく人身の最高位である関白《かんぱく》に就任した。

だが、戦がすでに終わったにもかかわらず、蜂須賀家政は領国への帰国を許されず、四国に留まるように命じられた。
この奇妙な命令の真意を、家政は間もなく知ることになる。

狸《たぬき》と国

一

　生まれたのは尾張だった。

すぐ向こうに木曾川の見える、宮後《みやうしろ》城の本丸で生を享《う》けた。幼い頃から川を眺めるのが無性に好きで、物心ついて、岐阜城に送られてからもそれは変わらなかった。きっと、その流れが、生まれた場所に続いていると知っていたからなのだろう。

　だが、川はとどまらず動き続ける。たとえ外からは同じように見えても、昨日と同じ水はそこにはない。

　ただ一切は過ぎてゆく。緩やかであれ速やかであれ、あらゆるものは変わり続けていく。

木曾川の流れを辿ったところで、生まれた領地は他人のものになっている。もう、あの川の向こうに、帰るべき場所などありはしない。

（そんなこと、わかっているはずなのにな）

本丸から、すぐ近くを流れる大河を見下ろしながら、家政はかすかに自嘲を浮かべた。

眼下に横たわる異郷の川が、尾張に続いているはずもない。それでもつい眺めてしまうのは、きっと不安だからだろう。進む道は変わらないのに、いちいち振り返っては帰り道を確かめる。ひどく臆病で子どもじみた不安が、身体の内側でざわめいている。

だが、後戻りはできない。そのことも、家政は十分過ぎるほどわかっていた。

「殿」

声のした背後に目をやると、法斎が部屋の入口に控えている。

「御家老衆が、到着されました」

「わかった」

静かにうなずき、家政は身をひるがえした。こんなに緊張するのは、初陣以来かもしれない。さもなくば、この対面こそが、自身にとって三度目の初陣と言えるかもしれなかった。

「国主、蜂須賀家政はすぐに参る。家老の面々にはそう伝え、広間へと通し置け」

そう口にしたとき、家政の相貌《そうぼう》にはいつものように、ふてぶてしい笑みが浮かび上がっていた。

――長宗我部元親、秀吉に帰降し四国平定す。家政戦功によりて阿波に封《ほう》せられ、十七万五千七百石を食む（『蜂須賀蓬庵』）

天正十三年、八月のことである。


阿波一宮城本丸の広間で、稲田は家政が現れるのを待っていた。

室内には、自身も含めて七人の武士が控えている。林図書《はやしずしょ》、中村右近《なかむらうこん》、山田織部《やまだおりべ》、牛田掃部《かもん》、森監物《もりけんもつ》、西尾理右衛門《にしおりえもん》……いずれも旧織田家の出身であり、数えきれぬほどの戦陣を経験してきた古兵《ふるつわもの》ばかりである。

（壮観なものだ）

稲田は改めて感嘆する思いがした。どの男も、面構えが違う。彼らはいずれも尾張や三河《みかわ》の出身であり、織田信長という一世の英雄が、天下に向かって飛躍を始めた草創の頃より、その幕下で駆けまわってきた連中ばかりである。

風雨に晒され年輪を重ねてきた樹木のように、それぞれの顔つきに、織田家の戦史が刻み込まれているような重みがあった。

そんなことを考えていた矢先、六人の古兵たちは、上体を深く傾けて一斉にひれ伏した。稲田も慌てて周りに従う。

家政が、広間の上段に立ち現れたのである。

「ああ、頭はまだ下げなくていい。足を崩して、楽にしていてくれ」

そう言った家政自身、服装こそ堅苦しい礼装ではあったが、態度や姿勢は普段とまるで変わらず、上段にゆったりと座っている。

「さて、初めて顔を見る者もおろう。俺が蜂須賀家政、貴殿らの主になるかもしれない男だ」

「これは異なことを申される」

声を上げたのは、古兵の一人、山田織部である。山田は、鬼瓦《おにがわら》のような厳《いか》つい顔をますます険しくしながら、

「我ら七名は、関白殿下（秀吉）より、蜂須賀家の家老となり、阿波の国政を後見するよう命じられ申した。よもや家政様は、我らを臣下と認めるつもりがない

「とでも？」

と、獣が吼《ほ》えかかるような大声でまくし立てた。

だが、家政は動じない。涼風に吹かれたように澄ました顔のまま、家老衆の顔をゆっくりと見回したのち、

「そうではない」

と、微笑を交えながら言った。

「山田殿、貴殿の道理は正しい。されど、家政の胸中は逆である」

「逆とは？」

「まず、貴殿らに改めて問いたい」

家政は軽く顎を引き、ことさらに生真面目な顔を作りながら言った。

「この俺が、三千石の小身より、阿波一国、十七万五千余石などという、途方もない抜擢を受けたのは何故《なにゆえ》か」

沈黙。

広間に控える歴戦の家老衆、その誰もが一様に口をつぐんだ。無論、彼らはその答えを知っている。だが、これから主となる者に向かって、「此度の加増は、言うなれば棚から落ちた餅でございます」などと、答えられるものではない。

「みな、正直者よな」

静まり返る広間の中で、家政だけは無遠慮に、声を上げてからからと笑った。

「いや、安堵した。ここで、家政様の武功目覚ましきゆえなどと、浮ついたことを申す者がいればどうしようかと思っていたのだ。承知の通り、俺が阿波一国を与えられたのは、ただの親の七光り、父である蜂須賀小六の威光によるものに過ぎない」

本来であれば、阿波は小六に与えられるはずだった。本能寺以来、小六はそれに見合うだけの戦功を挙げてきたし、なにより秀吉自身、盟友ともいっていい小六の、長きにわたる功労に報いることを強く望んでいた。

だが、小六はこの褒賞を固く辞した。

——それがしはもはや老齢ゆえ、大封の主として政務を取り仕切るは荷が重うござる。それよりも、老い先短き小六めは、残りの生を上様のお傍で過ごしとうございます。

『蜂須賀家記』によれば、さらに小六は「もし、私のささやかな勲功のために領地を下さるというのであれば」と述べ、

――之《これ》ヲ賤息、家政ニ賜《たま》へ（愚息、家政に与えていただきたい）

と申し入れた。

こうして小六の代わりに、阿波は息子の家政へ与えられる運びとなった。

「かような事情ゆえ、俺の器を疑う者もあろう。自らの功で切り取った領地ではなく、大領を治めた経験もなければ、大軍の主となったこともない。ただ、たまたま親が偉かっただけの二代目に、はたして一国を治めることなどできるのか、とな」

七人の家老は、沈黙を続けている。口を開こうにも、彼らの中の一人として、返すべき言葉を持たなかった。家政の指摘する不安や疑いはこの場の全員が抱いている本音だったが、臣下の立場ではそれを肯定することも、媚びるように否定することも躊躇《ためら》われた。

その困惑の中で、

（相変わらず、ひねくれたお方だ）

と、稲田だけは覚めきった目で、家政の動きを観察していた。どのようにこの場を纏める狙いだろうかと、芝居の筋を楽しむ観客のような心地で、事の成り行きを見守っている。

ややあって、この若者がどこか照れくさそうに口にしたのは、

「実は俺も、俺を疑っている」

という告白だった。

「この家政自身、己の才幹一つで、いきなり一国を治められるなどと思うてはおらぬ。貴殿ら七家老の援《たす》けなくては、阿波は明日にでも覆《くつがえ》るやもしれぬ」

そこで家政は語気を強め、

「力を、貸してほしい。貴殿らの腕を、この阿波の治国で存分に振るってほしい」

と言うなり、なんと、家老衆に向かって深々と頭を下げたのである。

稲田は危うく声を上げそうになった。この傲岸でひねくれた若者が、かつてこれほど殊勝な態度をとったことがあっただろうか。

(だが、よく考えている)

大将とは、たとえ虚勢であったとしても、常に自信に満ち溢れた態度でいる必要がある。采配を握る者が不安な様子でいれば、誰もその下知《げち》に従おうとはしないだろう。

だが、家政の場合は事情が違う。この場にいる家老たちはもともと蜂須賀家の

臣下ではなく、家政の人格を慕って集ったわけでもない。ただ、秀吉の命令によって派遣されただけに過ぎず、本質的には、家政が龍野城代をしていた頃の「借り物の城兵たち」とさほど変わらない。

そういう相手に、いきなり累代の家来を相手にするように横柄に接しては、かえって反感を抱かせかねない。

(それよりもいっそ、この場は自ら弱みをさらけ出してしまう方がいい。そう考えたわけか)

狙いは悪くない。少なくとも稲田にはそう思えたし、周囲の家老たちの反応も、一瞥した限りは、決してまずいものではないように感じられた。

ただし、その中で山田織部のみは、

「わかりませぬな」

と、ほとんど悪態をつくような口ぶりで言った。

家政は動じない。恐らくは、はじめからこういう反応が出ることも予測していたのだろう。

「わからぬとは、なんのことだろうか。主ともあろう者が、家臣に軽々と頭を下げたことか?」

「さにあらず」

山田は大きくかぶりを振った。

「家政様ははじめ、奇妙なことを仰られました。そのわけを、身共《みども》らは未だ伺《うかご》うておりませぬ。『主になるかもしれない』とは、いかなる意図の言にござろうか」

「簡単なことだ」

不服と不審を隠そうともしない山田織部の問いかけを、家政はむしろ楽しむように受け答えた。

「そもそも、武士にとって主人とは、自ら選び、その将器に命運を託すものだ。しかし貴殿ら七家老は、選ぶ余地もなく、上意によってこの家政を主と仰げと、そう命じられた。……阿波の統治には、貴殿らの力が要る。だが、それは俺の都合に過ぎない。もし、俺のような男に仕えることが耐え難いというのなら、この先でも、あるいは今からでも」

そこで言葉を切ると、家政は大きく息を吸い込み、押し出すようにして続く一言を口にした。

「――蜂須賀家を退去してかまわない」

山田織部は、ぎょっと目を剝いた。他の家老たちも、呆気にとられている。

「それは、まことに？」

「二言はない。もし退去を望む者があれば、この家政の一命にかけて、必ず関白殿下のお許しを取り結ぼう。また、俺の許を去ったとて、恨みを含むつもりもない。必要とあらば、次の仕官先を共に探してもいい」

「なぜ、そこまで……」

「面白くないじゃないか」

家政はにやりと笑ってみせた。

「人を無理やり縛りつけたところで、国はよく治まるまい。なにより、そんな国が面白いはずがない」

だが、叶《かな》うことなら今しばらく、この若輩者を支えてもらいたい。

最後に、家政はそう付け加えた。

それから間もなく、広間に料理や酒が運び込まれ、七家老饗応のための宴《うたげ》が催された。ただし家政は「俺がいては、今後の進退について話し合い辛かろう」という理由から、この場には加わっていない。

肴《さかな》は、地元でチヌと呼ばれる黒鯛の塩焼き、兜汁《かぶとじる》、鰈《かれい》の山吹膾《やまぶきなます》、烏賊《いか》の一夜干しなど、瀬戸内海の秋の幸がふんだんに振る舞われた。

だが、その豪勢な食事を前にしても、例の山田織部だけは口を固く結んだまま、箸《はし》すらつけず、腕を組んで傲然としている。

「気に入りませぬか？」

稲田は声をかけてみた。料理について尋ねたつもりだったが、

「ああ、気に食わぬ。なんなのだ、あの若殿は」

山田は歯を軋《きし》らせ、苛立たしげに答えた。

「さも、我らに選ぶ余地があるような言い様だったが、蜂須賀家の家老となるは関白殿下の上意によるものぞ。どうせ逆らえまいと、たかをくくっておるのではないか」

「山田殿は、なにやら家政様を嫌っておるようですな」

「好き嫌いではない。ただ、性根や将器が疑わしいというだけじゃ。聞けばあの若殿、かつて毛利攻めの陣中で、たかが百五十石食みの軽輩でありながら、軍議に乱入し、身分もわきまえず意見したという話ではないか」

喋《しゃべ》るうちに興奮してきたのか、山田は盃を引っつかむと、手酌で立て続けに酒を呷《あお》った。赤銅色に焼けた顔が、ますます真っ赤に染まっていく。

「のう、どうじゃ牛田殿」

と、山田は下ぶくれがちの色白な男に話しかけた。

牛田掃部。かつて又右衛門と名乗り、秀吉のもとから蜂須賀家に派遣され、付家老として内政の補佐をしていた男である。

「貴殿は、家政様が龍野城代に任じられたおり、領内での政務を取り仕切っておられたはずじゃ。家政様とは、どのようなお方か」

「そうですな」

牛田は、困ったように頰を掻き、

「正直に申さば、龍野城代の頃は、あまり真面目な方ではありませんでしたな」

「というと？」

「政務を放り出して、釣りに行ってしまわれたり……」

それみたことか、と山田は小さく舌を打った。他の家老たちも、呆れたような表情を浮かべた。

「なんということじゃ。我らが新たな主は、国主どころか、城代や領主さえ務まらぬお方とは」

「いえ、それが、そうとばかりも言えぬのです」

「むっ？」

「家政様は、たしかに龍野城代の頃は不真面目でしたが、三日月領主になられてからは、別人のように熱心でございました」

牛田が言うには、家政は三日月から足しげく龍野城を訪れ、そのつど内政のことを教わりに来たのだという。その往来があまりにも頻繁で、疑問や質問の中身も細かいため、半月もした頃には牛田の方から三日月へ行き、定期的に領内を検分するというのが半ば習慣になっていた。

「もちろん、わずか三千石程度の三日月と、阿波の十七万五千石では、規模も勝手も違いますゆえ、家政様がこの地を上手く治めてゆけるかはわかりませぬ。しかし、少なくとも三日月の頃は、あのお方は良き領主として務めておられたように思います」

「だが、ただ熱心なだけでは、一国の主は務まらぬ」

山田は、面白くなさそうに鼻を鳴らした。

「大将には、それに相応《ふさわ》しき器量が要る。そのことについてはどうじゃな、牛田殿」

「はあ、なんとも、それがしには測りかねます」

そう言って、牛田は逃げるように厠《かわや》へ立ってしまった。苛立ちをぶつける相手を失った山田織部は、次の獲物を品定めするように、どろりと垂れた酔漢の目で家老たちを眺めまわしている。

（やれやれ、豪傑だな）

相手に対して退くということを知らず、一度こうと思えばその考えを微塵も揺るがさず、かえって相手を持論に服させようとする。山田織部のような男は、泰平の世であれば無用の存在だろう。だが、乱世の豪傑というものは、大なり小なり山田と同じような質を持っている。そして、そのような難物を乗りこなし、戦場で活かすのが、大将の器量というものだった。

小六には、その器があった。だが、家政はどうであろう。稲田は不安に思う反面、行く末に興味深さを感じている自分にも気づいていた。

「まあ、よいではないか、山田殿」

酔態をさらす山田をなだめるように言ったのは、髪に白いものの目立つ、五十絡みの初老の男である。七家老の一人で、名を中村右近といった。

「かの若殿の将器は、これからゆるりと見極めればよい。そう早々と進退を決めずとも、しばらく様子を見てもよいではないか」

「これは中村殿の言葉とも思えぬ」

山田織部は、もつれはじめた舌で、うわごとのように言った。

「中村殿の武名は、天下に鳴り響いておる。なにも蜂須賀家に留まらずとも、いくらでも仕官先はござろう」

山田の言う通り、この中村右近は、歴戦ぞろいの七家老の中でも、飛び抜けて高名な武辺者だった。

『徳島藩士譜《とくしまはんしふ》』『阿淡藩翰譜《あたんはんかんふ》』などによれば、二十五年前の桶狭間《おけはざま》の合戦ですでに戦功を挙げているというから、その戦歴は恐ろしく古い。また、楼之岸《ろうのきし》合戦（天王寺《てんのうじ》の戦い）という戦でも目覚ましい活躍を見せており、この戦で武功第一と称えられた蜂須賀小六も「真に勲功を得るべきはお前だ」と言って、信長から褒美として与えられた陣羽織を、この中村に譲ったという話は語り草となっている。

「中村殿ほどの武辺者が、蜂須賀家にこだわることもござるまい。それどころか武運の次第では、このさき大名となる機会もありましょうに」

「嬉しい言葉じゃが、かれこれわしも五十路《いそじ》前じゃ。槍一つで身上を稼ぐには、少々とうが立っておる。妻子郎党を養うためには、軽々なこともできまい」

どこまで本気で言っているのか、中村は笑いながら飄々《ひょうひょう》と答えた。

「それに運よく戦功を挙げ、一、二万石の大名になれたとして、動かせる人数は二百かそこらよ。しかし一国の家老ともなれば、身代は五千石でも数千の兵を切り回せる。これはなかなか、血が沸く話ではないか」

「まやかしじゃ！」

山田はわめいた。

「いかに言いつくろったところで、五千石は五千石に過ぎぬ」

「かもしれぬ。となれば、あとは、そのまやかしに化かされても良いと思えるだけの将器が、家政様にあるかどうかだが」

「あの若殿に、その器があるとお思いか」

「さあてな。いずれにせよ、それはこのさき嫌でも明らかになるじゃろう。その是非をしかと見極めるまでは、この家に留まることも悪くはあるまい」

そこで中村は、

「それより、稲田殿はどうじゃ」

と言って水を向けてきた。これ以上、山田と正面から言い争う愚を避けるためだろう。

「稲田殿は、家政様と最も縁深い。その貴殿から見て、あのお方の人物はいかなるものであろう」

「そうですな……」

蜂須賀家政という、細緻《さいち》というにはねじまがり過ぎ、智者というにはいい加減で、凡庸《ぼんよう》と切り捨てるには測りがたい若者を評するのに、どのような言葉を用いるべきか。

稲田は考え込んだ。だが、それはほんのひとときで、答えはすぐに口をついて出た。

「かの御仁は、面白きお人にござる」

「答えになっておらぬぞ」

山田が吐き捨てるように言う。

「大将の器というのは、頼もしきか否かに尽きる。家政様は、いずれじゃ」

「さあ、いずれとも申せませぬな」

信頼を託すに値するようでもあり、ひどく頼りないようでもある。頼もしきか否かという単純な物差しでは、あの若者を測ることはできないように思えた。

「ただ、これだけは言えます」

かすかに、稲田は微笑した。そして、自分から出たとは思えないほど体温のこもった声で、続く言葉を口にした。

「たとえ家老衆の皆様が残らず退去されたとしても、それがしは蜂須賀家に留まるつもりでおります」

山田織部ら家老衆は、意外そうな顔をした。家政との対面からずっと、覚めきった態度でいた稲田の口から、このような言葉を聞くとは思わなかったのだろう。

「……面白きゆえにか？」

「まあ、そんなところです」

我ながら妙なことを言っているな、と稲田は苦笑した。武士が主を選ぶ理由は様々だろうが、ただ面白いから仕えるなどというのは、稲田ぐらいのものだろう。

（いや、もう一人いるかもしれない）

ふと、稲田の脳裏をかすめたのは、若き日の秀吉と、その傍らに鞍を並べる小六の姿だった。

その夜、家政は自室で黙していた。片手には、酒を注いだ盃が乗せられているが、呑むわけではない。ただ眺めたり、匂いを嗅いで、気分だけでも酔ってみたかった。

下らない気休めであることはわかっている。だが、たとえ無意味なことであっても、なにかで気を紛らわせていなければ、次々と湧きあがる不安に耐えられそうになかった。

（なぜ親父殿は、俺に阿波をまかせたのだ）

老いのためであるはずがない。四国征伐で一軍の将として諸城を攻め落とし、外交の全権を担って交渉を果たしたあの姿から、老いなどは微塵も見出すことはできない。

（とすれば、政治だろうか）

狡兎《こうと》死して走狗《そうく》烹《に》らる、という古い言葉がある。猟犬はどれほど必死に働こうと、獲物を狩り尽くせば用がなくなり、飼い主に煮て食べられてしまう。

功臣にとって最も危険なのは、覇道が成就したときである。能力や人望に優れた家臣は、天下をとったのちは政権を脅かす危険要素でしかなく、そのために粛《しゅく》清《せい》された例は枚挙《まいきょ》にいとまがない。

小六は己の存在が政権内で無用に大きくなることを恐れ、阿波の拝領を拒否したのかもしれない。

だが仮にそうだとしても、家政に阿波をまかせる理由にはならない。結局、いくら考えても、家政には父の意図がわからなかった。

そんなとき、

「ご苦労さまでございました」

声とともに襖《ふすま》が開き、比奈が入ってきた。沈痛な家政とは対照的に、その表情はいつも通り気楽で明るい。遠き異郷にきたことなど、すっかり忘れているようでさえあった。

「まずは一つ、山を越えられましたね」

七家老はいずれも、当面は蜂須賀家に留まるということが、宴の後、稲田から申し入れられた。今後、去っていく者も出てくるかもしれないが、入部早々の家中総退去という事態が避けられただけでも、比奈の言う通り一山を越えたといっていいだろう。

「山などと、大げさな」

家政は苦笑した。

「もともと家老として派遣された者たちを、そのまま迎え入れただけのことだ」

「それにしては、随分と不安そうでしたけれど」

「……まあ、な」

不安どころではない。もし許されるのなら、家政はすぐにでも、国主の座など投げ出してしまいたいとさえ思っていた。

しかし、やめるわけにはいかない。ここで国主の座を降りることは、小六から逃げることにほかならない。家政にとって、それは自己の喪失にも等しかった。

「なあ、比奈よ」

震えを無理やり抑え込んだような声で、家政はか細く呟いた。

「俺に、できると思うか」

「家政様には無理でしょう。……などと私が言えば、諦めるのですか？」

「いや、そういうわけでは」

「では、なにも心配はありませんね」

比奈は、にこにこと明るく笑っている。この妻が相手では、苦悩も打ち明け甲斐がない。

「お前はどうも、呑気過ぎて困る」

「ええ。困るほどに、いつもとびきり呑気でいるのが、比奈の仕事だと思っております」

「それはまた、羨ましい仕事だな」

ついご釣り込まれるように、家政の口からも笑いが漏れた。

二

数日後、稲田は家政と共に、大ぶりな御座船《ござぶね》に乗って川を下っていた。

川の名は、吉野川《よしのがわ》。関東の利根川《とねがわ》、九州の筑後川《ちくごがわ》と並んで、当時の三大河川の一つに数えられる大河であり、川筋は阿波を東西に横断し、海に向かって注ぎ込む。

「のどかなものですな」

船体上の矢倉から外を眺めつつ、稲田は呟いた。

青く澄みきった秋晴れの空には、羊雲がゆったりとたなびいている。その空が、静かな川面に、鏡のように映り込んでいる。見渡す限りに広がる空色の流水は、己が一幅の絵画の中に溶け込んだような、浮世離れした気持ちさえ起こさせた。

「これほど穏やかな川が、一たび大雨が降れば、天下有数の暴流と化すとは……わからぬものです」

「阿波だけでなく、土佐の方で雨が降っても、その水が流れ込んで大洪水が起きるそうだな」

　正面で寝転がっている家政が、気だるげに言った。

「困ったものだ。川を見ても山を見ても、美しさを感じるより先に頭痛がしてしまう。ほとほと、阿波とは難治の国よ」

　家政の言う通り、これほど治め難い国は天下にも珍しいだろう。

　一つには、吉野川がある。川からの用水は農耕の源であり、特に稲作のためには不可欠といっていいが、その稲の収穫期に限って吉野川はたびたび氾濫する。その氾濫も尋常なものではなく、たとえば『板野郡誌《いたのぐんし》』には、あるときの大洪水で村落がまるまる水没し、濁水のため一つの屋根も見えなかったという記録さえ残っている。

さらにもう一つ、地形の問題として、阿波国は北部の徳島《とくしま》平野をはじめとする一部の平地を除き、国土の大半、およそ八割を山岳地帯が占めている。この当時の灌漑《かんがい》技術では、山岳に水を引いて稲作を行うのはよほど難しい。

兵は米でもって養われる。米は土地によって生み出される。だが、この阿波は、武家の根幹ともいえる米を生産するのに、この上なく不向きな土地柄であった。

(しかも、頭痛の種は土地柄のことだけではないのだ)

うつむきながら、稲田は唸《うな》った。

先頃の征伐により、敵対勢力だった四国王、長宗我部元親は降伏し、土佐一国に押し込められた。だが、長宗我部を追いやったところで、阿波には依然として国人《こくじん》といわれる地方小領主たちが残っている。彼らの誰もが、蜂須賀家政を国主として認め、素直にその支配下へ入るとは限らない。

加えて、外敵の問題もある。一度は降伏したとはいえ、秀吉にとっても、隣国を領する家政にとっても、長宗我部元親は依然として潜在的な仮想敵である。阿波の統治における不始末は、長宗我部に反逆の隙を与えかねない。

「そう暗い顔をするなよ、太郎左」

稲田の気などまるで知らないように、家政はにやにやと笑いながら言った。

「おっと、これは失礼した。いまは蜂須賀家筆頭家老、稲田左馬亮《さまのすけ》殿であったな」

家政の阿波拝領に伴って派遣された七家老は、入国にあたって蜂須賀家の権威を印象づけるため、秀吉に命じられて名を改めた。かつて太郎左衛門と名乗っていた稲田も、現在は「左馬亮」と称している。

「厳めしい名に相応しい態度でいろ、という意味でござるか」

「そう堅苦しくとるなよ。こんな美しい山河の中で、暗い顔をすることはないと言いたかっただけだ」

「頭痛がして景色の美しさを楽しめない、と申されたのは殿でございましょう」

「違うな。俺は、美しさを感じるより先に頭痛がくると言ったんだ。頭痛は十分味わった。次は景色を味わうさ」

相変わらず無茶な家政の屁理屈に、稲田はただ小さくため息をつき、反論を諦めた。このふてぶてしい若者には所詮、一国を治める苦悩などわからないのかもしれない。

（思い返してみれば、昔から気弱な姿を見せないお方だったな）

伯耆馬ノ山の陣から数えて四年、その月日の中で稲田は、不安げにしおらしく悩む家政など一度として見たことがなかった。

家政は相変わらず呑気に笑いながら、

「どれ、甘い物でも食うか」

と、荷物を探り、包みを取り出した。中身は、薄く焦げ目のついた、平たい焼き餅である。

「領内の商人が献上してきたものだ。小豆《あずき》と水飴《みずあめ》でこしらえた餡《あん》が入っていて、なかなか美味だぞ。どうだ、お前も食わないか」

「恐れながら、それがしは菓子を嗜《たしな》みませぬゆえ」

「お前は酒飲みだからな」

家政はくすりと笑い、

「兼松《かねまつ》、食うか」

と、船矢倉の外で、櫂を漕ぐ水夫らを指揮している中年の船頭に声をかけた。

兼松と呼ばれた船頭は屈託のない笑みを浮かべ、

「へい、いただきます、若」

と言って手を差し出した。

「その若というのはやめないか」

「あっ、申し訳ありません。つい、昔の癖で……」

「やれやれ」

苦笑しつつ、家政は焼き餅を兼松に手渡した。

この兼松惣右衛門《そうえもん》は、川並衆の出身である。木曾川を根城にしていた頃の蜂須賀小六にとって、兼松は稲田と共に両腕というべき存在であり、傭兵や水運といった川並衆の仕事に常に従事し、中心的な働きを示してきた。

戦においても政においても経験が豊かなだけに、なにをやらせても諸事危なげがない。阿波への入国が決まってからは、家政直属の重臣として、内政に関する仕事を手広くまかされている。

やや物腰が軽々し過ぎ、子分じみているのが欠点と言えば欠点だが、稲田はこの兼松の気軽さが嫌いではなかったし、家政や小六にとっても同様だった。

兼松惣右衛門は、一国の重臣らしい威厳など微塵も纏わず、川並衆の頃とまるで変わらない行儀の悪さで、慌ただしく焼き餅を頬張った。

「そういえば、聞きましたぞ、殿」

ふと、稲田が思い出したように言った。

「その焼き餅、昨晩もまた、当直の兵たちに分けてまわられたそうですな」

晩酌代わりに菓子の類、特に好物の餅菓子をつまむのは、家政の昔からの楽しみだったが、阿波一国を与えられてからは、領内や上方の商人が、この新国主との親交を取り結ぼうと、様々な餅菓子を献上品として持ってくるようになった。

その大量の餅を、家政は大抵、晩酌の時間に城番をしている兵たちに分け与えてしまう。人数に対して菓子が足りないときには、さらに細かく割り砕き、兵たちと共に分け合った。

——斯《か》くの如《ごと》きもの、概《おおむ》ね常《つね》と為《な》せり
と、『名将言行録』では、家政はほとんど日常的に、こうしたことを行っていたと記している。同書の「平易に人に近づき、常に諸臣と交談せり」という家政の人物評とともに、この若者の国主としての振る舞いがどのようなものであったのか、よく表れている。

だが、稲田は必ずしもこうした家政の行動を肯定できなかった。兼松惣右衛門程度の身分なら、軽々しさも美徳になりうる。黄母衣衆や、播磨三日月の領主であった頃でも同様だろう。しかし、家政はいまや阿波の国主なのである。

「もはや、わずか三千石の領主とは違うのです。下々の者にまで、そのように馴れなれしく接するようでは、国主の権威が侮られ、国の秩序が乱れます」

「たかが餅ではないか」

家政は、指についた餡を舐めつつ言った。

「俺ならば、美味い菓子を独り占めするような主の方が気に食わぬ。そんなけち臭い男のために、兵たちは命を惜しまず戦うと思うか？」

「川並衆の頭領であれば、殿のなさりようは正しいやもしれません。しかし、それでは国は治まりませぬ。わずかな甘さが、思わぬ不覚を生み、そのただ一度の不覚が、亡国へとつながることもあるのです」

「甘さか」

そこで家政は、あっと気づいたように膝を叩いた。

「わかったぞ、左馬亮。お前が本当に言いたいのは、餅のことではなく、七家老との対面のことだろう」

「……左様にございます」

七家老対面の際、家政は上意によって派遣された家老たちに、自分を見限る余地を与えた。家臣は自ら主を選ぶことができるという、その権利にあくまでこだわった。

「七家老対面のことも、川並衆の流儀であれば、殿の申されたことは誤りではありませんでした。川並衆の配下は子分であっても家来ではなく、あくまで頭領の将器を慕い集った者の寄り合いに過ぎませんからな」

そして、この時代の武士の主従関係も、後世のように、自己犠牲を最大の美徳とするような隷属的なものではなく、一種の契約関係に過ぎなかった。

家臣は、主が頼りないと思えば一方的に見限ることが許されたどころか、むしろ自分を正当に評価する主を求め、多くの家を渡り歩くことが推奨され、「七度主君を変えねば武士とは言えぬ」という言葉さえ生まれた。

川並衆ほど極端ではないにせよ、そこには一種の対等性があった。

そこに美意識やこだわりを見出す家政の気持ちも、稲田にはわからなくはない。だが、その対等さへの執着が、この若き国主の判断に甘さをもたらし、弱点になることを危ぶんだ。

「国主の責にある者としては、おそれながら、無用のことであったかと存じます」

「いや、あれは必要だった」

にやりと口元を歪め、家政は平然と言い放った。

「自分で選んだ主ではないが、上意だから仕方ない――。退去する余地を残さなければ、当然ながら家老衆はそう考える。それだけは、どうしても避けたかった」

「家中が離散する危険を冒してまで？」

「いかにも」

家政は深くうなずいた。

「仕方なく仕えてやっている、などと一度でも思われれば、その印象は拭い難い。そんな心持ちではいずれ、戦場か、内政か、必ずどこかでほころびが出る。そのわずかなほころびで、内外に敵を抱えた今の阿波は覆りかねない。たとえほとんどの重臣が去ってしまっても、家を建て直す手立ては皆無ではないが、国が滅んでしまっては手の施しようがないだろう」

だから、あれは必要だったのだ、と家政は再び言った。

話を聞いていた稲田は、予想もしなかった答えに目をしばたたかせた。

（このお方は、ひょっとすると）

よほどの名君になり得るかもしれない。今さらながら、稲田は目が覚めるような思いがした。

家政たちを乗せた船はやがて、吉野川支流の撫養川《むやがわ》に入り、そのまま北上を続けた。しばらく進むうちに、あたりに潮の匂いがただよってきた。

家政が船矢倉から顔を出すと、進路の向こうに海が見える。そして河口のすぐ近くに、鯨《くじら》の背のような島が横たわっている。

「あれが、大毛島《おおげしま》か」

尾張生まれの家政にとっては、それは単なる地名でしかない。しかし、四国や上方、瀬戸内の者にとってこの島の名は、昔話に出てくる鬼が島に等しい響きを持っている。

なぜならこの大毛島は、あの長宗我部元親でさえ攻め落とすことができなかった、阿波水軍と呼ばれる海賊衆の本拠地であった。

家政たちは大毛島に渡り、島内の丘陵上に築かれた土佐泊《とさどまり》城に入った。

「えっとぶり（久しぶり）じゃのう、蜂須賀はん」

と言って出迎えたのは、色濃く焼けた肌をした六十も半ばを過ぎた老入道だった。

筑後《ちくご》入道、森九華《もりきゆうか》。阿波水軍の先代頭領であり、形の上ではすでに息子へ跡目を譲ったものの、今なお海賊衆の実権を握り、近海を支配している男である。

「九華殿には、長宗我部攻めで随分と助けてもらったな」

「かんまん(構わぬ)、かんまん」

森九華は、頑丈そうな白い歯を見せて豪放に笑った。

「端から、わしらは長宗我部と敵対しとったさかい。それに関白はんからは、ぎょうさん金子《きんす》も貰《もろ》うとる。金で雇われ戦場で働くんが水軍の稼業やさけ、礼を言われるようなもんと違う」

「なるほど」

九華の言うことは、家政にもよくわかる。

水軍は武士とは違う。武力を大名や商家に売り込み、金で雇われて働きはするが、武士のように誰かに仕えることはない。何者も仰がず、何者も恃《たの》まない。それが、水軍の流儀というものである。

「だが、九華殿、いずれ乱世は終わる。これまでのように、誰の支配も受けぬというわけにはいかなくなる。口惜《くちお》しいかもしれないが、それが時勢の流れというものだ」

「ほんで、蜂須賀家に仕えろ言うんかいな」

「ああ。九華殿のご子息、阿波水軍現頭領の森志摩守《しまのかみ》殿には、ぜひとも蜂須賀家の水軍頭を務めていただきたい」

「ほいたら、せがれの禄はなんぼや？」

「ふむ、禄高か……」

家政は、わずかな身代から阿波一国を与えられたため、家臣団を急速に拡大しなければならなかった。このため尾張や美濃、播磨ばかりでなく、阿波国内においても大量の登用が行われた。

新たに抱えられた阿波侍のうち、最も高禄を受けたのは、森飛驒守《もりひだのかみ》（水軍の森家とは別族）という男だが、それでも与えられたのはわずか七百石に過ぎない。

だが、十七万五千石の阿波の総石高からすれば、その程度でも十分に大身であり、外様《とざま》としては破格の厚遇でさえあった。

「森飛驒守は、かつて阿波守護細川《しゅごほそかわ》家の家老まで務めた名門の出や。その値が七百石なら、阿波水軍はなんぼで買うつもりや？」

九華は、白く伸びた顎鬚を弄《もてあそ》びながら、目だけを油断なく光らせた。

だが、家政は動じた様子も見せず、微笑さえ交えながら、

「三千石」

すらりと答えた。

九華は、ぎょっと目を剝いた。この世慣れした老海賊も、さすがにここまで法外な高禄は予想していなかったらしい。

「冗談やろ？」

「たしかに俺は冗談を好むが、時と場を選ばぬほど好きなわけではない。三千石は、家老衆との評定《ひょうじょう》で決まった、蜂須賀家としての正式な禄高だ。ただ、その代わりと言ってはなんだが、頼みがある」

「頼み？」

「津料《つりょう》を取るのを、やめてもらいたいのだ」

それは、水軍にとって、傭兵と並ぶ収入源の一つである。

縄張りとしている海域を商船などが通る際、水軍は津料という通行料を取り立てる。大人しく金を払えばその船を護衛して安全を保障するが、断れば容赦なく襲いかかって荷を奪う。これは阿波水軍に限らず、全ての水軍にとって古《いにしえ》よりの慣習であった。

だがそれは、水軍が武力によって、私的に海を支配しているからこそ成り立つ収入である。秀吉が天下を統一した暁には、このような私権は撤廃されざるを得ない。家政もまた国主として、阿波水軍が私的にこしらえた海上の税関を野放しにはできない。

ところが、この津料を禁止してしまうと、阿波水軍は立ち行かない。

水軍の維持費は、陸のそれとはまるで桁が違う。船団の整備、修繕、補充、これに戦費が加わり、とにかく際限なく金を食い続ける。

「これまでは、津料の稼ぎによって水軍を維持してきたのだろう。その費《つい》えを新たに補うためには、やはり三千石ほどの禄が要るはずだ」

「さすがに川並衆のせがれやな」

皺《しわ》ばんだ顔をほころばせ、九華は愉快そうに言った。

「土臭い、根っからの武士はその辺りの勘が鈍い。銭やら禄やらの費えを、まず、いかに削るかから考えよる。けんど、傭兵や商人はそやない。まず、どこに費やすかが先、削るのはあとや。そこをはき違えるもんに、大きい商《あきな》いはできん」

(別に商いをやる気はないんだが)

妙な理屈に家政は戸惑ったが、しかしよくよく考えてみれば、自身がしようとしていることも、規模こそ違えど、この老海賊の言う「商い」とそう変わらないのかもしれない。

海に囲まれた阿波の国政や軍事は、水軍なくしては成り立たず、歴戦の阿波水軍が配下に加わるというのなら、三千石もの高禄も決して法外ではない。

阿波水軍が海上の防備と運搬を司ることで、国が大きく潤《うるお》えば、禄という元手を投じた家政は、十分に儲けたことになる。

(阿波水軍は、間違いなく三千石に値するだろう。……さて俺は、十七万五千石もの高値に相応しい男だろうか)

自分に国という元手を投じた男たちが、どのような目論見《もくろみ》でこの値を付けたのか。この期に及んでも、家政にはその理由がまるでわからなかった。

三

「家政が、阿波水軍を手中に収めたそうだな」

慣れた手つきで茶を点《た》てながら、羽柴秀吉はつぶやいた。対面に座る小六は、

「そのようですな」

と相槌を打ちつつ、自らの前に置かれた器を口に運んだ。

薄暗く粗末な土壁の一室は、雪隠《せっちん》か物置のように狭苦しい。なぜこのような、茶室なるものが上方で流行っているのかも、秀吉がわざわざ己の大坂城――南蛮《なんばん》商人や宣教師でさえ驚嘆する天下有数の大城塞に、このような侘《わび》しい庵《いおり》をこしらえるのかも、これまで小六は今ひとつ理解できずにいた。

しかし、こうして招かれてみて、ようやく合点がいった。

茶室内では、亭主と客の二人きりになる。密談を行うのに、これほど都合がいい環境はない。

なにより、茶室の中では身分の上下がない。

今の小六が作法を気にせず、天下人である秀吉と向かい合って話せるのは、この窮屈な部屋の中だけだった。そのことに寂しさを覚えないでもないが、ここまでの栄達を支えてきた満足感の方が遥かに大きい。百姓のせがれから関白にまで成り上がった者など、古今に例がない。

（もっとも、川並衆のせがれから国主に成り上がるような男もいるが）

こみ上げる苦笑をこらえつつ、小六は茶を飲み干した。

秀吉は、阿波の話を続けている。

「水軍というのは、夜郎自大《やろうじだい》で独立心が強いと聞いていたが、その割にあっさりと傘下に加わったものだな」

「意外なことでもありますまい」

水軍というのは、いわば商人である。

彼らの稼業の根が米や領地ではなく、常に天下を駆け巡る銭というものである以上、世の流れによほど敏《さと》くならざるを得ず、鈍ければ活計《たつき》の道が立たない。

「求めるものをきちんと理解し、保障してやれば、水軍衆というのは道理のわからぬ連中ではありませぬ」

「さすがに、川並衆の頭領じゃな。含蓄《がんちく》があることを言う」

秀吉が興深げにうなずく。

「ともあれ、家政はよく務めているようだ」

「補佐役が有能なのでしょう。家老の面々は、いずれも物慣れた古兵ばかりなれば」

「そういえば、あの稲田が、お前の許を離れて家政の家老となったのは意外だったな」

蜂須賀家の七家老は、いずれも秀吉の上意によって派遣された。

だが、その沙汰が下される以前より、稲田のみは小六を通して、家政の家臣となることを願い出ていた。

「小六よ、お前があいつに頼んだのか」

「本音を申さば、そうしたかったところです。家政の補佐をさせるのに、あれほど頼りになる者はおりませんからな」

しかし、それはできない。

小六が頼むと言えば、稲田は必ず引き受けるだろう。しかしその一言が、あの戦友を永久に縛り続ける呪《のろ》いとなることも、小六は十分に知っていた。

それだけに、稲田が自ら家政に仕えると志願したことは、小六にとってなにより嬉しく、心強かった。

もっとも、稲田が心境を変えた理由は知らない。あるいは四国征伐の際になにかあったのかもしれないが、あえて聞き出す必要もないだろう。

「いずれにせよ、主があのひねくれ者ですからな。先代の恩などというものを理由に、自身を無条件で主人と仰ぐ家臣など、家政は決して受け入れようとはしないでしょう」

「贅沢なやつだ。わしなら、先代の恩だろうとなんだろうと、使えるものはなんでも使う。惜しいかな、やはり若さのためか、あやつは青臭さが抜けきらぬ」

口ぶりこそ冗談めかしていたが、秀吉の表情からは微《かす》かに嫉妬も感じられた。徒手空拳《としゅくうけん》で成り上がったこの天下人は、自身の境遇と比較して、なにか思うところがあるのかもしれない。

「家政はよく務めていると申されたばかりではございませぬか」

「ああ、よくやってはいる。あいつはたしかに才気もあり、戦場《いくさば》慣れもしており、生え抜きゆえに信用もできる。お前の申し出がなかったとしても、おそらくわしは阿波をあいつにまかせただろう」

成り上がりの秀吉には、代々の家臣というものがいない。また、生え抜きの直臣も極めて少ない。織田家時代に従えていた者たちは大半が信長の直臣で、役職の上下こそあれ身分としては同僚であり、人事によってたまたま秀吉の指揮下に配置されていたに過ぎない。

阿波は要所である。難治の国であり、西国と瀬戸内の抑えであり、なにより本拠である大坂の喉元である。この地を預けるには、決して裏切ることのない、よほど信用のおける者でなくてはならない。

数少ない生え抜きの家臣の中で、家政はその条件に適《かな》っていた。経験という点で不安はあるものの、戦や内政で見せてきた器量への期待も同じくらいに大きかった。

「だがな、小六よ」

秀吉の声色に、わずかに悲痛なものが混じった。

「本当は、お前に阿波をまかせたかった」

「お心に応えることができず、面目の次第もございませぬ」

「詫びるな。詫びなくてはならないのはわしの方だ」

小六がはっと気づいたときには、秀吉はぼろぼろと大粒の涙を零していた。嗚《お》咽《えつ》をこらえながら、小刻みに震える両手で、秀吉は小六の肩を摑《つか》んだ。

「……すまない、小六。長きにわたって支え続けてくれたお前に、わしはなに一つ報いてやることができない」

「それがしが望んでやったことです」

「しかし」

「いいんだよ、藤吉郎」

晴天を見上げるような顔で、小六はからりと笑ってみせた。

「俺は十分に楽しんだ。お前という大将を支える日々も、自らの手腕で天下へと押し上げる大仕事も、たまらなく面白かった。俺は持ちうる全てをお前に賭け、そして大勝ちしたんだよ。大封の領地や大名の地位などとは比べものにならぬほど、この世の誰よりも面白い生涯を過ごしたのだから」

小六は後悔などしていない。骨身を削って秀吉のために働き続けたことも、大名になる機会を棒に振ったことも。

心残りがあるとすればただ一つ、家政が治め、創り上げていく、阿波の行く末だけだった。

四

「海の次は、山だ」

評定と称して城内に七家老を集めると、家政はいきなりそう言った。もちろん、いずれの家老もすぐにその意味を理解した。海とは阿波水軍のことであり、山とは阿波国内の山岳地帯に割拠する国人領主たちのことである。

彼らを従わせない限り、家政は真に国主となったとはいえない。山岳の国人を支配下に置くことは、阿波入国当初からの重大な課題の一つだった。

「よほど難しゅうござるな」

言葉以上に難しい顔をしながら、稲田が言った。

山岳は、その全てが砦も同然である。反乱を起こし、山中に籠られでもすればとても手がつけられない。山岳の国人たちがことごとく家政に叛《そむ》いたとすれば、その討伐だけでどれほどのときを費やすことになるかわかったものではなかった。

「出来得る限り、矛《ほこ》を交えずに収めたいものですが、懐柔というのも、やはり難しゅうござる」

「まあ、そうだろうな」

上段に座る家政も、腕を組んで唸った。

山岳を領する国人というのは、守護や大名といった権力者の支配が及びにくい、外界から遮断された環境の中で生きてきた。それぞれが閉じた世界の王である彼らは、よく言えば非常に誇り高く、悪く言えば度を越して尊大である。また、時勢の流れに疎《うと》く、権力に敬服するような感覚も薄い。この点、水軍衆とはまるで事情が違う。

その国人たちを、なんとしても懐柔しなければならない。無理強いすれば反乱を起こしかねず、下手に出過ぎても侮られる。稲田が指摘するまでもなく、これほどの難事はなかった。

「まずは彼らを蜂須賀家の傘下に組み込むこと、それに検地を行い、内政の実態を把握することから始めたい」

つまり、国人たちの「王」としての既得権益や、領民への独自支配をある程度認めつつ、ゆっくりと、数年がかりでその体制を改めていくのだと、家政は述べた。

「では、実情を調べる検分役には誰を？」

「兼松がいいだろう」

この人選には、誰も異論がなかった。

川並衆出身の兼松惣右衛門なら、国人衆の心情もわかるだろうし、交渉にも慣れている。これほど難しい役目をこなすのに、彼以上の適任者はいない。

「とにかく、長い目で見ることだ。事を急がず、ゆるゆると進めていかねばなるまいよ」

家政は慎重を期し、十分な配慮をしていた。少なくとも稲田にはそう思えたし、家政自身、己の方針そのものに不備があるとは思ってもみなかっただろう。この数日後、兼松惣右衛門が殺されたという報せが入るまでは。

兼松惣右衛門は、山岳地帯に派遣され、交渉と検分を行っていた。この物慣れた男は決して権高《けんだか》な態度をとることなく、丁寧に、抜かりなく仕事を進めていった。

だが、山岳の国人衆にとって、兼松の態度など関係なかった。

「蜂須賀家政とは、あれは何者じゃ！」

国人たちはひそかに集まり、抑えきれぬ怒りをぶつけ合った。

「我らは、もとを辿れば四百年の昔、天下に権勢を誇った平家《へいけ》武者の末裔ぞ。それを、氏素性も知れぬ水賊上がりの孺子《じゅし》（小僧）めが、主人顔して指図するとは何事か」

阿波の国人たちには、そういう家系伝承を持つ者が多い。家格よりも実力が重んじられる乱世にあっても、時勢という外気に触れることが薄かった彼らにとって、その血筋こそが権威と矜持《きょうじ》の源泉になっていた。

国人衆の怒りの原因はそれだけではない。

「たしかに、我らはかつて阿波守護たる細川家や守護代三好《みよし》家、さらには長宗我部家の下風に甘んじてきた。しかし、彼らほどの大いなる国主でさえ、内政にまで嘴《くちばし》を挟んでくることはついぞなかった」

検地の政策意図や必要性などは、はじめから問題ではない。彼らの頭にあったのは、縄張りに踏み込まれた怒りと、自らの権威と支配を脅かされるという恐れだけだった。

「もはや、決起するにしかず」

国人衆がそう結論を出すのに、日数はかからなかった。そして、彼らが最初にしたことは、家政への宣戦代わりに、その代官である兼松惣右衛門を血祭りに上げることだった。

その日、兼松は大粟山《おおあわやま》という山中の金泉《かねいずみ》という村落の検分を行っていた。国人たちを刺激しないため、数人の供回りしか連れていなかった心配りの細やかさが、かえってこの男の不幸になった。

——多人数に而《て》御防《おふせぎ》難被成《なられがたく》、惣右衛門様大粟山金泉に而《て》御生害《ごしょうがい》被成《ならる》（『住友寅《すみともとら》蔵《ぞう》先祖《せんぞ》由来書《ゆらいがき》』）

突如として多数の敵兵に襲撃され、兼松惣右衛門は為す術もなくなぶり殺された。首は山麓に晒され、無残に斬り刻まれた胴体は、桶につめられ、一宮城の家政の許へ送りつけられた。

この兼松の死と共に、「天正阿波国人一揆」という大反乱は始まった。大粟山、仁宇谷《にうだに》、祖谷山《いややま》、木屋平《こやだいら》といった山岳地帯の国人たちは次々と決起し、阿波一国を覆すほどの勢いを各地で見せ始めていた。

稲田が事態の報告をした瞬間、家政の顔から、この若者を作り上げてきたあらゆるものが蒸発していくのがわかった。

(これが、あの蜂須賀家政か)

そんな愚にもつかない考えがよぎるほど、目の前にいる主君の印象は、稲田が知っている家政からかけ離れていた。血の気も、余裕も、ふてぶてしさも、すべてが失われたあとでそこに座っていたのは、ただ迷子のように心細げな、一人のありふれた若者に過ぎなかった。

「殿、どうかお気をたしかに……」

稲田は精いっぱいの慰めを込めて言葉を発したが、家政は怯《おび》えたような目をしたまま、力なく首を横に振った。そのまま一言も発することなく、もつれるような足取りで自室に戻っていった。

失うことには、慣れていたつもりだった。

戦乱相次ぐ時代に生を享けた家政にとって、敵であろうと味方であろうと、死はごく身近なものだった。悲しむことはあっても、我を忘れて取り乱すことなどあり得ない。今までもそうであったし、これからも変わらないと思っていた。

しかし、初めてだった。

病や事故のためではなく、敵の勇猛さのためでもなく、家政の判断の誤りによって死んだ。そんな人間は、あの兼松惣右衛門以外にいなかった。

(俺の甘さのために、あいつは死んだ)

目の奥が真っ暗になる。胃の底は鉛を飲んだように重い。

自室の畳に、家政は倒れ込むようにして突っ伏した。

本当は、国人を支配下に置く手立てはもう一つあった。

国人の反乱や百姓一揆などは、ただ怒りのまま闇雲に暴れているように見えて、実は抵抗を煽《あお》り、中心となって主導する者が必ずいる。

その主導者になり得る者たち――つまり、国人衆の中でも、将来的に反旗を翻

すような疑いのある者たちを甘言で誘い出し、ことごとく謀殺してしまえばい
い。主導者がいなければ、仮に反乱が起こったとしても、ごく小規模で散発的な
暴動にしかならず、討伐はさほど難しくない。
たしかに、汚い手段ではある。しかし、一国を預かる身である以上、非情な決
断を下さなくてはならないときもある。
だが、家政は躊躇した。
今でこそ、家政は武士めかしい格好をして、十七万五千石の国主などという
重々しい肩書きを背負っているが、根を洗ってしまえば、かの国人たちとそう変
わらない。
川並衆もまた、権力者の支配の隙を突き、独自に勢力を広げ、手前勝手に世に
のさばってきた一群である。それが、自身が体制側になった途端、内政や秩序の
ためと称して、言い分も聞かず一方的に粛清を始めるなど、いかにも家政の好み
に合わない。
そして、その青臭い拘《こだわ》りのために、兼松惣右衛門は死に、大規模な反乱さえ引
き起こす結果になった。
（俺が、国主になどならなければ……）

思うべきではない言葉を思い浮かべた。そう後悔している間だけは、先のことを考えなくて済んだ。取り返しもつかない悔悟《かいご》の念と、それに伴う苦痛だけが、今の家政がすがりつける全てだった。

もうなにも、考えたくはなかった。

家老衆は、稲田の呼びかけによって城内の一室に集まり、反乱の対策について議論をしていた。

即座に兵を挙げ、山中に討ち入るべしという好戦的な意見もあれば、防備を固めることに徹しつつ、交渉によって事を収めるべきだという自重論を挙げる者もいる。だが、決定権を持つ家政がなんの沙汰もせず自室に籠っているため、議論はまとまらず、時間ばかりが過ぎていった。

「こうとなれば、独断で兵を挙げるよりない」

焦《じ》れるあまり、そんなことを言い出す者さえ出てきた。

そんな混迷の最中である。

比奈が、部屋に入ってきたのは。

「お静まりくださいますよう」

誰もが狼狽し、戸惑い続けている中で、この小柄な奥方はひどく落ち着いた様子で言った。

「奥方様、殿は……」

稲田が不安げに尋ねる。

「なにも心配はいりませぬ。殿はただいま、この反乱を収めるための策を練っておられます。間もなく沙汰を下すゆえ、家老衆はそれぞれ軍備を進め、出陣に備えていただきたいとのことです」

そう答えた比奈の態度は、いつも通り、呑気すぎるほどに明るいものだった。

彼女があまりにも動じていないので、家老たちもすっかり毒気を抜かれたようになり、

「されば、沙汰を待つべし」

と口々に言って、それぞれが軍備のために部屋を出ていった。

室内に残ったのは、比奈と稲田の二人だけになった。

「おや、いかがなされました、稲田殿」

不思議そうに小首を傾げる比奈を、稲田はじっと見据えた。

(この奥方は、嘘をついているのではないか)

家老衆の中で稲田だけは、家政の状態を直に見ている。今のあの若者には、策を練るどころか、事態の把握さえも覚束《おぼつか》ないのではないか。

「……ただいまのお話、真《まこと》でござるか」

「いいえ、嘘です」

比奈はあっけらかんと答えた。

「けれども、真です」

「は？」

「なにも心配はいらない。そう申し上げたのは、嘘ではありませぬ」

「なぜ、そんなことが言いきれるのです」

「決まっています」

あくまでも陽気に、比奈はぱっと華やぐような笑みを向けた。

「あのひとが、臆病だからですよ」

五

家政がまるで動きを見せていない間も、国人衆の反乱はますます活発化していった。

——蜂須賀家政は、兼松惣右衛門の死に動揺し、とても兵を動かせる状態ではない。

そんな噂が国中に広がり、国人衆の気勢はいよいよ上がっていた。彼らの言う通り、家政は討伐軍を送るでもなく、交渉の使者を出すでもなく、なにひとつ手を打とうとしないまま、一宮城で沈黙し続けていた。

「蜂須賀の小僧は、臆しておる」

国人衆の一人、仁宇谷に勢力を持つ湯浅十郎左衛門《ゆあさじゅうろうざえもん》は哄笑《こうしょう》した。家政の沈黙はどう見ても、臆したとしか捉えようがない。その醜態はあたかも、部屋の隅で雷雨に怯え、ただ過ぎるのを待ち続けている、臆病な幼童のようでさえあった。

「さればこれより兵を進め、一宮城下を焼き払い、国主気取りの腰ぬけに弓矢をたんと見舞うてやろう」

そう豪語し、湯浅は兵五百を率いて出陣した。その行軍を阻むものは一切なく、やがて軍勢は荒田野《あらたの》という盆地にまで進んだ。

だが、それ以上、進むことはできなかった。

家政がこの地に伏せさせていた千六百の兵が、四方から一斉に襲いかかったからである。

湯浅十郎左衛門の軍勢は、抵抗も退却も許されず、卵を握りつぶすかのように、いとも容易く粉砕された。

この敗報は、各地の国人衆に大きな衝撃を与えた。

――蜂須賀め、とんだ狸じゃ！　怯えて兵を動かせぬなどと、噂を撒いて謀りおった！

湯浅はただ敗れたのではない。怯懦《きょうだ》を装った家政にまんまと化かされ、流言に乗って誘い出された挙句、見せしめのように討ち果たされたのである。

山間に籠っている限りは、家政もうかつに手を出せないだろう。しかし、山を出たが最後、湯浅十郎左衛門のように、即座に攻め滅ぼされてしまうかもしれない。

少なくとも、蜂須賀家政という男はそれをやる。国人衆と対決する決意、策謀の周到さ、そのために重臣の死すら利用する覚悟を、この一戦は国中に知らしめた。

これ以降、国人衆は反乱の勢いを大きく削がれた。

もうなにも考えたくなかった。

それは、紛れもなく家政の本心だった。しかし、考えまいと思えば思うほど、頭の中に様々な顔触れが浮かびあがってきた。

妻の比奈、死んだ兼松惣右衛門、稲田左馬亮ら家老の面々、餅を分け合った兵たち、反乱に加わらなかった国人や海賊衆、阿波の領民たち……。

そして、蜂須賀小六。

――将たるものは、極限まで考え、案じ、手を尽くし続けなければならない。

脳裏に浮かんだ小六の幻影は本物と同じように、家政を小馬鹿にし、嘲《あざけ》り、からかうような口ぶりでのたまった。

頭がかっとなり、頬が熱くなった。その理由を自覚したときには、すでに視界から闇は去っていた。

家政はまだ、彼らの将でありたいと思っていた。

「比奈はわかっておりましたよ」

その夜、寝所で、比奈がくすくすと笑いながら言った。

「家政様が、自分の舟に乗りかかった者たちを平気で見捨てられるほど、強くも勇敢でもないことを」

「悪かったな、臆病者で」

家政は苦い顔をしてぼやいた。

だが、比奈の言う通りかもしれなかった。

後悔の末に国主の座を放り出し、悲壮に酔って自害にでも奔《はし》れるほど、家政は強くない。兼松惣右衛門ただ一人の死でここまで動揺する男が、自身が逃げ出したあとで、残された者たちの行く末に、責任を感じずにいられるはずがなかった。

結局、家政に決意をさせたのは勇気でも強さでもない。ただ、より大きな後悔を恐れた臆病さ——自分がここまで引き連れてきた者たちを、切り捨てることのできない弱さが、家政を国主として踏みとどまらせ、困難に立ち向かわせている。

（しかし、まだ反乱は鎮《しず》まったわけではない）

湯浅十郎左衛門を討ったことは終わりではなく、むしろ始まりだった。

家政が阿波でやろうとしていることは、つまるところ中世の解体である。

かつて、戦というものは田植え稲刈りの合間にするものであった、という俗説がある。それはさすがに大げさだが、大名の軍事行動に農期が一定の制約を与えているのは事実であった。彼らが率いる武士団の大半が、兵士でありながら農業も営む半士半農の者たちで構成されていたからである。

だが、戦乱相次ぐこの時代を生き抜くには、いかなるときでも動員できる常備軍の創設が不可欠だった。そのためには、職業軍人である武士と、生産に従事する百姓とを明確に分離しなければならない。

すなわち、国人衆に象徴される半士半農層の解体である。中央ではこの兵農分離という思想と制度がすでに一般的となりつつあるが、時勢から隔離されてきた阿波の山岳地帯では、いまだに国人領主が割拠する中世の状態が続いている。

それを、家政は改革しようとしている。相手は目の前の国人どころではなく、これまで何百年とこの地で営まれてきた中世の常識そのものなのである。それらがすぐさま改まるはずもなく、性急に事を運ぼうとすれば必ず仕損じるだろう。(だが、すでに反乱は起こってしまった。焦りは禁物だが、悠長に構えているわけにもいかなくなった)

国人衆を力だけで制圧しようと思えば、少なく見積もっても十年はかかるだろう。討伐ばかりにそこまでの時間と労力をかけていては、阿波の統治はいつまでたっても改まりはしまい。

果たしてどうすべきか。家政は深く考え込み、布団の中で何度もうなった。

「あまり根をつめても疲れてしまいますよ」

夫の苦悩を見かねた比奈は、寝巻を纏って立ち上がると、どこからか菓子盆を持ってきた。中には、家政が最近特に好んでいる、餡入りの平たい焼き餅が入っている。

「ほう、焼き餅か」

家政は目を輝かせ、さっと手を伸ばした。どれほど深刻に悩んでいるときであっても、甘味の誘惑には逆らえない。

「具は小豆餡か？」

「さあ、なんだったかしら」

「おいおい、中身がわからぬものを夫に薦《すす》めるなよ」

「でも、甘いものならなんでも好きでしょう？」

「甘くないのも多いのだ、こういう餅は」

ぶつぶつと文句を垂れつつ、家政は餅を割って中身を確かめようとした。

その寸前で、手が止まった。

大きく目を見開き、じっと押し黙ったまま、家政は手もとの焼き餅を穴が開くほどに見つめた。

「……わかったぞ」

「小豆でしたか？」

「馬鹿、餅の話じゃない」

家政はいきなり、声を上げて笑い出した。比奈はきょとんとしている。

思考がいきいきと巡り、家政の中で形を成していく。そうしてたったいま、脳裏に浮かびあがりつつある計画は、奇策や奇手という言葉で片づけるには、あまりに風変わりなものだった。

——一宮城を出る。

家政が家中の重臣を集めてそう告げたのは、翌日のことだった。

「出て、どうするのです」

「わかりきったことを聞くな」

重臣たちの当然の問いかけを、家政は一笑に付した。

「新しい城を築くに決まっていよう」

「かような時期に、ですか？」

いまだ各地で蜂須賀家に服さない国人も多く、反乱も頻発している。当面はそれらを鎮めることに集中せねばならず、城造りなどしている暇はないはずであった。

「だからこそ、城が必要なのさ」
と家政は言った。

「いかに言葉を尽くして説いたところで、いまだ四百年も昔の鎌倉《かまくら》の世を生きているような国人衆には、俺のやろうとしていることは理解できまい。得体の知れない改革、それに伴う領内の検地に、抵抗するのも無理からぬことよ」

中身のわからぬ焼き餅を、力ずくで食べさせようとしても拒まれるだけだろう。昨晩の比奈とのやりとりを思い出しながら、家政はつい苦笑した。

「であれば、その目に見せてやらねばなるまい。新たな時代の治世とは、いかなるものであるのかを」

それには、一宮城ではいかん、と家政は言う。

一宮城は天嶮を利用した山城で、本丸は麓から六十六間という途方もない高所に築かれている。その防備はいかにも堅固ではあったが、高所にあるだけに政務上不便であり、そもそも阿波一国を支配するには内陸に入り過ぎている。また城下町を拡大するには麓の平野が狭く、交通面でも街道から外れているという難点があった。
要するに一宮城は単なる要塞であり、一国を治める大名の政庁として不適格だった。

「渭津《いのつ》のあたりがよい」

と、すでに家政は築城予定地を定めていた。渭津は、阿波の東部に位置する、海港からほど近い平野である。さらに街道沿いであり、吉野川河口の三角州地帯に位置しているため、ここに城を築けば陸路、水路、海路を一手に収めることになる。この地を中心に、一大城下都市を形成するのだと家政は語った。

「この城を中心として、一宮、牛岐《うしき》、仁宇、鞆《とも》、撫養《むや》、西条《さいじょう》、川島《かわしま》、脇、池田《いけだ》の九城に城代を置く。新たな城は交通の便が良いゆえ、九城それぞれよりの報告も迅速になろう。さすれば俺も、阿波の隅々まで目が届くというものよ」

「さて、それはいかがなものでしょう」

重臣たちは首をひねった。家政が候補地に挙げた渭津は、都市の発展という面だけを見れば、これ以上ない条件を備えている。しかし、城郭とは政庁である以前に、軍事拠点なのである。交通の便が良すぎる渭津は、多方向から一斉に攻め込まれた場合、とても防ぐ手立てがない。

「それよりも、勝浦《かつうら》郡の千代田《ちよだ》の地はいかがでありましょう」

「いやさ、日峯山《ひのみねさん》のあたりが堅固でよろしゅうござる」

重臣たちは口々に、国内の要害の地を挙げた。

だが、『蜂須賀蓬庵』によれば、家政はただ笑うばかりで、それらの意見にうなずかなかった。

──汝《なんじ》の言、或《あるい》は然《しか》らん
と、重臣らの正しさも認めつつ、

「しかし、関白殿下のお力により、天下は統一へと向かいつつある。いかに険しい要害に拠《よ》って武威を誇ったところで、世が泰平に落ち着いてしまえば、さほどの用は為さなくなるだろう」

──地利《ちのり》を恃まんよりは、寧《むし》ろ人和《じんわ》を頼むの安《やす》きに如《し》かず
という表現で、家政は自身の方針を述べた。今後は地の利を頼りにするよりも、むしろ人の和を得ることが肝要である。それには、山嶮狭隘《さんけんきようあい》の要害より、国を豊かにするための立地を心がけなければならないのだと。

「国を治めるのに必要なのは、城よりも人であり、嶮よりも徳治（善政）であ

る。俺はすでに人を得ている。敢《あ》えて地形にすがろうとは思わない」

重臣たちは驚いた。彼らの主君は、軍事拠点であるはずの城郭において、防御の機能など二の次だと平然と言い放ったのである。

「しかしながら、殿」

おずおずと、稲田が尋ねた。

「そもそも、未だ国内が治まらぬというのに、かような大掛かりな築城が可能でしょうか」

稲田の言う通り、各地で反乱する国人衆の対応に追われている蜂須賀家には、とても城造りなどゆっくりやっている余裕はない。

「蜂須賀家だけではとても無理だろうな」

家政も、その現実は認めざるを得ない。

「そこで、ある男に手伝いを頼みたいと思っている。彼《か》の者は城への造詣が深く、阿波の地理にも詳しく、普請のための人数も潤沢に持っている」

「どなたですかな、その御仁は」

怪訝そうに、稲田は問いかけた。そんな男がいてたまるか、とでも言いたげだった。おそらくは、この場にいる重臣たち全てが、同じ疑いを抱いているのだろ

を告げた。

　その反応を確かめたあとで、家政はにやりと不敵に笑い、おもむろにその名を告げた。

「土佐の国主——長宗我部元親殿だ」

　その名を聞いた途端、重臣たちは騒然となった。

　長宗我部元親は、蜂須賀家にとって最大の仮想敵である。秀吉に敗れて降伏はしたものの、あの四国征伐からまだ半年と経っていない。四国の覇者から土佐一国に押し込められた無念は、おそらく今も晴れていないだろう。

　その長宗我部に築城を手伝わせるなど、国防の弱点を自ら敵にさらけ出すようなものであった。万が一、元親が謀叛を起こせば、長宗我部軍は自分の庭を歩くように悠々と渭津の新城へ攻め来るだろう。

「長宗我部めが、逆心を起こさばいかがいたすのです」

　青い顔で、稲田は問い質した。

「知れたことだ。さきに述べた九城でこれを防ぐ」

「では、その守りを抜かれれば」

「それも知れている。この蜂須賀家政が、新たな城ごと滅ぶだけのことだ」

そう答えた家政は、悠然とした態度で、微笑さえたたえていた。

「平和や泰平を声高く、念仏の如く叫び散らすだけで乱が収まるのなら苦労はない。国を治めるには言葉よりも手段が要る。手段を為すためには、なにかを賭けねばならぬときもあろう」

「殿は、長宗我部が裏切らぬという目に、ご自分の一命を賭けられると？」

「違う。俺が賭けているのは謀叛の当否ではない。たとえ長宗我部が謀叛を起こしたとしても、お前たちなら十分に防ぎきるであろう。その武勇に、俺の命運を賭けたいのだ」

死を恐れていないわけではない。だが、仮に滅びるとしても、地の利に進退を預けて滅びたのでは、後悔してもしきれない。それよりも家政は、曲がりなりにもここまで、自分のような男についてきた家臣たちに命を託したかった。

「やりましょうぞ！」

家老の山田織部が、立ちあがって叫んだ。

「主君の命運を直に担うなど、臣下としてこれほどの冥利はない。土佐の軍勢が幾万寄せ来ようと、我らが残らず押し返して見せましょう。殿におかれましては、どうぞ御心を安んじ、ゆるりと新城の普請を進められますよう」

調子のいいやつだ、と家政は苦笑した。この山田は、阿波入国時、七家老の中で最も家政に反抗的だったはずだが、その面構えはまるで累代の忠臣のようだった。ひねくれた家政などとは違い、よほど素直で感激しやすい性質《たち》なのだろう。

この山田の一言がきっかけとなり、重臣たちは次々と計画に賛意を示した。

こうして、蜂須賀家の新城普請は始まった。阿波の地に、新しい時代が運び込まれようとしていた。

六

阿波で、蜂須賀家の築城が進み、新たな時代が芽吹き始めようとしていた頃、別の地では、一人の男がその生涯を終えようとしていた。

長大で屈強だった体軀は見る影もないほどに痩せ細り、丸太のように逞《たくま》しかった両腕は枯れ木のように萎《しな》びている。男――蜂須賀小六は大坂の屋敷で、この数ヶ月、ほとんど寝たきりとなって過ごしていた。

間もなく、命が尽きようとしている。もはや余命は幾許《いくばく》もないだろう。そのことを誰よりも理解していながら、小六の相貌には一片の悲嘆も浮かんではいない。どこか余裕さえ漂わせながら、枝から舞い落ちていく銀杏《いちょう》の葉でも眺めるような目つきで、飽きることなく天井を見つめ続けている。

そのとき、慌ただしい足音が近づいてきた。なにごとか、と傍らの侍医に尋ねる間もなく、乱暴に襖が開かれた。

家政は部屋に入るなり、じろりと小六を見下ろした。

小六が重病に冒されているということを、家政は全く知らされていなかった。小六が、親しい大名や身の回りの世話をする者はおろか、秀吉にまで固く口止めをしていたためである。ようやく家政が病状を知ったのはほんの数日前、小六の容態がいよいよ重くなったことから、たまりかねた秀吉が阿波に使者を送ってきたためだった。

驚いた家政は稲田左馬亮ら数名の家臣を連れ、急遽《きゅうきょ》、大坂に上ってきたのである。

「いつから隠していた」

「こんなに弱っている父を見て、まず言うことがそれかよ」

「いつからだと訊いているんだ」

家政は小六の軽口には付き合わず、畳みかけるように問いを重ねた。

「……明智光秀を討ってから、しばらくあとだな」

観念したように、小六は答えた。

「どうも、肺がまずいらしい。はじめは痛んだり咳き込んだりするぐらいだったが、四国の陣中では何度か血を吐いた。このごろは身体が弱り過ぎたのか、咳さえうまく出せやしねえ」

「ずっと、俺たちを騙していたのか」

「ああ、必要だったからな」

悪びれもせず小六は言った。その一言で、家政は全ての意図を理解した。

明智光秀討伐後、秀吉を天下人に押し上げるために、小六は八面六臂の活躍をしてきた。だがもし、その病状を秀吉が早くから知ればどうなるだろう。秀吉は、小六を酷使することに迷いが生じ、ことによってはその躊躇のために、天下をとりこぼす恐れすらあった。

四国を平定し、関白への就任も認められ、政権がある程度の安定を見せたと考えた小六は、そこでようやく秀吉に自身の病を打ち明けたのだろう。だからこそ、秀吉はやむを得ず阿波を小六ではなく家政に与えたのではないか。

家政に病状を隠していたのも、同様の理由と言えるだろう。つまり、阿波の統治という難事に挑もうとする家政が、小六の病を知って動揺することを防ごうとしたのだろう。

変わり果てたほどに痩せさらばえながら、小六の周到さは微塵も衰えていなかった。そのことを、家政は改めて実感していた。

「それより、検地はどうなっている」

不意に、小六が声をかけてきた。

「どうなんだ。阿波の検地は進んでいるのか」

家政は、つい口ごもった。まだ、国中の検地は終わっていない。国人衆がいまだに抵抗を続けているため、山岳地帯での検地が行えないのであった。

「……まだ、全ては終わっていない。しかしもう間もなく、山岳にも手がつけられるようになるだろう」

「よくもまあ、そんな悠長なことを言っていられるな」

小六は鼻で笑った。

「だからお前は青いというんだ」

「なんだと？」

「まだ天下は治まったわけではない。遠からず、九州や東国への出兵があるだろう。古参の蜂須賀家は外様や新参大名の範として、一刻も早く軍備を進め、他家に先駆けて戦陣に備えなければならん。だというのに、未だに検地すら済んでいないとはどういうことだ」

小六は寝ころんだまま視線だけを巡らし、ぎょろりと家政を睨み据えた。その眼光の鋭さだけは、かつての小六となにひとつ変わらなかった。

「家政、直ちに領国へ帰れ。こんなところにいる暇はないはずだ」

「……言われなくても帰るさ」

そう吐き捨てるように言うと、家政はくるりと踵《きびす》を返した。

「俺には、国を豊かにする役目がある。こんな辛気臭いところで、無駄話をしている暇などない」

背中越しに、努めて硬質な、冷たい声で言い放つ。それが、死を間近にしてなおも自分の役割を忘れず、実の息子さえ突き離そうとする小六に対し、ただ一つ報いる道だと家政は知っていた。

――しかるゆえに若殿は早々にして本国へ御帰国候

と『武功夜話』にも記されているように、家政は政務を進めるため、すぐに阿波に戻ることとなった。

ただし、同書の記述によれば、家政は同行した家臣のうち稲田左馬亮にのみ、大坂屋敷に留まるよう命じている。


「左馬亮、お前は残れ」

去り際に家政から告げられた命令に、さすがに稲田は戸惑った。自分の代わりに小六の様子を見守れ、という意図は言わずともわかる。しかし、筆頭家老の稲田がいなくては、阿波の国政に支障をきたすのではないか。

「心配するな。俺を信じろ」

かつて見せたことのない、おそろしく真剣な表情で家政は言った。自分の父親が死のうとしている。物心ついた頃から、ずっと目標としてきた男が、この地上から消え去ろうとしている。今の家政に、ひねた笑みや軽口で誤魔化す余地などあるはずがなかった。

「……殿がそう仰せであれば」

やむを得ない、と稲田は承諾し、去っていく家政らを屋敷の門まで見送ったのち、再び小六の傍らに座った。

「お前から、信じられるほどの男になったか、あいつは」

「ええ」

小六の問いかけに、稲田は静かにうなずいた。

「あのお方が、いまの私の主です」

「そうかい」

小六は愉快そうに、にんまりと破顔した。

「こんなときだから言うが、太郎左よ」

「はい」

「蜂須賀家は、もともと武家だったのだ」

突然の告白に、稲田は驚いた。たしかに、そういう噂を聞いたことがないわけではなかった。しかし川並衆という、身分や血筋による権威をまるで重んじない集団の頭領だった小六の口から、出自の話などを聞くとは思ってもみなかった。

小六は話を続ける。

「お前がまだ生まれてもいなかった頃、尾張海東《かいとう》郡の蜂須賀村という、百石だか二百石のわずかな領地を、俺の親父は領していた」

しかし、近隣の大名に攻められ、蜂須賀家は領地を奪われた。小六の父は流浪の末、妻の実家である安井氏《やすい》という豪族が領する宮後城に身を寄せたのだという。


「俺の偉いところはな、その先祖伝来の領地に、少しも執着しなかったことだ」

小六は蜂須賀村を置き捨てたまま、一度も取り返そうとはせず、代わりに別のことを始めた。牢人、野伏り、乱破、ごろつきといった既存の権力に属さない連中をかき集め、木曾川流域に数百人規模の独立勢力を作り上げたのである。

海を根城にする海賊衆は、数百年の伝統を持つものも少なくない。だが、川並衆は小六一代の作品だった。たった一人でこんな集団を作り上げた例は他になく、それを成し得た小六の将器はおよそ尋常なものではなかった。

「俺はな、太郎左」

小六はどこか照れくさそうな顔をしている。

「こう言うと大人げないようだが、将として家政に負けた気はしない。今後も、あいつに俺を越えられるかとなれば、随分とあやしいものだ」

「それがしもそう思います」

「だが、家政にとってはもう、そんなことは些事《さじ》に過ぎない。俺を越えようとすることしか眼中になかったあの若造は、もっと大きな、生涯を賭けて目指すべきものを、すでに見据えてしまっている」

国を豊かにする役目がある。去り際に家政はそう言った。かつてのあの若者なら、たとえ強がりでも、そんな言葉を口にしただろうか。

心から満足そうに、小六は微笑んだ。そのあまりに穏やかな、全てを悟ったような表情に、稲田はかえって痛ましいものすら感じた。

「俺は十分に生きた。百年生きた古老でさえ、俺の六十年の半分も、面白いときを過ごしてはいないだろう。――ただ一つ心残りがあるとすれば」

そこで初めて、小六の顔つきがわずかに翳《かげ》った。寂しげな息を漏らし、祭囃《まつりばや》子《し》を遠くに聞くような口ぶりで、続く言葉をゆっくりと押し出した。

「お前たちが創る国の行く末を、もう少し見ていたかった」

思わず、稲田は小六の手を握った。涙ぐみ、嗚咽《おえつ》を噛み殺しながら、「頭領、頭領……」と何度も呟いた。

その稲田の手を、もう片方の小六の手が優しく撫でた。その手は見違えるほどにやつれていたが、掌《てのひら》から伝わる体温だけは、かつての小六となにも変わっていなかった。

それからおよそ一月《ひと》後、天正十四（一五八六）年五月二十二日、蜂須賀小六正《まさ》勝《かつ》は、大坂屋敷で生涯を閉じた。

七

小六の死から、一年ほどの歳月が流れた。

この頃、蜂須賀家の新たな城がようやく完成した。

城郭は渭山《いのやま》と呼ばれる小さな山上に築かれ、周囲を助任川《すけとうがわ》、寺島川《てらしまがわ》、そして人工に作り上げた堀川《ほりかわ》という三つの河川に囲まれている。

これらの川は、戦時においては敵の侵攻を防ぐ水濠の役目をなし、平時は水運交通の要《かなめ》となる。防備にも、発展にも、あくまで「川」の利点を重んじたあたり、いかにも蜂須賀家に相応《ふさわ》しい城だった。

城ははじめ、地名にちなんで「渭山城」と呼ばれていた。渭《い》（渭水）とは、唐《とう》の王都「洛陽《らくよう》」の周囲を流れる川であり、かつてこの辺りを支配していた有力者が、川に囲まれた地勢を古代中国の都に見立てて名づけたらしい。

だが家政は、

「そのような黴臭《かび》い名前では、俺の意図が伝わるまい」

と言って、家臣たちと話し合い、すぐに名を改めることにした。やがて新たな城名は、

「徳島城」

と決まった。川に囲まれた城の立地を、水上に浮かぶ島にたとえ、この城を中心に徳治――善政を布《し》いていくのだと、誰にでもわかるように表明したのである。

家政は旧領の播磨や故郷の尾張、美濃から商人や職人を呼びよせ、徳島城の城下に住まわせた。さらには、「望みの者には城下に屋敷の土地を与える」という触れを出したことで、阿波はもちろん、諸国から続々と町人が集まった。住民は見る見るうちに増加し、城下も急速に発展していった。中世の頃には見られなかった、大規模な商業流通による経済を基礎とした都市が生まれたのだった。

徳島城下の発展に伴い、国人たちの態度にも変化が現れた。戦わずとも、蜂須賀家に進んで降る者が続出したのである。もはや国人の反乱はかつての勢いを失い、抵抗の激しい一、二の地域を除いてはほとんど鎮まりつつあった。

「やはり、殿は川並衆にござるな」

あるとき稲田は、家政の部屋でそのようなことを言った。

「どういう意味だ」

「歴《れっき》とした武家であれば、新たな封地を与えられた際、まず国の守りを固め、開《かい》墾《こん》などを進めて米の取れ高を増やそうとするでしょう」

しかし、家政は全く逆のことをした。守りが堅固とはいえない徳島城を経済の中心として築き、新田を開くよりも都市と流通の発展に力を注いだ。

「一にも二にも銭ばかり。殿の仕置きの向かう先は、まるで一国を元手にした商いのようでございますな」

「人を銭の亡者のように言うなよ」

口では咎めるように言いつつも、家政はどこか楽しむような顔をしている。

「畑も新たに増やしただろうが」

「ええ、たしかに増やされました。銭のなる、藍畑を」

吉野川流域は、頻発する氾濫のために、米を作るのには適していない。

だが、このように手のつけようもない暴流の地こそ、藍という植物が最も好む土地柄だった。実際、さほど大がかりではないものの、藍作自体は阿波でも古くから営まれていた。

家政は、この藍に目をつけた。旧領である播磨三日月や龍野、同国で最も藍作が盛んだった飾磨《しかま》などから藍百姓や藍商人を大量に呼びよせ、一国を挙げて生産を推奨した。

今はまだ、試作を重ねている段階に過ぎないが、いずれこの藍を諸国に売り込むのだと、家政は常々言っていた。その有様は、まさしく稲田の言う通り、国を元手にした商いそのものだった。

（つまり、この人は川並衆なのだ）

稲田は、家政という男の奇想をそういう目で見た。

傭兵にせよ、水運にせよ、通行料にせよ、川並衆の根底にあるのは貨幣と流通による経済である。そういう世界から生まれた大名である蜂須賀家政は、ほかの大名が様々な手段で米の取れ高を増やそうとするように、国を富ませる手段として自然に、藍の生産や城下町の発展などを考えついただけに過ぎない。

（あの馬鹿げたような騒ぎも、おそらく根は同じなのだろう）

稲田の脳裏に浮かんでいるのは、徳島城が落成した際、家政によって起こされた、実に奇妙な事件のことだった。

そのときの家政の振る舞いについては、数百年たったのちも徳島の地に語り継がれている。

家政はまず、領民や家臣たちを城下に集めて、酒や菓子を振る舞い、大宴会を催した。やがて、誰もがしたたかに酔ったと見るや、

「踊れ！　好きに踊って祝え！」

と言って、呼び寄せてあった能楽師に笛や鼓《つづみ》を奏でさせ、自らも扇子《せんす》をかざして舞い始めた。

領民も家臣も、戸惑った。いかに慶事とはいえ、それを祝うために国主と一緒になって踊るなど、考えただけでも恐れ多く、古今に例のないことである。

しかし、酔いが彼らを大胆にした。城下に集まった者どもは役者でも見るようにどっと家政を囃《はや》したて、柏手《かしわで》を打ち、そして誰もが踊り出した。

徳島城は、家政が打ちたてた新たな秩序の象徴のはずであった。武士と百姓、支配者と領民という身分を完全に分断し国政を改めることこそ、彼らの使命であるはずであった。

しかし、奇妙なことに、その徳島城下ではこの日、武士も領民もなかった。みな一様に笑い、はしゃぎ、阿呆のように踊りまわっていた。

あの一見ふざけた踊り騒ぎも、川並衆という家政の出自と決して無関係ではないのだろう。少なくとも、稲田にはそう思えてならなかった。

武士でも百姓でもない、世上の秩序の外にある川の民に過ぎなかった蜂須賀家がいまやこの国の支配者となっている。しかし、根が川並衆である家政は、侍が偉ぶる、堅苦しい身分秩序の世に心からなじむことができなかったのではないか。

かといって、秩序がなくなれば国は亡《ほろ》ぶ。だから、落成の祝いという形をとることで、秩序を崩すことなく、領内にほんの少し風を通してみせたのだろう。

稲田がそのような自分の見解を述べると、

「勘ぐりすぎだ」

と、家政は腹を抱えて大笑した。

「俺はただの放蕩《ほうとう》息子だよ。たしかに堅苦しいのが嫌いで、愉快な方が好きだが、それは誰でも同じじゃないか」

ひとしきり笑い尽くしたあと、家政は「笑い過ぎて腹が減った」と言って、小姓に菓子盆を持ってこさせた。

「ところで、お前はなんの用で俺の部屋に来たのだ」

「その餅を」

稲田は、盆につまれている焼き餅の山を指差した。

「本日はねだりに参りました」

「菓子は苦手なんだろう？」

家政はにやりと意地悪く笑った。稲田のいう意味がわかったのだろう。

「だが、欲しいのなら呉《く》れてやる」

家政は器から取り上げた餅を半分に割き、その片方を差し出した。稲田は両手をかざして恭《うやうや》しくそれを受けた。

一つの餅を二人で分かち合い、ようやく稲田は、家政と本当の意味で主従になれたような気がした。

「親父殿は、この国の行く末を見たがっていたそうだな」

焼き餅を食べ終わったあとでふと、家政は思い出したように言った。

「はい。小六殿は、亡くなる間際まで、そう仰っておられました」

「ならば、聞こえただろうか」

「は？」

「徳島城落成のときに、あれだけの大騒ぎをしたんだ。天の向こうにいようが地の底にいようが、きっと親父殿に届いたのではないか」

部屋の外に目をやり、家政は懐かしむように空を見た。

「羨んでいるだろうか。それとも、悔しがっているかな」

「いえ、おそらくは小六殿のこと」

稲田は珍しく、悪戯《いたずら》を企むような笑みを浮かべ、

「まだまだなっていない、どうしようもない青二才だと、愉快そうに笑いながら、文句を言っておられるでしょう」

「違いない」

家政は再び、城下の隅々まで届くほど大きな笑い声を上げた。

ある者は「あれほど肚の読めない、油断ならぬ食わせ者はいない」と蔑《さげす》んだ。

またある者は「あれほど熱心で知恵深い国主はいない」と賞賛した。

そんな蜂須賀家の仕置きぶりが諸国に伝わるとともに、家政に奇妙なあだ名がついた。

人々はこの不思議な大名に賞賛や畏敬、軽蔑や愛嬌など様々な思いを込めて、

「阿波の狸」と呼び始めた。

鶍《いすか》の嘴《はし》

一

蜂須賀家政は、船上から海を望んでいた。

潮風を受けた帆は大きく身を反らし、船体は波を切って軽快に進んでいる。じき初夏に差し掛かろうとする沖合は、ごく穏やかな陽気ながら、ほどよく強い風が吹いていた。

だが、今の家政はそれどころではない。

血の気が引いてしまっているのが自分でわかる。頭がひどく重苦しく、鼻の奥は胃液の臭いで満ちている。

「意外だな」

船べりの垣立《かきたつ》にもたれている家政に、冷ややかな声が投げかけられた。声の主は、線の細い顔に似合わぬ髭をたくわえ、不釣り合いなほど厳めしい黒糸縅《くろいとおどし》の具足を纏っている。

石田三成である。かつて家政と同じく子飼いの将として秀吉に近侍し、本能寺の変以降は検地奉行などを務めていたこの青年も、今や近江に四万石の領地を持つ歴とした大名となっていた。

「意外とは、なんのことだ」

込み上げる吐き気をぐっとこらえ、家政は精いっぱい三成を睨みつけた。

「川並衆頭領のせがれが、こうも船に弱いとは思わなかった」

「船に弱いんじゃない、海に弱いだけだ。川の上なら、こう何日も波に揺られるようなことはないからな」

「大げさな。何日もなどと言うが、一日ごとに湊《みなと》に泊っているではないか」

三成は鼻で笑った。

「それに、お前も海路の遠征は初めてではないだろう。三年前、蜂須賀勢も瀬戸内海を越えて九州攻めに従軍したはずだ」

「おい、やめろ佐吉……」

あのときも、ひどく酔ったものだ。九州攻めの話を聞いた途端、自身の吐瀉物《としゃぶつ》の臭いや色形までが鮮明に蘇ってきた。

（いかん）

と思ったときには、すでに遅かった。家政は胃の中身を一つ残らず、海面に向かって吐き出していた。

（やはり、陸を行くべきだった）

そんな後悔をよそに、家政たちを乗せた船は休むことなく進んでいる。そしてその後背には、大小合わせて五十艘にも及ぶ船団が付き従っていた。

「兵糧運びなど、家臣にまかせておけば……」

半ば死人の体《てい》をした家政は、喘《あえ》ぐようにか細く呟いた。

兵糧を積んだ船団は、関東へ向かっている。

彼の地には、秀吉にとって最後の大敵というべき勢力、

――北条《ほうじょう》家

が待ち構えている。

すでに秀吉は九州を平定し、西国をことごとく手中に収めた。さらには新たに「豊臣《とよとみ》」という姓を創出することで、織田家の奉公人に過ぎなかった羽柴筑前守

とは完全に決別し、関白豊臣秀吉として、名実ともに天下人となったことを世に知らしめた。

だが、相模小田原《さがみおだわら》を本拠とし、関東一円を支配する北条家は、なおも秀吉の傘下に降ろうとせず、独立を貫き続けた。両者の敵対が決定的なものとなるまでは、そう時間はかからなかった。

そして、天正十八（一五九〇）年三月、小田原の北条家に向けて征伐軍が発せられた。総兵数、じつに二十二万もの大軍勢である。

この大軍を養うための膨大な兵糧は、陸路のみならず、蜂須賀家をはじめとする諸大名の水軍によって、前線へ輸送される。

阿波の拝領から五年、家政は幾度となく上方と領国を、船によって往復してきた。船酔いなどとっくに克服した気でいたし、どうせ荷運びを請け負うのなら、わずかな緩みもないよう自ら検分したいという思いもあり、こうして船団に加わった。しかし、風浪さえよければ五日もかからない上方への移動と、遥か関東への遠征はまるで違っていた。

（やはり、俺が自ら乗り込むことはなかったな）

吐き疲れてぐったりとへたり込みながら、家政は何度目かわからない後悔を浮かべた。

「いい加減、船に慣れたらどうだ」

三成は咎めるように言った。

「若くして歴戦の古参大名、さらにはあの難国阿波を見事に治めた俊英……その蜂須賀阿波守《あわのかみ》の姿がこれでは、敵に侮りを受けるぞ」

「慣れられるものなら、初めからそうしている」

力なく、家政は憎まれ口を叩いた。

「言いたい奴には言わせておくさ。敵にどう思われようが、俺の知ったことではない」

「親のお前がそのような性根では、息子はどのようにひねくれて育つやら……」

「心配あるまい。せがれは母親似だ」

家政には、五歳になる息子がいる。幼いころの家政と同じく「千松丸」と名付けられたその子は、顔立ちといい、素直な性分といい、妻の比奈によく似ている。

「それより、お前こそどうなんだ、石田治部少輔《じぶのしょう》よ」

「どう、とは？」

「名乗りを改めたお前からは、あまりいい話を聞かないぞ」

家政が阿波守という官位を授けられたように、かつて佐吉と名乗っていた石田三成も、今では治部少輔などという重々しい官名で人に呼ばれ、豊臣家の官僚たちの中でも屈指の存在として、政治の中枢を担うに至っている。

だが、三成についての世評は、その権勢ほどに高いとはいえない。特に、これまで前線で槍をすり減らしてきた古参の武将や、三成や家政と同じ秀吉の子飼い上がりの大名からの評判がひどく悪い。「殿下に取り入る佞臣《ねいしん》」「増上慢《ぞうじょうまん》の権柄家《けんぺいか》」……そんな誹謗《ひぼう》を、家政も聞き飽きるほど耳にしてきた。

「ただでさえ、君主の側近などという立場は恨みを買いやすいんだ。なるべく腰低く振る舞い、もう少し他人との調和にも気を配った方がいい。さもなくば……」

「さもなくば、なんだ？」

「お前、いつか刺されるぞ」

三成のような境遇の者が、怨恨や嫉妬、政権に対する不満などを一身に集めた挙句、奸臣の汚名を着せられて謀殺された例は歴史上無数にある。家政の忠告も、決して杞憂《きゆう》とはいえないだろう。

「結構なことだ」

三成は、微かに冷笑を浮かべた。

「それでこそ、俺は自らの役目を果たせる」

「なんだと？」

「蛇蝎《だかつ》の如く忌《い》み嫌われ、仇の如く憎まれる。俺がそうある限り、豊臣家への不満は殿下まで届かず、全て俺のところで止まる」

「……そんなことを、殿下がお前に望んでいると思うか」

「では、俺のほかに誰ができる」

家政は返答に詰まった。

計数に優れ、吏才に恵まれた者ならば、三成ほどの者は得難いとはいえ、ほかにもいるかもしれない。だが、天下の恨みを一身に背負うほどの覚悟を持った者が、この男以外にいるだろうか。

「今の豊臣家には、盾が要る」

と、三成はさらに言う。

豊臣家の勢力は、遠からず天下を覆い尽くすだろう。しかし、この巨大な中央政権の実態は、ただ秀吉という天下人の将器と才覚によって、辛うじて成り立っているに過ぎない。もし、その秀吉が声望を落とし、諸大名の信を失えば、この未熟で脆弱《ぜいじゃく》な政権は、その瞬間から瓦解《がかい》してしまう。

「十年だ」

三成は言った。

「これより関東の北条を討ち、その先の東国大名どもを隅々まで平定し、豊臣家は天下を統《す》べることとなろう。そののち十年の歳月をかけて、豺《やまいぬ》の如き乱世の諸侯たちを飼い犬の如く馴らしていく。それまでは、誰かが盾となって殿下をお守りせねばなるまい」

理屈は、家政にもわかる。政権の体制がしっかりと固まるまでは、誰かが泥をかぶらなければならないのだろう。だが、その苦渋の深さは、家政には想像しようもない。

「お前は、それでいいのか」

「自ら望んでやっていることだ」

家政の問いかけを、三成は一笑に付した。

「それにお前も知っての通り、俺は生まれつきこの性分だ。嫌われるのも、憎まれるのも慣れている。人に好かれようと気を揉むよりは、よほど好みに合っている」

　そう言った三成の態度は、むしろ晴れ晴れとしたものだった。

　やがて船団は志摩《しま》半島の沖合を越え、遠州灘《えんしゅうなだ》を間近にした。しかし、陽が沈みかけてきたため、この日は付近の湊に泊することとなった。

　最寄りの湊は、渥美《あつみ》半島の先端、伊良湖岬《いらござき》である。だが、船団はこの岬を通り過ぎ、内湾のさらに奥、知多《ちた》半島の大野《おおの》湊に向けて進んでいった。

「伊良湖岬ではないのか？」

　家政が訝しげに尋ねると、三成は、

「三河は避けたい」

と答えた。

　目指す知多半島は尾張国、通過した渥美半島は三河国に属している。

　そして三河は、徳川家の領国だった。

　当主である徳川家康《いえやす》は、織田信長の覇道を支えた同盟者である――といえば聞こえがいいが、実際は支えたなどという生易しいものではなく、家康は信長によって散々に酷使され、織田家の繁栄のために、家臣以上にその身をすり減らしてきた。

しかし家康は、その屈辱的な扱いに対して、片時も不満を漏らさなかった。その律義さや忍耐強さは、およそ常人離れしたものがあった。

また、武将としての戦歴も赫奕《かくえき》たるものであり、徳川軍の精強さは天下でも五指に入ると言われていた。このような経緯から、家康という男の人望は高く、人柄や武威に服する者も多い。

しかし、三成はこの家康を好んでいない。

「ついこの間まで敵だった男の領内に、兵糧や飼葉《かいば》、玉薬《たまぐすり》を満載した船を入れる気にはなれん」

三成は歯嚙みし、そこに家康がいるかのような剣幕で虚空《こくう》を睨んだ。

この男の言う通り、徳川家康はほんの数年前まで、秀吉にとって公然の敵だった。

本能寺の変以降、秀吉は瞬く間に織田家の勢力を掌握し、新政権を確立していったが、家康はこの政権を認めようとせず、周辺国を切り取って領土を拡大する一方で、北条家や長宗我部家などと同盟し、秀吉に対抗しようとした。

やがて両家は兵を挙げ、戦場で激突した。家康は局地的には勝利を得たものの、秀吉の外交と調略によって追い込まれ、臣従を余儀なくされた。

家政にとって、土佐の長宗我部家が潜在的な仮想敵であったように、三成は家康を、豊臣家にとってのそれだと考えているらしい。

「そうは言うが、伊良湖岬を避けたとしても、どうせ明日以降、立ち寄る湊はみな徳川領じゃないか」

「一つでも避けるに越したことはない」

「避けて大野湊に入ったところで、あそこを守っているのは毛利家だぞ」

家政が言うように、現在、大野湊を含む尾張国の守備は、毛利家にまかされている。たしかに徳川家はかつての敵対勢力であり、この遠征の対象である北条家とも同盟を組んでいたという過去がある。軽々しく信用すべきでないという三成の考えもわからないではないが、

「徳川を疑う理由は、毛利家にもそのまま当てはまる。かつての敵という意味では、どちらもそう変わらんじゃないか」

「いや、毛利には牙が欠けている」

冷淡に、三成は答えた。

「皮膚に噛みついたとしても、肉を食いちぎる力はあるまい」

「牙か……」

それがどうやら、吉川元春のことを指しているらしいと、家政はすぐに察した。

毛利家随一の名将として名高い元春は、四年前に病没した。後を継いだ息子、吉川広家《ひろいえ》も武将として優れた男だが、将器はとても父に及ばない。

「だが、毛利も強《したた》かだ。信用するなとは言わないが、侮るべきじゃない」

弁護するように、家政は言った。三成の毛利に対する言い分が、なんとなく愉快ではなかった。

「いや、毛利に野心はない」

三成はにべもなく言った。

「一匹の虎に率いられた羊の群れは、群狼さえも打ち破るだろう。しかし、その虎を失えば、羊は羊でしかなくなる」

「徳川は違うのか？」

「違うな。力と野心は同義だ。海道五州を従え、いまだに無傷のまま力を蓄え続けているあの老虎《ろうこ》には、野心を眠らせることはできても、消し去ることなどできるはずがない」

　だが、毛利家にもまだ一人、油断ならない男がいる。

　そう言いかけて、家政は口をつぐんだ。どのみち、徳川か毛利の守る湊に船を入れなければならないのだ。わざわざ、三成に余計な疑念を抱かせることはない。


　やがて船団は大野湊に碇《いかり》を下ろし、家政は手配された宿所に入った。

　そこに、妙な男がいた。

「お久しぶりです、蜂須賀阿波守殿」

　宿所の門前で出迎えた青年は、無邪気な笑みの浮かんだ顔を軽く下げた。

「覚えておられましょうか。堅田兵部《ひょうぶ》にございます」

「……なにゆえ、あんたがここにいる」

　家政は苦い顔をした。

　堅田兵部――以前は弥十郎と称していた、毛利家の若き高官であり、油断ならない策士でもある。

「おや、妙ですね」

　まだ二十歳をいくつも越えていない堅田は、少年の匂いが抜けきらない顔を不思議そうにかしげた。

「奉行の石田殿から聞いてはおられませんか？　尾張の守備は、毛利家が承るということを」

「聞いていた話と違うから尋ねているのだ。尾張の番は吉川殿と小早川殿、毛利両川の家老らが、共に受け持つということではなかったか」

吉川は、元春の後継である吉川広家、小早川は、毛利家の家老であると同時に、大名として北九州で三十七万石を領している賢将、小早川隆景である。

この毛利両川と称される宿老たちが尾張を守備する一方で、当主の毛利輝元は、京の警護をまかされている。その輝元の側近であるはずの堅田も、京にいなくてはならないはずだった。

（さては、またなにか企んでいるのではないか）

家政は不審に満ちた目つきを向けたが、堅田は少しも動じず、愛想のよい微笑を浮かべたまま、明瞭に答え始めた。

「毛利両川がそれぞれ城番を務める清洲《きよす》と星崎《ほしざき》は、共に尾張の要所です。船が入るたびに彼らの手を煩《わずら》わせ、城の防備に万が一でも緩みを生むようなことがあってはなりませせぬ。ゆえに、役人仕事に長《た》けた私が、しばらくはこの湊に詰め、宿所の手配や物資の点検を受け持つこととなりました」

（どうだかな）

家政にはまだ疑わしい。堅田の言葉はたしかに筋が通っているが、それだけだ。四国征伐のときにこの男が吐いた言説も、やはり筋は通っていたが、中身はまったくの虚言だった。

（この湊に張り付いていれば、豊臣軍の物資の流れは一目瞭然だ。その情報を伝えられれば、敵にとってはどれほど有益だろう）

それに、その気になれば水軍で海路を押さえ、後援物資を完全に堰き止めてしまうことさえできるだろう。遠征中の豊臣軍の補給線を断ち、徳川や北条と結んで包囲したとすれば、毛利に豊臣家を滅ぼすことは、はたして不可能と言えるだろうか。

そんな家政の疑いを察したのだろうか。

「私はただ、亡き元春様の遺志に従っているだけです」

堅田はいきなり、そんなことを言い出した。

「元春殿の？」

家政はつい身を強張《こわば》らせた。

吉川元春は、本能寺の変の折、上方へ大返しする秀吉への追撃を、頑《かたく》なに主張した男である。

そして今の毛利家もまた、東国へ向かう豊臣軍の後背をせしめている。

（まさか、元春殿の遺志に従うとは——）

今度こそ、豊臣家を討つという意味ではあるまいか。

ほんの一瞬、そんな想像が脳裏をよぎったとき、

「でも、追撃は行われなかったでしょう？」

家政の考えを全て見透かしたように、くすくすと笑いながら堅田は言った。

「本能寺の折、あのお方は自らの意地を殺し、武名を辱めてでも和睦を選び、毛利家を守ろうとなされたのです。その元春様を師と仰ぐ私が、どうして豊臣家に逆心など抱きましょう」

「では元春殿の遺志とは」

「無論、主家である毛利の安寧《あんねい》にほかなりません。私もまたその遺志に従い、毛利が公儀《こうぎ》（政権）の下で栄えていけるよう、微力を尽くす次第でございます」

（安寧のため、か）

たしかに、今の豊臣家に従うことは、毛利家のために得策だった。徳川や北条

と結んで謀叛を起こすような博打《ばくち》に出るよりも、豊臣政権下で地位を固めていく方が遥かに有益で危険も少ない。

　堅田の言うことは、道理として正しい。だが、家政はどうしても、その言葉の中にある微かな違和感を拭い去ることができなかった。


「ときに、阿波守殿」

　宿所に指定された寺院の中を案内しながら、堅田は不意に口を開いた。

「領国の阿波では、随分と商業が盛んなようですね」

「ああ」

　家政はうなずく。

「阿波は地勢が稲作に適さず、吉野川の氾濫も厳しい。このような国を豊かにするには、国政の根幹を商業に置くほかない」

　家政の国政をよく表している逸話が、『尊語集《そんごしゅう》』に残っている。

　のちに蜂須賀家は藍と同じく換金性の高い塩田の開発にも着手するのだが、これが成功し、はじめて租税として塩が献上されると、家政は浅ましいほどに歓喜し、跪《ひざまず》いてこれを拝んだ。

あまりの見苦しさに家臣たちは呆れたが、家政は自らの振る舞いを恥じるどころか、

——お前たち、俺がただ欲深で、金に目が眩《くら》んでいると思うなよ（汝等《なんじら》余を以《も》って貪婪《どんらん》貨を愛すとなす勿《なか》れ）。

と、大真面目に言った。

——塩は、民にとって一日も欠かすことができないものだ。他日、我が阿波を富貴ならしめるものは、ほかでもないこの塩なのだぞ。だから笑うな、拝むほどに重んじよ、というのである。

家政の方針は常にこの調子で、代々の武士の在り方などからは、まるでかけ離れていた。

「しかし、なぜ藍なのです」

堅田が言った。

「なぜとは？」

「藍染めは、高価なものです。庶民の纏《まと》う麻《あさ》には色が馴染みにくく、絹《きぬ》でなければよく染まらない。そんなものが、一国を潤《うるお》すほどに売れるなどと本当に思いますか」

　堅田が尋ねたのは、当然の疑問といっていい。しかし、家政はそれには答えず、

「俺たちの船の中身は、なんだと思う？」

　と逆に訊き返した。

「は？」

　常に微笑を絶やさない堅田も、突然の質問に妙な顔をした。

「どうした堅田殿、まさか知らないということはあるまい」

「……兵糧、飼葉、それに矢玉と玉薬だと聞いています」

「いや、もう一つある。鉄砲の火縄だ」

　からかうようににやつきながら、家政は続ける。

「たしかに、かつて庶民の着物といえば、麻しかなかった。麻は頑丈で風通しがいい半面、肌触りが冷たく、冬は寒く、さらには藍染めが色づかない。しかしこの数十年の間で、新たな布地が広まってきた」

　そこで、堅田もようやく気づいたらしい。

「木綿《もめん》、ですか」

「いかにも」

木綿は麻に比べて肌触りがよく、防寒に優れており、なにより藍染めと非常に相性がよい。ただし、冷害に弱いという欠点から、日本ではあまり栽培されてこなかった。

しかし、この数十年で事情が変わった。

相次ぐ戦乱と鉄砲の普及によって、火縄の需要が急騰したのである。

鉄砲に不可欠な、しかも消耗品である火縄に、木綿はどの繊維よりも適していた。諸国の大名は領内で木綿の生産を推奨し、瞬く間に全国へ広まった。

「天下が平定され戦乱が治まれば、火縄の消費は格段に下がる。一度、畑を広げた木綿百姓たちは、代わりに衣服を作ることになるだろう。諸国で木綿の衣服が多く作られ、貴重なものでなくなれば、いずれ値も麻並みに下がろうよ」

「感心できませんな」

堅田は足を止め、これまでの穏やかさが嘘のように、険しい顔つきを家政に向けた。

「あなたにとって天下の統一も乱世の平定も、ただ阿波を富ませるための足がかりに過ぎないのですか」

「ははあ、上手いことを言うなあ」

ふてぶてしく笑いながら、家政は自らの顎を撫でた。

「言われてみれば、そうかもしれない」

「あなたは阿波を重く見過ぎている」

怒りを押し殺したような声で、堅田は言った。

「たしかに、領主には領民が餓《う》えぬように政《まつりごと》を施す責務があります。ですが、武士はまずなによりも、主へいかに尽くし、恩に報いるかということを第一に考えるべきでしょう」

(ああ、なるほど)

堅田の態度が豹変した理由が、ようやく家政にもわかった。

戦乱を生きる武士にとって、主従などは単に契約関係に過ぎない。しかしその一方で、主より受けた恩に報いるという古《いにしえ》よりの慣習も、武士には根強く残っている。

まして堅田兵部は、敬慕する吉川元春に倣《なら》い、主家である毛利への忠誠を第一としている男である。彼から見れば、豊臣家生え抜きの大名であり、阿波一国を与えられるほどの大恩を得ていながら、自分の都合で主家を利用する家政など、とても武士などとは呼べず、餓鬼畜生《がきちくしょう》の類にしか見えないのだろう。

「だが堅田殿の言うことも、俺には感心できないな」

「なぜでしょうか」

「この世には、尽くされて当然の主もいなければ、尽くして当然の臣下もいない。国主である俺自身も含めて、人の上に立つ者は、常に人から問われ続けるべきだ。主君に忠を尽くせなどという言い様は、年長者を敬えと自ら抜かす老人と同じ、恥知らずな妄言にほかなるまい」

「しかしその物言いでは、あなたは阿波の利益を守るためなら、大恩ある関白殿下すら裏切りかねない」

「それこそ無用の心配というものだ」

阿波が富むことは、豊臣家にとっても利があることである。

豊臣秀吉という天下人は、誰よりそれを理解している。よもや、阿波の利を損なうようなことをするはずがない。そのことを、家政は微塵も疑っていなかった。

二

翌朝、家政たちを乗せた船は大野湊を発った。

この北条征伐で豊臣軍は海路、東山道《とうさんどう》（中山道《なかせんどう》）、東海道《とうかいどう》の三行路から進軍している。このうち東海道の軍勢が、豊臣方の主力軍であり、現在は北条方との勢力境である箱根《はこね》西麓に陣を張っている。

家政たちが合流を目指しているのは、この箱根の主力軍である。

幸い、大野湊を発ってからも安定した天候が続き、また長宗我部家ら豊臣方の水軍の先行によって敵の動きが抑えられていたため、家政らは難ずることなく遠州灘を越えて沼津《ぬまづ》湊に入り、箱根に辿り着くことができた。

豊臣軍の諸将が集結していたのは、箱根西麓を流れる黄瀬川《きせがわ》の岸である。

ここは四百年前、源　頼朝《みなもとのよりとも》が平家討伐のために本陣を敷いた場所として知られている。この地を拠点として選んだのは、平家を滅ぼし幕府を開いた頼朝に自身を重ねた、秀吉らしい陽気な自己演出と言えるだろう。

もっとも、とうの秀吉はまだ黄瀬川に着いておらず、諸大名らは先行して箱根に陣を張り、守りを固めることを命じられている。

彼らはおのおの陣小屋を築き、柵や土塁を巡らせ、黄瀬川流域は四百年の時を遡《さかのぼ》ったかのように、無数の野陣で彩られていた。

その中でもひときわ大きな野陣の前に、家政は立っている。

陣の周囲には、「厭離穢土欣求浄土《おんりえどごんぐじょうど》」と書かれた幟《のぼり》が掲げられ、葵《あおい》の紋が染め抜かれた陣幕が張り巡らされている。

「よくぞお越しくださいました、蜂須賀様」

「お招きいただき、恐悦にござる」

出迎えてきた重臣らしき男に会釈《えしゃく》をしながらも、家政はこの野陣の主——徳川家康がなんのために自分を招いたのか、見当もつかずにいた。

——老虎の牙は折れていない。

三成の言葉が耳の奥によみがえる。

（まさか、取って食われるようなことはあるまいが……）

落ち着かない足取りで、家政は陣の中を歩いた。

陣内で対面した家康は、五十前のやや肥満した、田舎《いなか》の素封家《そほうか》といった印象の男だった。顔つきといい、服装といい、いかにも野暮であかぬけないが、態度が鷹揚《おうよう》で、振る舞いの一つ一つが将領らしい威厳に満ちている。

（佐吉が恐れるのも、わかる気がするな）

大将に求められる第一の素質は頼もしさだというが、それをここまで体現している男も珍しい。

「上方の祝賀などでは、何度か挨拶をさせていただいたが」

おもむろに、家康は口を開いた。

「こうして貴殿と二人で話すのは、初めてやもしれぬな。阿波守殿」

「身に余る光栄でございます。よもや徳川様の方から、私のような者を招いていただけるとは」

「謙遜を」

豊かな頰の肉を揺らし、家康は笑った。

「わしはむしろ、貴殿から教えを乞いたくて声をかけさせていただいたのだ。阿波での仕置きぶりは、わが領国でも評判になっておる。蜂須賀阿波守家政こそ、出藍《しゅつらん》の誉《ほま》れの最たるもの、とな」

「出藍、ですか」

家政は困ったように首筋を掻いた。

「私如きのしたことをお褒めいただき、恐縮の至りにございます。ですが、出藍などとはとんでもない」

「阿波守殿」

家康の声が、わずかに低くなった。

「謙遜、遠慮は程ほどなら美徳じゃが、あまり執拗に重ねると、かえって相手の顔を潰すことにもなりますぞ」

相変わらず、家康は人のよい微笑を浮かべている。だが、厚い肉で覆われた目の奥には、底冷えするほどに鋭い、異様な光が揺らいでいた。

(なるほど、眠れる老虎か)

佐吉もよく言ったものだ、と家政は改めて思った。たしかに、目の前にいる初老の太守は、ただ律義で我慢強いことだけが取り柄の、穏やかな羊ではなさそうである。

「非礼に思われたのであれば、つつしんでお詫びいたします」

家政は顔つきを引きしめ、全身で恐縮を示した。

「されど恐れながら、謙遜のつもりで申したのではありません。ただ私は、出藍の誉れという言葉そのものに、疑問があっただけなのです」

「ほう?」

家康は目を丸くした。

「疑問とは、いかなるものだろうか」

「青は藍より出でて藍より青し、とは申しますが、藍から染み出した青色が上等で、素のままの藍花の紅色がそれより劣るというのは、人の身勝手な物差しに過ぎません。藍の花と藍染めは全く別の色であり、私と父についてもまた同様に考えております」

小六は、大将としての器量に優れていた。家政は、良き国主たらんと努めている。今やまるで違うものを目指している二人を、同じ物差しで測ることなどできるはずがない。

「ただ、私は自らを紅色に飾るより、阿波をどの国よりも濃く鮮やかな藍色に染め上げてみせたい。それのみを願い、非才ながら力を尽くさんと考えるばかりです」

「……なるほどな」

芯から愉快そうに、家康は声を上げて笑った。

「阿波守殿、若くして尊き志、ご立派なものよ。だが、貴殿の目指すその藍色の国は、乱世が治まらぬ限り果たせぬ夢想でもある」

そのためには関白殿下への忠節をますます厚くし、この戦で身を惜しまず働くことだ、と家康はことさら念を押した。

そのあくの強い、執拗な忠誠心の強調に家政は閉口したが、顔には出さず、

「しかと心得ました」

と生真面目に応じた。

(阿波の狸などと呼ばれる俺より、よほど狸かもしれないな)

陣をあとにしてから、家政はふとそんなことを思った。

やがて秀吉が到着したのは、およそ半月後、三月二十七日のことだった。

翌二十八日、秀吉は自ら近隣の高山などにのぼって地形を巡察し、その晩、黄瀬川の後方にある長久保《ながくぼ》城に諸将を集め、軍議を行った。

「まず、軍を二つに分ける」

と、秀吉は諸将に戦略を説明した。

「敵である北条家は、関八州の隅々にまで枝葉を伸ばした老大木よ。その果実を獲るのに、一つ一つ枝を突いて回ることはない。根を断ち、幹を伐《き》り倒すまでじゃ」

つまり、北条家の本拠である小田原城を攻囲することこそ肝要である、と秀吉は語った。小田原城との連携を絶たれてしまえば、各地の諸城は孤立せざるを得ず、豊臣軍の侵攻に手も足も出なくなるだろう。

「だが、小田原に向かうには邪魔な城がある。山中《やまなか》城と韮山《にらやま》城じゃ」

山中城は箱根峠の天嶮《てんけん》に拠《よ》り、小田原へ続く街道を分断している。韮山城は、伊《い》豆《ず》方面の行路を押さえる要所である。

この二つの城が阻み続ける限り、小田原への進軍路を確保することはできない。

「山中城には七万、韮山城には四万あまりの兵を充てる」

早々に陥《おとしい》れ、東夷《あずまえびす》どもの心胆を寒からしめてやろうぞ、と秀吉は陽気に言った。そののち各将に細かな配置が告げられ、この日の軍議は終わった。

蜂須賀勢の部署は、韮山攻めである。家政はすぐに自身の陣に戻り、稲田左馬亮らに命じて戦仕度をはじめた。

翌朝、豊臣軍は韮山城を包囲した。城方の兵たちは、辺り一面を埋め尽くすように取り囲む、雲霞《うんか》のような大軍勢に騒然となった。

だが、彼らの目を奪ったのはそれだけではない。

「なんだあれは！」

と、ある兵士は思わず声を上げた。兵士が指差した先では、異様な光景が広がっていた。

長大な、九尺（約二・七メートル）は優にあるであろう、鮮やかな紺色《こんいろ》の幟旗。

それらが寄せ手（攻城軍）の一角で一斉に掲げられ、朝靄《あさもや》の中でたなびいていた。旗数は、少なく見積もっても千旒《りゅう》以上あるだろう。

その様は、まるでその一角だけが、藍で染め上げられてしまったようでさえあった。

世に「阿波の黒鴨《くろがも》」と称される、この蜂須賀家の異様な軍装については、『兵《へい》法一家言《ほういっかげん》』に詳しい記述が残っている。

それによれば、蜂須賀家では非常に長い、九尺以上にもなる紺の幟旗を、全ての将兵が指物《さしもの》としていた。大軍がこの旗をひるがえして動く様を遠望すると、極めて美麗勇壮であったという。

「しかし、よくもかようなことを思いつきましたな」

紺の長幟が群れ立つ陣中で、稲田は苦笑した。まったく、笑うしかない。天下の中で、一体誰が、戦を領国の生産物——阿波藍の披露目に使おうなどと思いつくだろう。

「我ながら名案だと思うのだがな」

家政はおどけるように言った。

木綿の広まりにより、藍の需要は高まりつつある。とはいえ、摂津藍や山城藍などの銘柄はいまだ根強い。新参の阿波藍がこれらを押しのけ、市場に割り込んでいくためには、よほど鮮烈な印象を与え、世間の注目を集める工夫が要る。

そして注目という点で、この戦ほどの舞台はない。諸国から集められた大名たちの口を通じて、阿波藍の評判は津々浦々に伝播《でんぱ》するだろう。

また、あえて青々とした藍色ではなく、より濃い紺染めを選んだことにも理由がある。

藍から染め出すことのできる色は青に限らず、浅葱《あさぎ》、縹《はなだ》、紺など濃淡の調整で無数にあるが、鮮やかに、むらなく、濃く染め出すということは存外に難しい。

それはもちろん染め師や、藍を発酵させ染料をつくる藍師の技量の問題でもあるのだが、それ以前に材料のこともある。

藍染料の品質を上げるには藍そのものはもちろん、発酵過程に用いる灰汁《あく》も重要である。一口に灰と言っても元になる植物それぞれに質があり、藍の場合は樫《かし》の灰が最適といわれているが、同じ樫でも産地や季節、個体の違いによって大きく差が出てしまう。

だが、家政は最も上等な灰汁を、常に手に入れることができた。比奈の実家である生駒家が、灰売りを稼業とする豪商だったからである。

少なくとも灰汁に関しては、阿波藍は他国の銘柄に劣らない。その品質を示すには、より濃く鮮やかな紺染めが最適だった。

「だが、これだけ目立って働きが鈍ければ、ただの笑い物だ。阿波が更に富むかどうかは、お前たちの武勇にかかっているぞ」

そう言って、家政は家臣たちを激励した。

(変な大名もいたものだ)

稲田は再び苦笑した。商いのために武功を挙げろなど、聞いたことがない。そもそも、武家にとって神聖とも言える軍装はおろか、戦までも商いに利用するなど、他家ではとても考えられないことだろう。

（しかし、これが蜂須賀家の戦だ。我らは味方のどの大名よりも必死に、栄枯盛衰をこの一戦に賭けている）

その蜂須賀家の――というよりも家政の理念は、阿波拝領から五年を経て、家中の隅々まで浸透している。無論、ついていけずに去る者もいた。最後までわかり合うことができなかった者もいた。しかし、そうした月日を経てこの場に従っているのは、彼らが掲げる旗のように、家政が目指す国と同じ色を背負った者たちだけだった。

やがて、寄せ手の本陣から、総攻撃を合図する狼煙《のろし》が上がった。

「さあて、行くぞ。――者ども、掛かれや！」

家政が采を振るった。

鼓《つづみ》が鳴り、法螺貝《ほらがい》が響く。総勢四万の豊臣軍が地鳴りのような鬨《とき》の声を張り上げ、一斉に攻め上がる。蜂須賀勢もまた紺染めの長幟をひるがえしながら、他家に負けじと先駆けた。

韮山城は、その名の通り山城である。天ヶ岳《あまがたけ》という巨大な山塊を後方に背負い、前方に張り出した尾根沿いに城郭を築き、山間には砦をしつらえ、麓には幾重にも空堀を巡らせている。

城主は、北条家一門、北条氏規《うじのり》である。どちらかと言えば荒事よりも外交や内政で評判が高かった男だが、自ら最前線の守将を引き受けるだけあって、わずか三千あまりの兵をよく指揮し、ときには寄せ手を押し返すほどの活躍を見せた。

両軍の激しいせめぎ合いは日暮れまで続けられた。

この日、寄せ手の損害は少なくなかったが、戦功も大きかった。各部隊が多くの首を挙げ、さらには山間の砦を一つ占拠した。なかでも、蜂須賀勢の働きは目覚ましく、「阿波の黒鴨」の印象を敵味方に否応なく刻み込んだ。

しかし、活躍が華々しかったのはそこまでだった。

同日、街道を関所のように塞ぎとめていた山中城が、わずか一日で陥落し、豊臣軍は小田原への行路を奪取した。

この時点で、韮山攻めに流血を払う意味は半ば消失した。今後は、兵を出せぬように韮山城を包囲さえすれば、小田原への進軍路の安全を確保するという目的は達成できる。

このため、韮山攻めの方針は力攻めから、遠巻きな包囲による気長な兵糧攻めに切り替えられた。

韮山城の攻城軍も、織田信雄《のぶかつ》、細川忠興《ただおき》、蒲生氏郷《がもううじさと》といった軍の主力を為す大名たちの多くが小田原へ向けての転進を命じられ、以後、この方面の抑えは、攻城戦で随一の働きを見せた蜂須賀家政らに委《ゆだ》ねられた。

「あとは、城を取り囲み、敵の兵糧が尽きるのを待つだけでござるか」

歯がゆがそうに稲田は言った。その言葉は、華々しい働き場を奪われた、蜂須賀勢全ての代弁と言っていい。

「老いても盛んだな、左馬亮」

家政はくすりと笑った。

「老いたというほどの齢《よわい》ではありませぬ」

稲田は白い目で家政を睨んできた。ようやく四十も半ばを越えたくらいの齢で、年寄り扱いされてはたまるまい。

「殿こそ、その御年で老け入り過ぎてはおられませぬか？」

「左様なことはないぞ。俺とていま少し力攻めが続けば、あの織田家屈指の馬廻り、高木左吉にさんざん仕込まれた槍捌《さば》きを、韮山の城兵どもに披露してやりたかったところだ」

家政は白々しく言った。もちろん、本音ではない。

内心、これでいいと思っていた。蜂須賀勢の働きぶりや、その軍装の特異さは、韮山から小田原へ向かう諸大名の口を通して、瞬く間に豊臣軍中に伝わるだろう。戦が終わって彼らが領国に戻れば、その噂は天下に広まるに違いない。

（全ては、上手くいっている。あとは油断なく、この韮山の包囲と兵糧攻めを続けていくだけだ）

少なくともこのときまで、家政はそう考えていた。

三

状況が変わったのは、その二ヶ月後である。

豊臣軍は、山中城の落城から間もなく小田原城に到達し、十四万の軍勢でこれを包囲した。これほどの大軍に囲まれてしまっては、北条家は為す術《すべ》がない。当主、氏直《うじなお》らをはじめとする首脳陣は小田原城に籠ったまま身動き一つとれず、その間にも、豊臣軍は諸方に兵を派遣しては、北条方の支城を次々と陥落させていった。

そんな中で、豊臣軍内の人事に一つの転換があった。これまで石田三成ら奉行衆が担当していた、後方からの物資運搬の役目が、毛利家に命じられたのである。

役目を解かれた三成は、前線の将として一軍をまかされることとなった。

「佐吉が、大将ねえ」

韮山城を包囲している最中、報せを受けた家政は首をひねった。

妙な人事だった。三成は、佐竹《さたけ》氏、宇都宮《うつのみや》氏、結城《ゆうき》氏などの東国勢、それに大《おお》谷吉継《たによしつぐ》、長束正家《なつかまさいえ》といった同僚の奉行らを束ねた、言わば寄り合いの大将として、北条方の支城の攻略に向かうのだという。

「石田殿に武功を立てさせてやろうという、殿下の親心では？」

傍らに控えている稲田が言った。家政も、

「俺もそんなところだろうとは思う」

とうなずいた。

三成は、官僚としての名声は天下に並ぶ者がないが、将としての武功が皆無に近い。秀吉は、ともすれば刀筆《とうひつ》の吏《り》と侮られがちな三成の武名を、これを機に高めてやろうと思っているのかもしれない。

「しかし、どうも危ういな」

家政はうつむいて考え込んだ。

三成の身代はたかが四万石であり、直に従えている兵は千人あまりに過ぎない。実際の指揮能力以前に、兵数も所領も少なく、武よりも行政手腕で立身した三成の下知に、はたして諸将は素直に従うだろうか。統率がとれずに思わぬ痛手を負えば、かえって「戦下手《いくさべた》」と名を落とすはめになるのではないか。

悲観的な家政に対して、稲田はむしろ楽観しているらしい。

「寄り合いとはいえ、軍勢は二万を越えるそうではございませぬか。戦わずとも、敵城は次々と屈していきましょうぞ」

「阿波を拝領する以前なら、俺もそう思っただろう。だが、兵力だの、道理だの、時勢だの、そんなものに誰も彼もが易々《やすやす》と屈するわけではない」

それは、阿波の国人たちの反乱の際、家政が骨身に染みて学んだことだった。常識などという粗い目盛りで推し測れるのは、この天地の狭間のごく一部でしかない。

「よし」

顔を上げ、家政は稲田に向き直った。

「左馬亮、しばらくこの場をまかせてもよいか」

「いかがなさるお積もりです」

「佐吉の様子を見に行く。あいつは、今や豊臣家の中枢にいる奉行殿だ。もし恩の一つも売りつけられれば、蜂須賀家にとっても益するところがあるだろう」

「殿は相変わらず……」

と、稲田はなにごとか言いかけたが、すぐに苦笑を浮かべて誤魔化した。相変わらず素直ではありませんな、とでも言いたかったのかもしれない。

「よろしゅうござる。されど、なるべく早くお戻りくだされよ」

「ああ、わかっている」

こうして家政は、わずかな手勢を率いて韮山城から離れた。

行き先は、

——浮《う》き城
と通称される、武蔵《むさし》国の要害、忍《おし》城である。

忍城攻略のため石田三成が本陣を敷いた丸墓山《まるはかやま》は、城から二十七町（約三キロ）ほど離れた場所にそびえている。

丸墓という名の示す通り、この山は円形の古墳である。それも山頂までの高さが十間半（約一九メートル）という、円墳としては日本最大のものであり、ここに立てば周囲の景色が一望できる。

「ほう、あれが忍城か！」

山頂に立った家政は、素《す》っ頓狂《とんきょう》な声を上げた。

忍城は、湖上の浮き城である、と家政も噂で聞き及んでいた。川の水や天然の湖などを縄張りに組み込んで城の周囲を水で満たし、その水上に島を浮かべるように郭を築いているのだと。

「しかし、あれは湖というよりは沼だな」

実際の忍城は、浮き城という優美な響きからはほど遠く、深く濁《にご》った沼と生い茂る葦《あし》に囲まれた、よくも悪くも飾り気のない質素な城である。

「聞くのと見るのではずいぶん違うものだ。なあ、佐吉」

「少し黙っていろ」

家政の隣に立っていた三成は、気難しげな顔をますます険しくした。先ほどから忍城周辺の絵地図と目の前の地形を見比べながら、時おり矢立てを取り出してなにかを書き込んでいる。

「冷やかしに来たのなら、すぐに韮山へ帰れ。お前の与太話に付き合うほど、今の俺は暇ではない」

「そう邪険にするなよ」

家政は三成をなだめつつ、

「それで、お前は一体どう攻めるつもりだ」

と、忍城と、城を遠巻きに囲む二万の豊臣軍を指しながら言った。

忍城は、これまで一度として落城したことのない、難攻不落の城砦《じょうさい》として知られている。その理由は、浮き城と呼ばれる所以《ゆえん》である湖水の防備もさることながら、城外の地勢も深く影響している。

城の周囲は、水郷と言われるほどに水気が染み出した沼地であり、さらにその先には見渡す限りに水田が広がっている。当然ながら沼地や田に踏み込めば、兵たちは足を取られ、動きが阻害される。このため大軍であればあるほど展開や進退が難しい。

つまり、この丸墓山の本陣から見渡せる景色の全てが、城方にとっては防備のための武器であり、豊臣軍にとっては厄介な障壁なのだった。

しかも、城を守る成田氏《なりた》は、北条家から派遣された守将ではなく、この地に古くから土着していた勢力である。地理を熟知しているばかりではなく、累代の結束も強いだろう。籠る兵はわずか三千足らずだというが、侮れるものではない。

三成は、地図に書き込む手を止め、仏頂面のまま黙り込んでいる。

やがて、思いつめたようにぽつりと、

「……水攻めだ」

とつぶやいた。

驚いた家政が訊き返そうとするのを遮《さえぎ》り、三成は畳みかけるように言葉を紡いだ。

「備中高松と同じだ。忍城周辺は地勢が低く、水はけが悪い。それに、近くには荒川《あらかわ》と利根川という二つの大河が流れており、水攻めのための水源には困らぬだろう。水で丸ごと沈めてしまえば、城の守りも敵兵の士気も関係がない」

「落ちつけよ、佐吉。水攻めは無理だ」

「無理ではない」

「周りをよく見てみろ」

家政は前方に手をかざした。丸墓山から忍城、さらにその向こうまで、目にまぶしいほどに青い水田が一面に広がっている。

これほど水田が広大なのは、忍城の土地柄が山の多い備中などとは違い、稲作に適した平野の真っただ中にあるからだった。

備中高松城の水攻めでは、城外の山麓の狭間を堤で埋めるだけでよかった。だが、それでも堤は二十六町（約二・八キロ）もの長さが必要だった。

「お前はこんな広い平野で、どれほど長大な堤を築くつもりだ」

「七里（約二八キロ）だ」

家政は唖然とした。高松城の十倍の規模ではないか。

「すでに地勢は調べてある」

三成は地図上に筆を走らせ、忍城を大きな半円で囲んだ。

「近在の百姓たちをかき集め、銭《ぜに》と米とを惜しみなく払って土嚢《どのう》を運ばせる。そのための費えの勘定も、すでに終わっている」

これもまた、備中高松城のときと同じやり方であった。力と恐怖で労を強いるのではなく、欲を刺激して自ら働かせればこそ、水攻めのような大普請ははじめて可能になる。

『忍城戦記』によれば、三成はこのとき、百姓一人につき昼は銭六十文、夜は百文、さらにどちらにも米一升《しょう》を支払うと計画していた。

ちなみに敵の北条家の場合、籠城戦の際、侍に支給される米の平均が一日約一升であり、船大工などの職人の賃金が一日五十文であった。

この水攻めの工事ではただ土嚢を運ぶだけで、彼らの一日分以上の米と銭が手に入る。百姓たちは昼夜を問わず、夢中になって土を積み上げるだろう。

「五日で終わる」

と三成は断言した。

本当だとすれば、とてつもない早さである。だが、はったりや冗談とも家政には思えなかった。

「しかし堤ができたとしても、これほど範囲が広くては、いくら川から水を注いでも、城を沈めるほどには溜まらないだろう。やはり水攻めなど無理だし、無意味だ」

「それでも、やるしかないのだ」

薄い唇を吊り上げ、三成は静かに笑った。だが、それは冷笑などではなく、かつてこの男が見せたことのない、自嘲《じちょう》のにじんだ乾いた笑いだった。

「……もしや、殿下のご指示か？」

三成は答えず、ただ笑みを消し、再びもとの仏頂面に戻った。しかし、その変化がどんな言葉よりも、家政の抱いた疑惑が正しいことを物語っていた。

秀吉は、小田原城に対する付城を急速に築き上げているという。付城の周囲は森林に取り囲まれており、落成と共にこれらの木々を切り倒せば、まるで一夜で城が出現したように、敵は錯覚すると考えてのことらしい。

一夜城と、水攻め。かつて自身が成し遂げた伝説を、秀吉は関東の地で再現し、北条方を驚嘆させ、抵抗の意志を折ろうとしている。

（だが、この水攻めは明らかに無謀だ）

恐らく、秀吉は忍城の地勢を直に見ていないことや、水攻めへの固執から、つい観測が甘くなり、判断を誤ってしまったのだろう。

「殿下に具申するべきだ」

家政は言った。

「直諫《ちょっかん》の勇は一番槍にも勝る。心から敬服する主君であればこそ、お前は思うところを真っ直ぐに述べるべきだ。それが殿下のためにも、豊臣家のためにも最もよいはずだ」

「そんなことは」

三成は苦悶に顔を歪め、血走った眼で家政を睨みつけた。

「お前に言われずとも、わかっている」

「……佐吉？」

不吉な想像が、家政の頭を駆け巡る。

（まさか、すでに殿下に申し入れたのか？　水攻めは、中止するべきだと……）

あり得ることではない。家政の知る秀吉は、自らの誤りを認めないほど狭量な人間ではない。

だが、あの三成がこれほど取り乱す理由など、ほかに考えられなかった。

「帰れ、家政」

三成は言った。

「もはや口出しは無用だ。俺は、この水攻めに全力を尽くすと決めたのだ」

三成は毅然とした口ぶりで述べたが、迷いを隠しきれていない。どうかこれ以上惑わせないでくれ、とその目ははっきりと語っていた。

やがて、家政を振り払うようにして、三成は陣小屋に引っ込んでしまった。残された家政は困惑のまま、ただ立ち尽くすしかなかった。

その後、三成は城方と小競り合いを繰り返しつつ、宣言通り着工からわずか五日で、備中高松城攻めの十倍もの規模を持った巨大な堤を完成させた。

ところが、これもやはり当初から危惧《きぐ》していた通り、利根川と荒川から引き込んだ水は堤内に思うように溜まらず、城を沈めるほどには至らなかった。水攻めの難航に城方からは嘲笑《ちょうしょう》が、味方からは落胆と非難の声が上がった。

しかし、堤の完成から三日目の六月十六日、大きな変化が起こった。

――申刻《さるのこく》（午後四時）より空鳴り雷鳴して、晩雨車軸を流しける（『関八州《かんはっしゅう》古戦録《こせんろく》』）

忍城一帯に激しい豪雨が降り注ぎ、水源である荒川と利根川が増水し、堤内の水かさが見るみるうちに上がっていったのである。

寄せ手の将兵は狂喜し、三成もまた安堵した。

だが、彼らが成功者の甘美を味わえたのは、ほんの一時に過ぎなかった。同日深夜、突如として堤が決壊し、暴流が寄せ手に向かって襲いかかったのである。

原因は、水量が増え過ぎて堤が耐えられなかったためとも、忍城側が密かに水練上手の者を送って内側から破壊させたからとも言われた。いずれにせよ、堤があまりに長大であったため、警備や強度の管理を徹底することができなかったのだろう。

この決壊と逆流によって、寄せ手では数百人が溺死した。水攻めは、完全に失敗に終わった。


「……それで？」

韮山城攻めの本陣で報せを受けた家政は、険しい顔で法斎に聞き返した。忍城を去ってからも、家政は戦況が気になり、何度かこの近臣を巡察に送っては逐一様子を報告させていた。

「それで、忍城は落ちたのか？」

水攻めが失敗したとなれば、あとは是が非でも力攻めをするしかない。二万の軍勢で、被害をかえりみずに攻め立てれば、忍城がどれほどの堅城でもやがて耐えきれなくなるだろう。

「いえ、それが……」

法斎は戸惑いつつ、

「いまだ、寄せ手は水攻めを続けているようです」

「なんだと？」

怒りと驚きのあまり、目が眩みそうになった。

聞けば、これほどの失敗が起こってもなお、秀吉は三成に水攻めの続行を厳命しているのだという。

――水責普請之事、油断無ク申付候（水攻めの普請を油断なく行うように）

と、秀吉は堤が決壊して間もない六月二十日に三成へ書状を出しており、同じ書状の中で「堤の修復が終われば使者を派遣して見に行かせる」とも述べている。

また、寄せ手の諸将に宛てた書状の中にも、「敵の首を三十もとったのは結構だが、忍城はとにかく水攻めにするように」などと書かれたものもあり、秀吉の水攻めへの執着は恐ろしく根深いものだった。

（いったい、どうなっている？）

家政の胸の内に、得体の知れない混乱と不安が這《は》いまわる。記憶にある秀吉の像と、現実に繰り返されている無謀な作戦は、あまりにかけ離れ過ぎている。

このままでは、三成はただ一人で泥をかぶり続けることになる。あれほど優秀な側近をわざわざ追い込み、徒《いたずら》に武名を貶《おとし》めるような愚行を、なぜ秀吉は続けるのか。

なにかが、おかしい。そのおかしさの正体を掴むことができずに戸惑う家政のもとに、

「殿！」

と、稲田左馬亮が慌ただしく駆け入ってきた。

「韮山城より、軍使が来ています。降伏を申しいれるとの由です」

「すぐに通せ」

謁見《えつけん》する名目ができた、と家政は思った。韮山城が降伏し、城の接収が済めば、寄せ手の大将である家政は、当然ながら秀吉にその仔細を報告しなければならない。

こうなれば、自分で確かめるしかない。家政はそう決意した。

小田原に対する付城として築かれた石垣山《いしがきやま》一夜城は、すでにほとんど完成していた。堅固に積み上げられた膨大な石垣と、白く漆喰《しっくい》が施された壮麗な城郭は、豊臣家の威望の象徴として相応しいものだった。

その城の天守で対面した秀吉は、戦況が優勢に進んでいるためか、ひどく上機嫌だった。

「家政よ、大義であった」

上段に座っている秀吉は、満足そうに何度もうなずいた。

「よくぞ厳しく兵糧攻めを続けた。世間の者は華やかな槍働きばかりに目を奪われるやもしれんが、前線での諸将の活躍も、お前が韮山城を押さえ続ければこそよ」

「有り難きお言葉にございます」

家政は深々と拝礼した。

「韮山城は、城主の美濃守《みののかみ》（北条氏規）はじめ、将兵いずれも敵ながら見上げた兵《つわもの》でございました。彼らの働きの凄《すさ》まじさを思い返すと、私も血が騒ぐような気がして参りました」

「黄母衣衆の頃を思い出したか」

「恥ずかしながら、その通りです。是非とも次は、槍働きの甲斐ある戦場で、殿下の御為に手を砕きたいものです」

「お前の気持ちもわかるが、そうもいかぬでな」

秀吉の言う通り、もはや北条方の支城はほとんどが陥落し、本拠である小田原城でさえ、ただ城内に立て籠るばかりで、すっかり戦意を失ってしまっている。

今さら、槍を交えるに足るような敵城など、関東には残っていない。

「いいえ、まだございます」

家政はにやりと笑った。

「ただ一つだけ、戦意の衰えぬ城が」

「うん？　どこじゃな？」

「忍城にございます」

ぴくりと、秀吉の眉が震えた。先ほどまで上機嫌だった顔つきは、不快気に強張りはじめている。これ以上、話を続ければいよいよ不興を買い、家政は生きて城を出られないかもしれない。

しかし、このようなときに限って家政の顔つきは、幼少からの悪癖によって、ますますふてぶてしく、生意気な笑みを形作っていた。

「殿下、どうかこの阿波守めに、忍城攻めの大将をお命じください。石田治部少輔など、所詮は刀筆の吏に過ぎませぬ。あの賢《さか》しらぶった痩せ狐《ぎつね》め、なにを血迷ったか殿下の真似をして、出来もしない水攻めを繰り返しておるというではありませんか」

さらに家政は、斥候《せっこう》を派遣して調べさせたという建前で、自身が見てきた忍城の地勢と、水攻めの不利を語った。もはや水攻めは、続ければ続けるだけ味方を損なわせ、敵を利するだけの悪手《あくしゅ》でしかないのだと。

「そうか、家政よ」

秀吉は立ち上がり、ゆっくりと近づいてきた。穏やかな、しかしどこか空虚さを感じさせる微笑を浮かべている。

「お前も、わしに逆らうのだな」

洞穴の底から響くような、寒々とした声で秀吉は言った。

「決して、そのようなことは」

「嘘をつくな！」

叫ぶなり、秀吉はその小さな両腕で家政の胸倉を摑み上げた。

「お前も、いずれわしを見限るつもりであろう。肚の底では、豊臣家などどうなってもいいと思っているのだ。――お前も小六のように、わしを見捨ててどこぞへ去る気でいるのだろう！」

この男は、誰だ。

耳に刺さるがなり声の不可解さよりも先に、家政が疑問を抱いたのはそれだった。

目の前の小男は憎悪の宿った両眼を裂《さ》けるほどに見開き、唾を飛ばしながらなにごとかをわめいている。

秀吉と同じ顔で、同じ身なりで、同じ声で、わけのわからぬことを言うこの男は、何者だ。

そんな考えがつい頭をよぎるほど、家政の目の前にいる秀吉の醜態は、かつて名将の光彩に包まれていた頃のそれとは、別人のようにかけ離れたものだった。

「殿下、父は死に申した」

戸惑いを必死に押し殺し、家政は諭すように言った。

「蜂須賀小六は、四年前にこの世を去り申した」

その言葉を言いきるより早く、家政は秀吉に突き飛ばされた。

仰向けに倒れ、慌てて起き上がる。再び目にした秀吉は、喪心《そうしん》したように立ち尽くしたまま、無言で宙空を見つめている。

「……殿下?」

恐るおそる、家政は問いかけた。その声が届いているのか、あるいは家政が視界に入っているかどうかさえ、今の秀吉から窺《うかが》い知ることはできない。

「……そうであった。小六は、死んだ」

柱のきしみにも似たか細い声でそう口にしたときには、秀吉はすでに家政がよく知る天下人の顔に戻っていた。

「家政、よくぞ申してくれた。たしかに、わしは此度の水攻めについて少々、意地になっておったようだな。三成には、気の毒なことをしてしまったわ」

そう言って、すぐに秀吉は近習を呼び寄せ、水攻めの中止を三成に伝えるよう手早く命じた。

（これで佐吉はようやく救われる）

だが、今の家政に、それを安堵するような余裕などない。

（このお方は、どうしてしまわれたのだ……）

水にたらした墨のように広がっていく混乱と不安に、家政はただ呆然とするほかなかった。

それから間もなく小田原城は降伏開城し、北条家は取り潰された。

天正十八（一五九〇）年、七月のことである。

東国最大の勢力である北条家を降した豊臣家に、もはや逆らおうという大名はいなかった。同年のうちに豊臣家は東国全てを平定し、秀吉は名実ともに天下を統一した。

しかし、その賛仰《さんぎよう》すべき覇業の成就に、暗い影が差し始めていることに気づいていたのは、蜂須賀家政を含め、ごくわずかな者たちだけだった。

猿猴《えんこう》が月

一

城の廊下は、真新しい木材の匂いが籠っていた。

この伏見《ふしみ》城は、天下人である豊臣秀吉が新たに築いた政庁である。移築、改築を繰り返し、そのたびに規模と装飾を増大させていったこの城は、瓦《かわら》や屏風《びょうぶ》などにふんだんに施された金箔によって、城の内外ともに金雲が漂うような眩《まばゆ》さに満ちていた。

その城内を歩きながら、蜂須賀家政は何人もの侍女や城士とすれ違った。そのたびに誰もが目を丸くし、次いで一様に顔をそむけた。

それほど、家政の風貌は異質だった。

戦場で焼けた浅黒い肌にはいくつもの矢傷や刀傷、あかぎれの跡が刻まれている。頬はこけ、目は落ちくぼみ、一見する限りでは幽鬼のようでさえあった。

「なぜ、貴殿がここにいる」

正面に一人の男が立ちふさがり、冷ややかに言った。家政とは対照的に、墨染の肩衣《かたぎぬ》に包まれた白い肌には傷一つ見当たらない。

「これはおかしなことを申される」

家政は皮肉を込めてせせら笑った。

「この阿波守めを日ノ本《ひのもと》へ呼び戻したのは、貴殿ではござらんか、石田治部少輔殿」

「私ではない。殿下の御意志である」

文書でも読み上げるように、石田三成は冷淡に答えた。

「阿波守殿、殿下は貴殿にはお会いにならぬ。大人しく阿波へ帰って蟄居《ちっきょ》し、反省の体《てい》を示されよ」

「左様な馬鹿げた話があろうか」

家政はじろりと三成を睨んだ。

「私は、処分を受けるようなことはなにもしておらぬ。直に話さば、殿下にもわかっていただけよう」

「くどいぞ、阿波守」

三成は応じない。あくまでも冷たく、頭上の蠅《はえ》でも追い払うような口ぶりでさらに言う。

「一時は、殿下は蜂須賀家の改易《かいえき》さえ口にされた。だが、貴殿のこれまでの忠勤に免じて、特別に蟄居でお許しになると申されておるのだ。貴殿がすべきは大人しく責を負い、己が罪を省みることだけだ」

「私の罪か」

家政は小さく息をつき、

「なら、貴殿の罪はどうなる？」

と問い返した。

三成は無表情のまま、沈黙している。いかなる内心も窺い知れないその顔に向かって、家政は声を小さく落とし、さらに言葉を追い被せた。

「朝鮮へ討ち入り、明《みん》を攻め取る。――この無益な戦を止められなかった貴殿には、なんの罪も責もないというのか」

天下統一からわずか二年後の文禄《ぶんろく》元（一五九二）年、豊臣秀吉は諸大名に陣触れを発した。矛先は、日本国内ではない。

——朝鮮へ侵攻し、次いで明をも攻め破って支配下に収める。

妄挙、というべきだった。

秀吉だけでなく日本の誰もが、朝鮮の地理もろくに知らなければ、明の国情も知らない。まず確実に勝てるだけの手を尽くし、しかるのち戦を挑むというのが良将というものだが、このときの豊臣軍はただ闇雲《やみくも》に、なんの定見もなく戦を仕掛けた。将兵の誰ひとりとして勝つための根拠などは持っておらず、そもそも、なんのためにこの戦が必要だったのかすら、知り得る者はいなかった。

それでも、豊臣軍は当初、猛進した。

彼らはいずれも、激しい戦乱を生き延びた歴戦の兵《つわもの》たちであり、しかも鉄砲という最新兵器を世界でも珍しいほど潤沢に保有した軍隊だった。

対する李氏《りし》朝鮮王朝の陸軍は、実戦経験も乏《とぼ》しく、装備も遥かに貧弱だった。しかも軍を統制する王朝内部は腐敗が進んでおり、この期に及んで、責任のなすりつけ合いと派閥争いに明け暮れていた。

この朝鮮陸軍相手に、豊臣軍はまさしく快進撃といっていい侵攻を行った。

しかし、その優勢は長くは続かなかった。

一つには、数万の明軍が敵の援軍として来襲したことが挙げられる。明軍は、鉄砲の数こそさほどでもなかったが、大砲を大量に有しており、砲数に劣る豊臣軍を散々に苦しめた。

さらには、兵站線《へいたん》の問題がある。大規模な軍勢による外征には、当然ながら常にその兵数に見合うだけの兵糧を補給し続ける必要がある。日本から朝鮮へ、そして前線の各部隊へと、強固な兵站線を構築することこそ、戦の要《かなめ》であると言えた。

だが、朝鮮軍によって、この兵站線はほぼ分断されてしまった。朝鮮軍は陸軍はともかく、水軍はかねてより海賊からの侵攻を防いできた玄人《くろうと》たちであり、司令官の李舜臣《りしゅんしん》も戦術に長じた名将だった。地の利を得た朝鮮水軍の度重なる強襲によって、日本から送られる兵糧は船ごと焼き払われ、辛《かろ》うじて朝鮮まで送ることができたとしても、前線の部隊へ送るまでに、各所で決起した義勇軍（非正規兵、民兵）によって奪われてしまう始末だった。

しかも、朝鮮は異国である。環境も風俗も、日本とはまるで違う。大陸から直に流れ込む寒気の厳しさは島国の日本からは想像を絶するものであり、その風土や慣れない水などのために、多くの兵が病に倒れた。そうして消耗した兵力を補充しようにも、言葉も通じず、いつ裏切るかもしれない現地の者たちを兵として徴発することは難しく、制海権を確保できていない以上、本国からの援助も望めない。

戦況は、まさしく泥沼だった。

やがて疲弊した両国間で和睦案が持ち上がり、交渉のため一時的に休戦状態となったものの、結局は決裂し、再び両国は矛《ほこ》を交えることとなった。

終わりの見えない戦はいまだ続いている。まさにその混迷の最中——最初の開戦から六年後の慶長《けいちょう》三（一五九八）年五月、家政は朝鮮から日本へ呼び戻されたのである。

——先の戦いにおける軍令違反により、領国での蟄居を命ず。

というのがその理由だった。

その戦いは、「蔚山《うるさん》城の戦い」と呼ばれている。

豊臣軍が新たに築城中だった拠点、蔚山城が、突如として明、朝鮮の大軍によって包囲された。五万を越える敵軍に対し、城内の守備兵は一万しかおらず、しかも城は未完成であり、籠城の備えも十分ではなく、兵糧や水もわずかしかなかった。

家政はこの危機を知ると、黒田長政《ながまさ》、吉川広家といった諸将と共に蔚山城に急行し、城将の加藤清正《かとうきよまさ》らを辛うじて救援した。

だがその後、退却していく敵軍に対して、家政らは十分な追撃を行わなかった。

逃げる敵に追撃を加えて戦果を拡大するというのは、軍事上の常識である。それを行わなかったという報告が、日本にいる秀吉の逆鱗に触れた。

――家政は腰ぬけの不心得者じゃ！

秀吉は激怒し、家政から蔵入地《くらいりち》（豊臣家の公領。管理をまかされた大名は税収の一部を得ることができる）を没収し、阿波での蟄居という処罰を下した。

「本土でどう報告を受けたかは存ぜぬが」

家政は三成を睨み据えた。

「兵糧もなければ、矢玉もない。兵は戦傷と病と労苦で減り続け、それを補充する手立てもない。すり減りきった軍勢を率いて、軍備もろくに整わぬまま、一刻を争って救援に向かったのだ。そこから追撃など、できるはずがあるまい」

「それは貴殿の言い分だ」

三成は言う。

「殿下はそう考えてはおられない」

（日ノ本でぬくぬくと過ごしていれば、そうだろうよ）

実感があろうはずがない。

唐入り《からい》り（朝鮮出兵）の開始から実に六年、秀吉はただ諸将に敵地を攻め取れと命じるばかりで、自らは日本に留まったまま、一度として渡海をしなかった。その秀吉に、寒気、病、餓《う》えといった朝鮮での苦難がわかるはずもなく、事実、戦地からいくら苦境を訴えても、「己の怠慢を開き直るか！」と怒るばかりで、決して耳を傾けようとしなかった。

（かつてのあのお方は、そうではなかった）

家政は、改めて秀吉のことを思い返した。

豊臣軍が、いや豊臣秀吉がその長い戦歴で常に成功を収めてこられたのは、戦略の基盤にいつも十分な現実認識があったからだった。備中高松の水攻めのような常識からかけ離れた策でさえ、それを成り立たせていたのは秀吉自身による綿密な環境の精査だった。

北条征伐における箱根の諸城の攻略も同様である。あのとき秀吉は、総大将の身でありながら自ら戦場を歩き回り、丹念に検分したうえで戦略を立てた。

だが、その後の忍城の水攻めから、異変が起こった。或《あ》いは、それ以前から始まっていた秀吉個人の異変が、この戦で初めて発露したと言えるかもしれない。

忍城攻めの戦略に、現実というものは存在しなかった。秀吉はただ水攻めという方法のみに固執し、執拗にそれを命じるばかりで、堤が決壊し水攻めが失敗したときも、なぜ失敗したかという原因を省みることさえしなかった。

唐入りも、同様である。

諸将が現実の朝鮮で戦い、傷つき、餓えと病に喘いでいる間も、秀吉は夢想に囚《とら》われたまま、現実には存在しない、彼だけの中にある朝鮮や明を相手に戦をしていた。この戦における数多《あまた》の悲劇は、全てその歪《いびつ》さに端を発している。

（なぜ、あのお方はここまで変わってしまったのか）

その原因は、家政などにはわからない。ただ、敢えて想像するのなら、卑賤から身を起こした秀吉は、これまで失うものをなにも持たなかった。継ぎ伝えるべき家名もなければ、守るべき意地や矜持もない。なにものにも囚われる必要はなく、ただ無我夢中で上を目指し、才気の限りを尽くすだけでよかった。

しかし、秀吉は天下人になってしまった。この国の全てを手に入れてしまった。その巨大な財産は充足をもたらすより、むしろ失うことへの恐怖を芽生えさせていったのではないか。

政権の拡大に伴って徐々に育《はぐく》まれてきたその恐怖は、秀吉の人格を蝕《むしば》み、軋《きし》ませ、精神の均衡を崩壊させてしまうには十分なものだったのかもしれない。

恐怖から逃れる方法は、一つしかない。自身の権力の強大さを、最も明確な形で誇示し続けることである。

（……たとえば、この唐入りのように）

もちろん、全ては家政の想像に過ぎない。ただ、そんな想像を抱いてしまうほど、いまの秀吉と豊臣家は危ういものだった。

「なにを呆《ほう》けておる」

無言で考え込む家政に、三成は苛立った声で言った。

「いつまでここに居座るつもりか。今の貴殿にできることは、殿下のお怒りが解けるまで、慎み続けることだけである。いい加減、己の立場をわきまえられよ」

「佐吉」

家政は、幼名で三成を呼んだ。奉行の石田治部少輔を相手に、今さら話すべきことはない。だが、旧知の仲である石田佐吉にならば、まだ尋ねたいことが残っていた。

「自分の噂は聞いているか」

「なんのことだ」

「決まっているだろう」

家政の声が低くなる。

「お前が、讒言《ざんげん》で諸将を陥れているという噂だ」

唐入りが始まって以来、多くの諸将が秀吉によって、理不尽な処罰を受けてきた。だが、そんな諸将らの怒りや恨みの矛先は、秀吉本人ではなく三成に向けられた。

――石田治部少輔が、事実を捻《ね》じ曲げて殿下に讒言している。

という噂が、戦地ではまことしやかに語られていた。

三成は唐入りにおいては、まず第一次出兵（文禄の役）で諸将を監督し、働きぶりを秀吉に報告する軍監の役目を務めており、和睦交渉決裂後の第二次出兵（慶長の役）では渡海こそしていないものの、後任の軍監に三成の縁者が多かった。

理不尽な処分を受けた諸将が、報告役に関わりの深い三成を疑ったのは当然だった。しかも三成自身がそういった噂を否定しないどころか、ときには暗に認めるような態度をとることさえあった。

しかし、家政はこの噂を信じていなかった。

讒言で対立者を陥れ、自らの専横を強化する。そんな企みを抱くことができるほど、三成は野心に満ちた男ではない。その私心のなさ、さらには清濁《せいだく》併《あわ》せ呑むことのできない度量の小ささは、三成の武将としての最大の欠陥であり、同時に官僚としての最大の美点でもあった。

事実は、噂と逆なのではないか。秀吉は当初、蜂須賀家の改易さえ口にした、と三成は言っていた。それが蟄居と蔵入地の没収程度で済んだのはなぜか。

「佐吉、本当はお前が……」

今回も、これまでも、お前が取り成してくれたのではないか。家政はそう問いかけようとしたが、

「やめておけ」

遮るように三成は言った。

「無用のことだ。ここでなにを話したところで、お前が受ける罰は覆《くつがえ》らない」

「……そうだな」

力は尽くしたが、処分までは覆せなかった。そんな話をしたところで、なんの意味があるだろう。

やがて、家政と三成はどちらともなく踵を返し、互いに背を向け、別々の方向へ歩き出した。

（豊臣の盾、か）

ちらりと振り返ると、三成の後ろ姿がまだ見えた。これからもあの男は、あの肉付きの薄く頼りない背中に、全ての怨恨《えんこん》を負い続けるのだろう。

だが、その苦しみが報われるときは、果たして訪れるのだろうか。この無謀で無益な戦は、いつになれば終わるのだろう。

（もしこのまま、戦が続けば……）

胸をかすめた不安を振り切るように、家政は歩みを速めた。しかし、一度、現れたそれは影のように離れず、家政の身体に深く絡みついていく。

阿波を豊かにする。国主としてよき国を創る。阿波拝領から十数年、家政はそれだけを目指して生きてきた。

（しかしこのままでは、阿波が潰れてしまう）

それは家政のみならず、全ての大名が共通に抱いている、最も深刻な問題だった。

唐入りの長期化によって、軍事費は増大し、国力は消耗し、諸大名の領国経営に大きな打撃を与え続けている。さらに戦が長びくとすれば、家政の阿波をはじめ、諸国の財政はみな破綻《はたん》してしまうだろう。

(なんとかしなければ……しかし、どうすればいい)

気がつけば、家政は唇を嚙み破っていた。皮が裂け、血がにじみ、痛みと鉄の味がじわりと広がる。

やがて城門を出てから、改めて見上げた黄金の城は、その痛みとは関わりのない無遠慮な輝きを放ち続けていた。


その後、阿波へ戻った家政は、父の菩提寺《ぼだいじ》である福聚寺《ふくじゆじ》(興源寺《こうげんじ》)で蟄居した。禅堂に閉じ籠り、阿波を救う手立てはないか何日も考え込んだが、それはより悲観を深めていくだけのことでしかなかった。

(こんなとき、比奈がいればな)

弱りきるあまり、家政はそんなことさえ思った。比奈は、豊臣家へ忠誠心を示す人質として大坂の蜂須賀屋敷にいる。

（このようなどうしようもない悩みでさえ、比奈ならば心配ないと、呑気に笑ってみせるのだろうか）

我ながら、どうも情けないことを考えている。悩み苦しんだ末に得た結論が、妻に縋《すが》りたいなどとは。

そんなことを考えていたとき、品のいい中年の僧侶が堂内に入ってきた。

「これは、東嶽《とうがく》禅師」

「そう畏《かしこ》まらずともよい。蟄居中とはいえ、わしは身内ではないか」

東嶽と呼ばれた僧侶は言った。彼はこの寺の住職で、家政にとっては異父兄にあたる。

「家政、お前に客人だ」

「私に？」

家政は首をひねった。蟄居中は人の出入りを禁じられているわけではないが、それでも豊臣家への憚《はばか》りがあるため、人目のある昼間からの来客というのは少ない。

「誰です、それは」

「それが、どうも名乗ろうとせんでなあ」

東嶽は不審そうだった。

「しかし、よほど大身《たいしん》の武家らしい。服装は地味なものを選んでいるようだが、刀の拵《こしら》えが上等過ぎる」

「年は？」

「若い男だった。一見では、童のようにさえ見えたよ」

（童……）

家政の眉が微かに震えた。すでに頭には、一人の見知った男の顔が浮かんでいる。

（あの男だとすれば、なにをしに来たのか）

会うことに躊躇はあった。しかし、目的を確かめもせずに追い返す方が不安だった。家政は兄に、客人をこの場に通すよう頼んだ。

間もなくして現れたのは、やはり想像した通りの男――毛利家臣、堅田兵部だった。齢はすでに三十を越えているはずだが、堅田の顔つきは相変わらず少年じみており、時の流れをまるで感じさせない。初めて会ったときと同じ人懐っこい微笑を浮かべながら、堅田は家政の前に座った。

「お久しぶりです、阿波守殿」

「なにをしに来た」

家政は苦い顔で尋ねた。

「本日は、阿波守殿に相談したき儀があり、参上いたしました」

「ほう。俺がそれほど貴殿と昵懇《じっこん》だったとは知らなかったな」

牽制代わりに、ちくりと皮肉を投げかけた。だが堅田は取り合わず、ただ屈託なく笑っている。

相変わらずやりにくい奴だ、と家政は胸中で独りごちた。無邪気な笑みの裏でなにを考えているか、わかったものではない。

「それで、相談とはどのようなことだ」

「その前に……」

堅田はちらりと東嶽を見た。

「失礼ながら、お人払いを願えますか」

「この人は俺の兄だ。話を外に漏らすような人ではない」

「そうも参りませぬ」

堅田は笑みを消した。

「これから話すことは、秘事です。露見すれば私はもちろん、毛利家さえ消し飛びかねない大事です。たとえお身内の方であろうと、易々と明かすわけには参りませぬ」

「しかし……」

「いいよ、家政」

堂内の隅に座っていた東嶽は、ゆるりと立ち上がった。

「わしは席を外そう。いかに連枝《れんし》であっても、一介の禅僧が耳にしていい話ばかりではなかろうて」

そう穏やかに言うと、東嶽は禅堂を出ていった。

兄を追い出され、家政は愉快ではなかったが、東嶽自身がいいというなら仕方がない。堅田と二人きりになった堂内は、より静けさが増した気がした。

「それで、なんだと言うのだ。それほどの秘事とは」

「阿波守殿」

ささやくように、堅田は声をひそめた。

「阿波を、救いたくはありませんか？」

「なに……」

想像もしなかった言葉に、家政は身を強張らせた。

「あなたも気づいておられるはずです。このまま戦が続けば、蜂須賀家も、毛利家も、大名の領国はみな破綻してしまう」

「つまり、貴殿にはこの戦を終わらせる策があるというのか？」

「そんなものはありませんよ」

堅田は口元だけで微かに笑った。

「それに、必要もありません。戦は直《じき》に終わります。――殿下が、もう間もなく身罷《みまか》られるのですから」

「なんだと！」

家政はうわずった声を上げ、らしくもなく狼狽した。

秀吉が、死ぬ。それが事実ならば、たしかに唐入りは止まる。

しかし、そんなことがあり得るのだろうか。

この数年、秀吉は老いのためか、病に伏せることが多かった。ここ半年ほどは小康《しょうこう》状態が続いていたものの、五月に入ったあたりから再び寝込むようになった。だが、それが「間もなく身罷られる」などというほど重いものだとは聞いていない。

そんな疑問を家政が問うと、堅田は静かにかぶりを振り、

「いや、ご存じないのも無理はありません。あなたは蟄居の身で殿中の事情に暗く、奉行衆は病状を必死に隠そうとしている。もっとも、そう長く隠しきれるものではないでしょうが」

そして、堅田はさらに容易ではないことを告げた。

「つい先日、殿下は五大老と奉行衆に遺言を託されました」

五大老とは徳川家康を筆頭に、北陸の前田《まえだ》家、会津《あいづ》の上杉《うえすぎ》家、備前の宇喜多家、そして毛利家という、豊臣政権下で最も力を持った五人の大大名たちのことである。

その五大老に、秀吉は遺言を記し、豊臣家の行く末を託したという。

秀吉自身が、己が病の重さを誰よりも知っており、死を覚悟している。家政が蟄居している間に、事態はそこまで切迫しているのだと堅田は語った。

(まさか、本当に殿下のお命が……)

秀吉が死ぬ。そのことに、思うところがないわけではない。しかし、その死によって、唐入りはようやく終わりを迎えることだろう。

(だが……)

微かな、違和感があった。その正体に気づくのに、時間はかからなかった。

秀吉が死に、唐入りが終わる。──しかしそれだけでは、阿波は救われない。

「お気づきになられましたか？」

そう口にした堅田の声には、どこか哀れむような響きがあった。

「殿下亡きあと、豊臣家では世を支えられません。殿下の将器一つで成り立っていたこの政権は、その死と共に実体を失う」

堅田は言う。

現在、豊臣家の後継者の地位にあるのは、豊臣秀頼《ひでより》といういわずか六歳の幼息である。当然ながらこの秀頼に天下を差配する能力があるはずもなく、秀吉の死後、豊臣家が揺らぐことは目に見えているのだと。

「豊臣家に先はない。このまま放っておけば、天下は治まらず乱世に逆戻りするでしょう。そうとなれば、唐入りが終わっても意味はない」

「お前、まさか……」

「お察しの通りです。殿下の死後、私は天下の主を挿《す》げ替えるべきだと考えております。それが毛利家を安寧《あんねい》へと導き、あなたの阿波を救う唯一の道です」

「ふざけるな！」

家政は声を荒らげた。

「俺は豊臣家一の古参大名だぞ。殿下の抜擢によって国を得て、大恩によって今《こん》日《にち》の身分にある。その俺が、かような戯言《ざれごと》に与するなどと本気で思ったか」

「ですが、あなたにとって最も重いのは、忠義や恩よりもこの阿波のはずです」

「それは……」

「古参でそんな大名は、蜂須賀阿波守家政以外にいない。そんなあなたなら、わかるはずです。阿波を救うため、自分がなにをするべきなのか」

「救う、救うと言うが」

家政はぎょろりと目を剝き、

「つまりは、毛利家をして天下を取らしめる気だろう。どんな言葉で繕おうと、これはただの謀叛《むほん》に過ぎない。そんなものに、俺が与する謂《い》われはない」

だが、堅田はゆっくりとかぶりを振り、

「天下などは、望みませぬ」

と言った。

「私が望むのは、あくまで毛利家の安寧です。天下などという大望を掲げれば、それだけ立ちふさがる敵が増え、再び乱世を招くことになります。それを避けるためならば、天下などは他人に譲ってしまって構いません」

「譲る？　いったい、誰に……」

「すでにあなたも気づいているはずです。ただ、それを認められず、先を考えることを避け、見たくないものを見ようとしなかっただけ……豊臣家に先がないことも、次の天下が誰に渡るのかも、あなたには、はじめからわかっていたはずです」

「…………」

家政は否定の言葉を探した。しかし、代わりに頭に浮かんだのは、ある男の名前だった。

（――徳川家康）

五大老筆頭の家康は、豊臣政権下で最も力のある大名である。関東に二百五十万石という世に並ぶ者のない大封と、それに伴う大兵力と、長い戦歴に裏打ちされた声望を持っている。今や家康は紛れもなく、天下に最も近い男だった。

「……徳川に、天下を売り渡すつもりか」

「いかにも。我ら毛利家は、敢えて徳川様の傘下に降り、彼《か》の人を援《たす》けて天下人へと押し上げます。それが、毛利にとって最良の方策です」

「そうして売りつけた恩で、徳川からどれほどの対価をゆすりとる気だ。お前は天下を、ただ毛利家の繁栄と安寧を買うためだけにかき回すつもりか」

「ええ、私はそういう男です」

逆らわず、堅田はあっさりとうなずいた。

「元春様の遺志を継ぎ、主家毛利を守り抜く。それ以外に存念はなく、それが叶うのであればいかなる手立ても厭《いと》いません。ですが、あなたも似たようなものではありませんか?」

「違う!」

たしかに家政はかつて、領国の阿波を富ませるために豊臣家の天下を利用する、というような意味のことを口にしたことはあったし、事実、そのように生きてきた。

しかし、一方的に利用したわけではない。阿波が富むことは豊臣家にとって有益なことであり、そのように国を治めていくことこそ、豊臣政権下の大名としての家政の役割でもあった。

「毛利と蜂須賀は違う。俺の阿波は、豊臣家から与えられた国だ。与えられた国のために、与えてくれた主家を裏切るなど、そんな馬鹿なことがあってたまるか」

「それでも、あなたは裏切りますよ」

堅田は薄く笑い、

「ほかに手立てがないのなら、主家よりも国を選ぶ。私のような男と手を組んででも、大恩ある豊臣家を滅ぼす片棒を担いででも、国主として阿波を救おうとする。あなたは、そういうお方です」

「お前に、俺のなにがわかる」

「お心や考えはわかりません。ただ、あなたの信念は知っているつもりです。あとは、その信念が真《まこと》か贋《にせ》か……」

「裏切らなければ贋物とでもいうのか」

「領国と主家、いずれを選ぶかで、あなたが本当は何者なのか明らかになるでしょう。はたして真に阿波の国主か、それともいまだに豊臣家の黄母衣衆に過ぎないのか」

呼吸が微かに荒くなる。

堅田がささやく言葉の一つ一つが、家政にとって、心の臓を素手でかき回されるような響きを伴っていた。なにを喜び、なにを恐れるか、その全てを知り尽くしていかのように、堅田は形のいい唇から次々と言葉を紡ぎ出した。

「よくお考えください、阿波守殿。あなたが救うべきものは、はたしてどちらなのか」

あくまで純真な童子のような微笑を浮かべながら、堅田は最後にそう言い残した。


堅田が去ったあとで、家政は独り考え込んだ。

秀吉の死後、間違いなく天下には大きな混乱が訪れる。そのなかで、阿波をいかに生き残らせていくべきか。

おもむろに、家政は目を瞑《つむ》った。

瞼《まぶた》の裏側には、阿波の山野が浮かんでいる。

陽光に青々と映える雄大な阿波山脈が見える。領内を貫く吉野川の河畔は、一面に藍畑が広がり、紫がかった紅色の花が鮮やかに咲き誇っている。

徳島城下には数えきれないばかりの群衆が集い、好き勝手に踊り騒いでいる。

しかめっ面をしている稲田、その稲田をなだめる法斎、まだ赤子だった息子を抱く比奈の姿も見える。

ああ、これはあの日の情景だ。徳島城が落成し、領民も家臣も一緒になって、皆で踊り騒いだ祝宴の記憶だ。

（はじめは、あれほど嫌で仕方なかったのにな）

阿波を拝領したばかりの頃、家政はその大抜擢を迷惑にさえ思っていた。国主になどなりたいと思ったことはなかったし、ましてや阿波は難国である。許されるならその責任から、いつでも逃げ出したいと思っていた。

しかし、国主として努めるうちに、そんな心境は少しずつ変わっていった。不安の対象でしかなかった山野も家臣も領民も、家政はいつのまにか心から愛おしく思えるようになっていた。

父の小六にとって川並衆がそうであったように、阿波という国は家政の作品だった。ただし小六と違い、家政一人の将器で築かれたものなどではない。もとより家政にそこまでの器量はなく、家臣や領民の協力がなくては、阿波が治まることも、富むこともあり得なかった。

そんな国を、家臣を、領民たちを、裏切ることなどできるはずがない。

家政にとって阿波は、いまや己の血肉のようにかけがえのないものだった。

（……だが、阿波のために豊臣家を滅ぼすことも、俺にはできない）

唐入りが始まって以来、家政は秀吉に批判的な思いを抱いてきた。しかし、それでもあの天下人を憎みきることはできなかった。かつては黄母衣衆として、今は大名として、初陣から三十年近くもの間その麾下《きか》につき従ってきた家政にとって、秀吉との深い縁や恩は、そう簡単に切り捨てられるものではない。そしてなにより、小六が惚《ほ》れぬき、支え、天下人にまで押し上げた秀吉の政権を、家政の手で葬り去ることなど、できるはずがなかった。

（しかし、それでは阿波はどうなる？）

豊臣家を裏切るわけにはいかない。しかし、国主として領民や家臣を裏切るわけにもいかない。

――あなたが救うべきものは、はたしてどちらなのか。

堅田の言葉が、頭の中で反響する。

気が狂いそうになるほどの焦燥と苦渋の中で、家政は足掻《あが》くように思索を続けたが、答えの欠片《かけら》も見つからぬまま、時だけが無情に過ぎていった。

やがて、家政の帰国から三ヶ月が過ぎたころ。

慶長三年八月十八日、ついに秀吉が伏見城で病没した。

それは唐入りの終わりと、新たな騒乱の始まりと、そして蜂須賀家政という一人の大名に、決断の時が訪れたことを意味していた。

二

秀吉の死から五ヶ月後、慶長四（一五九九）年一月。

「ついに、動いたか」

石田三成は、大坂の屋敷で苦々しく言った。

「左近《さこん》、これをどう見る」

「徳川も、随分と露骨なことをする。殿のお言葉を借りればまさに、眠れる老虎が目覚めた、というところでしょうな」

家老の島《しま》左近は、落ち着いた様子でうなずいた。齢《よわい》六十、その大半を硝煙《しょうえん》と戦塵《せんじん》の中で過ごしてきた男だけに、常に余裕に満ちており、事に際して動じるということがない。

しかしそんな左近も、これほどあからさまで、抜けぬけとした謀略は見たことがなかっただろう。

秀吉は生前、自分の死後の豊臣家について、幼い嫡子、秀頼が成人するまでは、五大老と奉行衆の合議によって取り仕切っていくという体制を定めた。

さらに、五大老との連署によって「御掟《おんおきて》」という法制を定めた。内容は主として、大名間での無断での婚姻や誓紙《せいし》を取り交わすことの禁止など、秀吉の死後、諸大名が私的に勢力を拡大するのを防止するためのものだった。

だが徳川家康は、自らも制定に関わったこの法令を抜けぬけと破った。秀吉が死んでまだ半年も経たないうちから、蜂須賀家政、黒田長政、福島正則《ふくしままさのり》、伊達政《だてまさ》宗《むね》といった諸大名と公然と婚姻を結び始めたのである。

明白な謀叛であり、豊臣家への挑戦と言っていい。かつて飼い犬のような顔をして律義に、従順に野心を眠らせてきた家康は、三成がかねてから睨んできたように、やはりその本性は獰猛《どうもう》な老虎であったらしい。

「しかし、少し妙ですな」

左近は首をひねった。

「あの老人、伏見にいながら如何にして、これほどの婚姻を密かに結んだのか」

多くの大名は、秀吉の死後、当主の秀頼が大坂城に入ったため、それに従って屋敷を大坂に移した。

だが、家康は独り、伏見に留まっている。秀吉の遺言により、五大老の筆頭として、伏見で公務を統括するように厳命されたからである。無論、命じた秀吉の本音は、自分の死後、家康が諸大名と連盟し、勢力を広げることを防ぐためであっただろう。

しかし現実の家康は、伏見にいながら、まるで魔法のように大坂の大名たちと婚姻を結び、自分の支持者を増やしている。左近が不審に思ったのも無理はなかった。

しかし、三成はこの奇妙な現象を、造作もないことだと言いきった。

「よもや内府《ないふ》（家康）の腕が、伏見から大坂まで長く伸びたわけでもあるまい。大坂に、婚姻の手引きをして、あの老人を助けている男がいるのだ」

「何者ですか、その迷惑な仲人《なこうど》は」

「家政であろう」

ますます不快げに顔を曇らせながら、三成は言った。家政は秀吉の死によって蟄居を解かれ、ほかの大名と同じように大坂屋敷にいる。

「なぜ、阿波守様の手によるものと言いきれます」

左近が尋ねる。

「婚姻を結んだ大名たちをよく見てみろ」

三成は、一人ひとり名を上げて、左近に根拠を説明した。

「まず福島正則だが、あの男は尾張の桶屋《おけや》のせがれで、その実家は、蜂須賀小六殿の生家と目と鼻の先にある。小六殿は木曾川で川並衆を率いていた頃、この昔馴染みの福島家から、荷運びのための桶を買っていた。両家の先代からの縁深さは、家政たちにも引き継がれている」

「なるほど、しかし黒田はどうでしょう」

左近が名を上げた黒田長政は、秀吉の軍師として名高い黒田官兵衛の子である。

「あの男こそ、縁深いではないか。黒田長政は、家政の妹婿だ」

三成は答えたが、左近は納得しかねるという表情を見せた。

「しかし、黒田家ではその蜂須賀家からの妻を離縁して、このたび、徳川家の養女を後妻として迎え入れました。蜂須賀家では、当主の家政殿のみならず、家老から足軽に至るまで、黒田家許すまじと憤慨しているという噂ですが」

「それはそうだろう。そこで怒らなければ、家政が手引きしたと白状するも同然だ。だがそもそも、家政自身も掟を破ってまで、息子を徳川家と縁組させている。黒田と蜂須賀は一見、距離をとったように見えるがなんのことはない。徳川家を介してこれまで通り、両家は縁戚関係を保っているではないか」

性根が蓬のようにひねくれた、あんな食えない男の態度を真に受ければ馬鹿を見る、と三成は苦々しく言った。

「しかし奥州《おうしゅう》の伊達様は、領国も遠く、古参の福島や黒田と違って、外様大名だけに縁が薄い。蜂須賀家とさほどの関わりがあるとも思えませぬが」

「ところで」

三成は左近の疑問には答えず、

「家政の兄に、東嶽という禅僧がいるのは知っているか」

と唐突に話題を転じた。

「はて、どのようなお方ですかな」

「あいつの母の、前夫との子だ。もちろん蜂須賀家を継がせるわけにはいかず、慣例通り僧籍に入れられた。まず京の南禅寺《なんぜんじ》、次いで甲斐《かい》の恵林寺《えりんじ》に入り、快川《かいせん》紹喜《じょうき》に師事したそうだ。もっともこれは修行のためというより、将来、甲斐に織田家が攻め込むことを見越し、国情を調べさせるための小六殿の指示だった、と家政は言っていたが」

「恵林寺……」

そこで、左近も気づいたらしい。甲斐恵林寺出身の禅僧の中には、虎哉宗乙《こさいそういつ》という、伊達政宗の学問の師匠がいるのだ。

「家政の兄の東嶽と、伊達の師匠は兄弟弟子《でし》に当たる」

三成は言った。

「そのつながりを利用したと?」

「さあ、わからぬ。こう言っては元も子もないが、伊達にせよ、黒田、福島にせよ、家政が動いたというたしかな証拠があるわけではない」

しかし、家政ならやりかねない。細々としたつながりよりも、それが最も大きな証拠だと、三成は考えていた。

「結局は、家政の人格だ。あいつがどんな男で、なにを重んじ、どういう考えに行き着いたのか。それを思えば、やはり俺には家政の仕業としか考えられぬのだ」

秀吉の死の前から、三成はひそかに予感していた。家政は、自分の敵になるのではないのか。あの不真面目で、いい加減な、しかし国主としての理想を抱き過ぎている男は、深く思い悩んだ挙句、最後には豊臣家よりも阿波を選ぶのではないのかと。

(俺では、豊臣の天下を支えきれぬと見たか)

裏切りへの怒りや憎しみ以上に、家政にそのような結論を出させた、己の無力さがたまらなく腹立たしかった。

(……わかっている。俺は所詮、官吏に過ぎぬのだ。徳川の持つ領土、兵力、声望、戦歴、そのどれ一つとして勝るものはない)

命運を賭け、将来を託すべきはどちらか、童でもわかることだった。家政に限った話ではない。いずれ三成と家康が争うようなことになれば、大名たちはこぞって家康に尾を振り、その旗下へ我先と群がることだろう。

しかし、どれほど不利であろうとも、愚かしかろうと、それは三成が挑まない理由にはならない。

(俺は、豊臣の盾なのだから)

声には出さず、そう呟いた。

こののち、三成は奉行衆と示し合わせ、さらには家康以外の五大老をも動かして、この婚姻事件の中心となった徳川家を厳しく詰問した。

しかし、無駄であった。当の家康は派遣された使者に対して、老いの所為《せい》で御

掟を失念していたと言って抜けぬけととぼけ、徳川家を五大老の地位から排すことも辞さぬという話になると、

「それこそ御遺命に背くことである。わしは、秀頼君《ぎみ》が御成人なされるまでの間、政の取りまとめを、ほかでもない殿下より命じられておるのだぞ」

家康は目つきを剃刀《かみそり》のように鋭くし、

「うぬらは殿下御薨去《こうきょ》より一年も経たぬうちから、御遺命に逆らうつもりか」

と、底冷えするような凄まじい迫力で圧したため、使者たちは震えあがってしまった。

強盗の理屈である。先に法制を破り、秀吉の遺命に逆らったのは家康の方であり、道理もなにもあったものではない。

しかし法とは、それを裏づける力があってこそ初めて執行し得る。遥かに大きな力を持つ者に相対すれば、道理などはなんの意味もなさない。

豊臣家は、家康の巨大な軍事力を恐れた。さらには彼が着々と築き、拡大しつつある派閥を恐れた。結局、家康に「今後、御掟は破らない」という誓紙を書かせただけで、この問題は解決ということになった。

この一件は、軍事力と声望に裏打ちされた家康の権力の絶大さと、秀吉を喪《うしな》っ

た豊臣政権の脆弱《ぜいじゃく》さを改めて世に知らしめた。

そして、家康はなおも手を緩めなかった。

三

「暗殺？」

大坂屋敷でその噂を聞いた家政は、はてと首を傾げた。三成が、家康の暗殺を企《くわだ》てているというのである。

「いかが思われます」

噂を報せてきた老臣の法斎が尋ねた。

「ありえぬとは言わんが、暗殺というのは佐吉らしくないな」

奉行として罪を責め、処断しようというのならわかる。あるいは堂々と家康の非を鳴らし、兵を挙げようというのならわかる。だが、そういった筋道を通さず、闇討ちによって政敵を葬り去ろうなどというのは、どう考えても三成の柄ではない。

とはいえ、人は追い詰められればなにをするかわからない。手詰まりになった三成が、実際的な暴力の行使によって家康を排そうとしたとしても、それ自体は驚くに値しない。

事実、家康の暗躍は凄まじいものだった。

唐入りが始まって以来、前線の諸将たちは数々の理不尽な処分を受けてきた。彼らはそれを、石田三成の陰謀であると信じて疑わず、よもやそれが秀吉の意思から出たものとは微塵も考えなかった。

家康は、この対立を利用した。辛酸《しんさん》を舐めさせられた諸将たちに同情するそぶりを見せ、庇護者《ひごしゃ》のように振る舞って次々と彼らを取り込む一方で、

──石田三成は、己一人で権力を独占し、豊臣家を牛耳ろうとしている。お手前らが唐入りで理不尽な処分を下されたのはそのためである。

ということを諸将に吹き込み、

──この家康の目の黒いうちは、石田の好きにはさせぬ。お手前方、なにとぞこの老人に、力を貸してくだされよ。

と言って、彼らの正義を刺激した。

中国に、蠱毒《こどく》という呪術《じゆじゆつ》がある。百匹の虫を一つの箱に入れて共食いさせ、生き残った一匹をもって呪いを為すというものだが、豊臣家の武将を互いに争わ

せ、天下を覆そうとする家康の策謀もこれに似ていた。

もはや家康を止めるには、その息の根を絶やすほかにない。窮した三成がそう考えたとしても、不自然とはいえないだろう。

「だが、虚報だろうな」

と家政は断言した。暗殺そのものの是非はともかく、事を起こす以前に企図を漏らすほど、三成は粗忽《そこつ》な男ではない。

先の婚姻騒動の一件以来、家康と三成の対立は表面化した。そういう情勢ゆえ、このような噂が出たのだろうと、家政はそれ以上は深く考えなかった。

しかし、この噂が思わぬ事件に発展した。


同年閏《うるう》三月三日。

のちに「七将襲撃事件」と呼ばれる騒動が、大坂城下で勃発《ぼっぱつ》した。

加藤清正、福島正則、黒田長政、細川忠興、浅野幸長《よしなが》、藤堂高虎《とうどうたかとら》、そして蜂須賀家政の七名が、石田三成の屋敷を襲撃したのである。

この七将はいずれも唐入りで活躍しながら、それを蔑《ないがし》ろにされたばかりか、理不尽な扱いによって煮え湯を飲まされた者ばかりだった。

その恨みが、家康暗殺の噂によって暴発した。

七将は、これを単なる噂とは考えなかった。自分たちの庇護者である家康を排除するため、三成が形振《なりふ》り構わず動き出したのだと考えた。

――もはや先手を打つにしかず！

七将の面々は兵を従え、夜半、猟犬の如く大坂城下を駆けた。

家政は、内心迷惑だった。家康暗殺の噂など虚報に過ぎないことを、家政は誰よりわかっていたし、唐入りの件は三成より秀吉に非があることを知っていた。しかしこの挙に加わらなければ、七将らに内心を疑われ、家政は政治的に孤立しかねない。

(元はと言えば、あいつを追い詰めたのは俺だ)

兵を率いて城下を進む家政の胸中は、曇天のように暗く濁っている。

自身の思いが矛盾しているのはわかっていた。豊臣家が滅びるとき、三成もまたその盾となって果てるのは目に見えている。いずれ死に追いやる相手を哀れんだり惜しんだりすることなど、己に許されるはずもない。

自らの国を守るため、その国を与えてくれた主家を売り、旧知の友を刑場に送る。

大層な野望でも志でもない、たった十数万石のちっぽけな、かけがえのない領国のために、家政はこの上ない悪徳に手を染めようとしている。

(だが、それでも……)

あの男を死なせたくない。そんな身勝手な感傷に嫌悪を覚えながら、家政は兵を進めた。

向かう先は、三成の屋敷ではない。

すでに、三成は危機を察して屋敷を脱出してしまっており、家政ら七将が襲撃したときにはもぬけの殻だった。

では、三成はどこに逃げ込んだのか。

七将は、三成が大坂から逃げられぬよう街道を固める一方で、潜伏先と思しき大名屋敷をしらみつぶしに探すこととなった。

やがて、家政は目当ての屋敷に辿り着いた。

——佐竹家
という、常陸《ひたち》の大名の邸である。

「佐吉がいるだろう、取り次いでもらおうか」

屋敷を包囲するなり、家政は門前の番士にそう告げた。はったりではない。三成が逃げ込むならばここだという確信があった。

「なにかの間違いでございましょう。石田様の行方など、当家では預かり知らぬことです」

番士は折り目正しく、しかし明確な否定と拒絶を示した。

「阿波守様、夜分でございます。なにとぞ、本日はお引き取りくださいませ」

「生憎《あいにく》と、今日の俺は阿波守ではない」

家政は含むように笑った。

「佐吉に伝えろ。黄母衣衆の蜂須賀家政が小姓の石田佐吉に会いに来た、とな」

番士は怪訝な顔をしながらも、一度、邸内に引っ込んだ。そして、再び戻ってきたときには、すっかり態度が変わっていた。

「どうぞ、お入りください」

「ああ、そうさせて貰おう」

家政は数人の供回りだけを連れ、招かれた客人であるかのように、堂々と屋敷の中へ入っていった。

「なぜ、ここにいるとわかった」

屋敷内で対面した三成は、いつも通りのしかめっ面で、なじるように言った。

「お前は嫌われ者だからな」

家政はにやにやと、からかうように微笑した。

「ただ、いかに多くの者から嫌われているとはいえ、お前にも懇意な大名というのはいる。その中で、まず頼るなら五大老の上杉家か宇喜多家と襲撃側は考え、真っ先に包囲するだろう。その裏を掻いたお前の、さらに裏を掻いただけのことだ」

「食わせものめ」

三成は苦笑した。

「阿波の狸だからな」

家政も声を立てて笑い返した。

こうして話している限りは、家政と三成は、かつての黄母衣衆と小姓の頃となにも変わらない。もっとも、二人きりで言葉を交わす機会など、恐らくは二度と訪れないことも家政は理解していた。

「……佐吉」

のか」

「お前は豊臣家を守ろうとしているのか、それとも豊臣の世を守ろうとしている

「なんだ」

豊臣の世、すなわち豊臣政権を守ることは、もはや叶うことはないと家政は考えていた。この政権に、すでに天下を差配する力など失われていることは、先の婚姻騒動の顚末から明らかである。

だが、政権から離れた、豊臣家の血筋を残すだけなら方法がないわけではない。つまりは、政権など家康にくれてしまい、城も土地も全て明け渡し、一人の無力な公卿《くぎょう》として、豊臣家を後世に繫いでいくという道である。

「お前が守りたいのは、世か、家か」

家政は再び尋ねた。

三成は少しも迷うことなく、淀みのない声で答えた。

「どちらもだ」

「それは無理だ」

「では、盗人《ぬすっと》に家財を差し出して命乞いをしろというのか」

「家に火をつけられ皆殺しにされるよりは、幾分かましだ」

「……昔、言っていたな」

三成は、懐かしむような顔をした。

「田を知るには、川魚を食べてみて、味を知ることだと」

「言ったか、そんなこと」

「俺は、お前とは違う川で育ったのだ。違う水を飲み、違う魚と米を食べて育った。すぐ傍を流れていたとしても、その川は決して交わることはない」

「……そんなものは、思い込みだ」

家政の声には、もはや悲痛を通り越し、怒りさえにじんでいた。

目の前の無愛想な旧知が、考えをひるがえすなどありえない。自身の行いが無意味であり、恥ずべき偽善に過ぎないことはわかっていた。それでもなお、家政は言葉を続けずにはいられなかった。

「お前が惚れ込んだ殿下は、もういない。あるのは、その夢の残骸だけだ。そんなもののために、お前が起《た》つ必要がどこにある」

「それでも俺にとっては、全てを賭けるに値する夢幻なのだ」

三成はさっと立ち上がった。

「もはや、これ以上の用はない。早々に立ち去れ、家政」

「どうやって大坂を抜けるつもりだ」

家政も応じるように立ち上がった。

「外へつながる道は、いずれも固められているぞ」

「お前の知ったことではない」

「女輿《めごし》に乗ってあざむけるほど、お前を狙っている奴らは甘くない」

三成は、わずかに顔をひきつらせた。図星だったのだろう。

包囲から脱出するときに、女、僧侶、百姓などの振りをして逃げ落ちるというのは定石《じょうせき》なのである。それをむざむざと見逃すほど、七将の三成への怨恨は生《なま》温《ぬる》いものではない。

家政は三成の耳元に口を寄せ、ひそやかにささやいた。

「川を使え」

「は？」

「淀川《よどがわ》に、蜂須賀家の御座船が浮かべてある。それを使って伏見へ逃げろ」

「……どういうつもりだ」

眉根を寄せ、三成は怪訝な目つきをした。

「なに、ここでお前が討ちとられれば、むしろ困るのは件《くだん》の老人だと思ってな」

恐らく、この騒動で最も迷惑しているのは、実は三成の政敵、徳川家康なのだ。大名たちを自身の派閥に引き込み、結束を固めるには、絶対に必要なものが二つある。妄信できる正義と、その正義の対象となる共通の敵である。その両方を備えた男として、三成はまだまだ家康にとって必要な男だった。

「胴服だ、法斎」

「はっ」

家政の側に付き従っていた法斎は、着込んでいた陣胴服を脱ぐと、蜂須賀家の卍の合印《あいじるし》の入った陣笠と共に、左手で三成に差し出した。これらを身につけ、家政と共に屋敷を出れば、一見では蜂須賀家の家臣にしか見えないだろう。

「……礼は言わぬぞ」

三成は無愛想に言った。

「当たり前だ」

礼を言われる資格があるはずもなかった。

家政は三成を救ったわけではない。ただ、政略の都合で、その死をわずかに先のばししただけのことだった。

もっとも、ただ一つだけ、三成が生き延びる道はある。

勝つことである。

あらゆる手を尽くし、万に一つの勝機を手繰り寄せ、あの強大な徳川家康を打倒することである。

(しかし、俺がそれをさせない)

どれほど惜しくとも、水底へ捨てた荷は掬《すく》えないし、掬おうとするべきではないのだ。それでも無理に手を伸ばせば、船そのものが沈んでしまう。

三成が勝利し、生き残る道など、一つたりとも残さない。この夜を境に、家政は己の中に残っていた、最後の未練を打ち捨てた。


その後、三成は無事に伏見城へ逃げ込み、「治部少丸」と呼ばれる城内の郭《くるわ》に立て籠った。騒ぎを聞いた家康は、五大老の筆頭として調停に乗り出し、郭を包囲した七将たちをなだめ、矛を収めさせた。やはり家政が睨んだ通り、家康にとってまだ三成は生かすべき男だったらしい。

しかし、三成も無傷では済まなかった。騒動の原因となったという理由によって、世情の安定のため、奉行を辞し、領国の近江佐和山《さわやま》に隠居することを余儀なくされた。

政治的に、三成は完全に失脚したといえる。

(だが、あいつはいずれ起ち上がるだろう)

大坂屋敷で報告を受けた家政は、そう予感した。

しかし、三成は勝てない。勝負にもならないだろう。家康は単独でも関東に二百五十万石という巨大な勢力を擁《よう》しているうえ、大名を次々と取り込んで派閥を拡大し続けている。

三成には家康のような人望も名声もなく、領土もわずかに十九万五千石しか持たない。いかに上杉、宇喜多、佐竹といった懇意な大名たちと力を合わせたところで、家康に対抗できる兵力など揃えられるはずがない。

だが、家政は間もなく、それが大きな誤算であったことを思い知ることになる。

狸の国

一

もう夕暮れ時だというのに、屋敷の外は昼間のような喧騒で溢れていた。この大坂は元来が大勢の人間がひしめき合う騒がしい都市ではあったが、たったいま城下の隅々まで反響しているそれは、日常の中で流れる音とは質が違う。

荷車を引いて逃げだそうとする住人たち、具足の板札《いたざね》をがちゃがちゃと鳴らす大勢の兵士たち、あちこちで上がる怒声や悲鳴、騎馬のいななき……この場に満ちているのはいずれも、耳にこびりつくほどに聞きなれた、開戦前夜の狂騒だった。

「申し上げます！」

自室に転がり込んできた近習を見留めると、蜂須賀家政は静かに首を横に振っ

た。わざわざ報告を受けるまでもなく、なにが起こったのかはわかりきってい
た。
「佐吉が、ついに挙兵したのだろう。さようなことはいちいち口にせずともわか
る。……それで、あいつに味方した大名はどこのどいつだ。備前の若様か？　肥《ひ》
後《ご》の薬売りか？　ああ、それとも案外、筑前の洟垂《はなた》れあたりも唆《そそのか》されたかね」
「そ、それが……」
近習が震えながら口にしたその名に、さすがの家政も顔色を失った。
「毛利、だと？」
安芸中納言、毛利輝元。言わずと知れた五大老の一角であり、徳川家に次ぐ勢
力を持つ中国地方の覇王である。
その毛利輝元が、石田三成への味方を表明し、五万近い軍勢を率いて大坂へ向
かっているというのである。
「左馬亮を呼べ！」
家政は叫んだ。
「は、しかし、稲田様は阿波に……」
「だから言っているのだ！　早う行け！　蜂須賀家を滅ぼしたいのか！」

らしくもなく、家政は狼狽していた。三成が起つという予想はあった。その挙兵に、ある程度の大名が味方するであろうことも想定していた。だが、毛利家を担ぎ出すなどということは夢にも思わなかった。

耳の奥で、堅田兵部の言葉が反響する。脳裏に、あの無邪気な笑みが蘇る。天下を望むつもりなどない。望むのは毛利の安寧ただ一つ。そのためならば、徳川に天下を譲り渡すことも厭わない……。

あの日、堅田はたしかにそう言った。家政は、不覚にもそれを信じてしまった。徳川を斃《たお》し、天下を望むなどという途方もない賭けに比べれば、それは毛利家にとって遥かに現実的で、賢明な選択だったからだ。

(だが、あの男は、はじめから……)

青ざめた顔を険しく歪め、家政は奥歯を強く噛んだ。


慶長五(一六〇〇)年、七月十六日。

石田三成挙兵の報が大坂城下に流れた直後、家政は即座に書状をしたためた。

相手は、毛利家の大坂留守居役、堅田兵部である。

『毛利家文書』に残っているこの書状の中で家政は、三成の企てを「逆意(反乱)」であると断言し、「もし毛利家が三成に味方したということが事実なら、世間の非難を受けることは間違いない。これによって天下の乱が起こるのは嘆かわしいことである」と諫《いさ》め、今一度、家中を説得し思いとどまるべきだと説いた。

だが、堅田はこの書状に対し、いかなる返事もよこさなかった。

返事をするまでもなかった。

家政が書状を書いた翌日、豊臣家の奉行衆によって家康を弾劾《だんがい》する文書が発され、その征伐への参戦を命じる檄文《げきぶん》と共に諸国の大名たちにばら撒かれたからである。

この瞬間から、石田三成を中心とする、徳川征伐軍――いわゆる西軍が、大坂城内で正式に発足し、諸大名を続々と取り込みながら勢力を拡大していった。

檄文が発されてから二日後の七月十九日、毛利輝元の軍勢が、ついに大坂城へ到着した。

「よくぞお越しくださいました」

三成は城内に輝元を迎え入れると、丁寧過ぎるほどの態度でねぎらい、謝意を示した。

「豊臣家の御為、なにとぞ、奸賊《かんぞく》の討伐にお力をお貸しください」

「うむ」

輝元は重々しく頷くと、

「五大老の職にある者として、徳川の野心を見過ごすわけにはいかぬ。徳川征伐における総大将の任、この輝元がしかと引き受けよう」

と鷹揚に述べた。

「頼もしきお言葉、有り難く存じます」

三成は深々と頭を下げた。

現在、徳川家康は上方にはいない。

五大老の一人、会津の上杉家を討伐すべく、諸大名を動員し、東征の途にあるためだった。

——上杉家は、豊臣家に対して叛意がある。

というのがその名目だったが、無論、言いがかりに過ぎない。全ては、政敵となり得る大大名を攻め滅ぼし、家康が天下を取るための謀略である。

ともあれ、家康は東へ去った。

七将襲撃事件によって失脚し、領国の近江佐和山に隠遁《いんとん》していた三成は、この隙を見逃さなかった。

——今こそ諸大名を糾合《きゅうごう》し、大坂より徳川打倒の兵を挙げる。

しかし、そのための旗頭は三成では務まらない。諸大名の支持を得るためには、家康に対抗しうる兵力と地位を持った毛利輝元を、なんとしても総大将の座に据えなければならなかった。

毛利家が味方しなければ、三成の企ても、ついには机上の空論で終わっただろう。

「堅田殿」

三成は、輝元の傍らに控えている堅田兵部に声をかけた。

「此度の骨折り、真にかたじけない。なにもかも、貴殿のおかげだ」

「いえ、私など、大したことはなにもしていませんよ」

堅田は、口元だけで微笑を浮かべた。

謙遜をしているつもりはなかった。堅田は本心から、自分自身では大したことなどしていないと考えていた。

(全ては、阿波守殿がしてくれたことだ)

まったく、家政はよく働いてくれた。婚姻騒動をはじめとする、徳川家康が征伐されるに足るだけの罪状を、労を惜しまず、死にもの狂いで拵えてくれたのだから。

（今度こそ、毛利が天下を取る。もう二度と、本能寺の過ちを繰り返してなるものか）

本能寺の変が起きた直後、撤退する羽柴軍に対して、吉川元春は追撃を主張した。しかし、もう一人の宿老、毛利両川の片割れである小早川隆景が、元春の意見を押しとどめたのだった。

小早川隆景は、さすがに天下の賢将である。あのときの判断が政治的、戦略的に鑑みて最も正しかったであろうことは、だれしもが認めるところだろう。

しかし、正しい判断が、常に正しい結果を呼ぶとは限らない。

あれから、毛利家はどうなったか。欠けた領地を恩着せがましく安堵され、本能寺のどさくさに紛れて勢力を拡大した徳川家康如きの下風に立たされ、小早川家は秀秋《ひであき》などという秀吉の甥《おい》を後継として押し付けられたことで毛利家から切り離され、国力は唐入りへの参戦によって散々にすり減らされた。

（あのとき、追撃をしていれば……）

本能寺の変から十八年、堅田は狂おしいほどに悔い続けてきた。あのとき、元春の策を受け入れ、秀吉の背後を全軍で突き崩したとすれば、天下を取っていたのは毛利家だったかもしれないと。

（私は、元春様の遺志を継ぐ。十八年前の追撃を、私の手でもう一度やり直すのだ）

全ては、堅田の読み通りに運んでいる。

西軍は豊臣家の本拠である大坂城を抑え、当主の豊臣秀頼を握っており、大義名分という点では家康より遥かに優勢である。また、兵力においても、諸大名を次々と傘下に組み込み、東軍（徳川方）に匹敵しつつある。

あとは、戦うだけである。家康さえ攻め滅ぼせば、毛利に逆らえる大名など天下にいなくなる。石田三成も、蜂須賀家政も、上杉家やほかの大名たちも、そのための駒に過ぎない。

（元春様、見ていてください。あなたが間違っていなかったことを、弥十郎めが世に知らしめてご覧にいれます）

表向きは少年じみた微笑をたたえる堅田の瞳に、煮えたぎる鉄のような野心の色がわずかに揺らいだ。

二

「敵軍、十万だと……」

大坂屋敷で報告を受けた家政は愕然とした。

毛利家を総大将として迎え入れた西軍はすでに十万以上にまで膨れ上がっている。

片や、家政が国許に残している兵力は、かき集めても四千あまりに過ぎない。阿波へ西軍が攻め込んでくれば、防ぐ手立てなどありはしない。

全ての前提が崩れた。

豊臣家を滅ぼし、徳川に天下を取らしめるため、家政はありとあらゆる手を打ってきた。しかし狙い通りに進んでいたはずの盤上は、堅田兵部の謀略によって一挙にひっくり返されてしまった。

家康が東征のため大坂を留守にすれば、三成は必ず挙兵する。

その際、阿波に残した蜂須賀勢によって、大坂の急所である海路を押さえ、西軍の背後を脅かす、というのが家政の策だった。

だからこそ、家政は東へ向かう東軍本隊には加わらず、代わりに嫡男の至鎮《よししげ》（千松丸）を陣代として、わずか十八騎の配下をつけて従軍させた。己が裏切らないことを示すための、実質的な人質である。

ところが、これらの綿密な策は、毛利家の参戦によって跡形もなく崩れ去った。蜂須賀家は、続々と上方へ集結する大軍勢の中で、逃げ場を失った孤軍となった。

（堅田兵部、あの男はなんのために、こんなことを……）

わざわざ家康と正面から争うような必然性がどこにあるのか。日本中の大名が東西に分かれた、このような大規模な戦乱が短期間で決するはずもなく、毛利参戦の末に待っているのは、かつて堅田自身が言ったように乱世の再来だけであろう。このような不合理極まりない、見返りの釣り合わない博打を、なぜ堅田ほどの男が選んだのか。

（……いや、理由などどうでもいい。それよりも、これからどう動くべきか考えなくては）

深い霧の中にいるような、なにひとつ見通すことのできない状況にあって、ただ焦燥だけがはっきりと形を成し、家政の目の前に横たわっている。

(こんなとき、親父殿ならどうするのだろう)

追い詰められるあまり、家政はそんなことを思い浮かべた。だが、すぐに無意味な仮定だと気づいた。小六がもし生きていれば、こんな大戦を招くまで、豊臣家を放置してはおかないだろう。わが身と引き換えにしてでも秀吉を諫め、唐入りを防ぎ、豊臣政権の強靱さを保つことに全ての力を注いだに違いない。

小六には、それを為すだけの力があった。しかし、もうこの世にはいない。まして家政に、小六と同じことができるはずもない。

(ならば、俺がすべきは……)

家政は顔を上げた。

(——決まっている。俺にできるのは、今も昔も、考え尽くすことだけだ)

しかし、そのためには時間が足りない。このままなにも手を打たなければ、考える間もなく阿波は攻め滅ぼされてしまう。

「法斎」

「御前に」

名を呼ぶとすかさず、法斎が次の間から現れた。家政はその姿を認めると、

「俺は病にかかったぞ」

といきなり言った。

「人に会うことはおろか、起き上がるのも難しいほどの大病だ。薬を飲み、無理にでも飯を食って力をつけねばならんが、とてもそんな気力はない。しかし……」

そこで、家政はわざとらしく咳をする真似をしてから、

「甘い物だけは喉を通る。そこで法斎よ、商人らの間を駆けまわって、菓子を買い集めてくれ。餅、饅頭、葛粽《くずちまき》、南蛮物……種類は問わぬ。特に美味かったものには褒美をたっぷり取らせると、そう触れてまわれ」

「承知致しました」

法斎はうなずき、即座に部屋を出て行った。

（これで、少しは時を稼げるか）

家政が重病だという噂は、商人たちの口を通してすぐに大坂中に広まるだろう。あとは、病を理由に西軍への参陣を引き延ばし、旗色を曖昧《あいまい》にしてとぼけ続け、その間に阿波を救う方策を練り上げる。

（俺はまだ足掻く。たとえ川の流れは変えられずとも、わずかでも流れを引き寄せるために考え、案じ、尽くせる限り手を尽くす）

蜂須賀家の置かれた現状は、絶望的といっていいものである。しかし、まだ打つべき手は残っている。なにも出来ずに諦めるしかない、そんな状況に比べれば、どれほどの苦境であっても絶望には値しない。まして諦観《ていかん》などもってのほかだった。

毛利輝元入城から二日後、稲田はようやく大坂の蜂須賀屋敷に辿り着いた。すでに西軍の水軍によって海路の封鎖は始まっていたが、地の利は阿波水軍にある。わずかな封鎖の緩みを突き、宵闇や明け方の隙を狙って、辛うじて大坂まで来ることができた。

「毛利のこと、真にござるか」

挨拶もそこそこに稲田が詰め寄ると、家政は力なくうなずいた。

「これから、どうなさるおつもりですか」

稲田はさらに問いを重ねた。もはや、東軍として阿波から大坂を牽制するという、当初の策は崩れた。家政は国主として、再び決断しなければならない。すなわち、

――東西、いずれに味方するか。

という問題である。

このまま徳川方の東軍に付き続けるのか、それとも三成の西軍に鞍替えをするのか、選択を誤れば、蜂須賀家など塵芥《ちりあくた》の如く吹き飛んでしまうだろう。

「幸い、国許に大きな動揺はありませぬ。また、海路においては阿波水軍が睨みを利かせておりますれば」

「阿波以外は？」

「それは……」

稲田は言葉に詰まった。現在の四国の状況は、決して楽観視出来るものではない。

四国を領する主な大名は、土佐の長宗我部家、讃岐の生駒家、伊予の藤堂家、加藤家などである。このうち長宗我部家を除けば、みな東軍に属していた。ならば、これらの大名と協力して長宗我部家を封じ込め、四国を制圧出来るかと言えば、実は難しい。

讃岐の生駒親正《ちかまさ》（比奈の従叔父）は、豊臣家における三中老という要職にあった。三成挙兵時に大坂の屋敷にいたところを、「三中老に火急の役目あり」という名目で大坂城へ呼び出され、罠だと察しながらも役目とあっては登城せざるを得ず、身柄を拘束された上、強制的に西軍へ鞍替えさせられてしまった。

藤堂家と加藤家は依然として東軍の立場を崩していないが、当主の率いる主力軍は家康と共に従軍している。留守居の兵力だけでは、いまや大軍勢となった西軍の侵攻を防げるものではない。

要するに蜂須賀家のみが、四国における唯一の東軍勢力だった。

「阿波一国、わずか四千あまりの兵力では、西軍十万に抗《あらが》いようもない。まったく、なにもかもが裏目、裏目だな」

「いっそ……」

稲田はそっと声をひそめた。

「西軍に鞍替えするという手もござる。阿波を守り、蜂須賀の家を残すためには、手段を選んではおられませぬ」

「西軍が勝てるとは思えん」

たしかに兵力の上では、西軍は東軍にも匹敵する。だが、所詮は無理やりにかき集めた寄り合いの軍勢に過ぎない。三成以外の大名たちが、はたしてどれほど必死に、豊臣家のために働くだろうか、と家政はあくまで懐疑的な見解を示した。

「総大将の毛利からして、豊臣家に恩義や忠心を抱いているかといえば怪しいものだ。そのような戦意も結束も曖昧な軍勢が、あの老練な内府（家康）に勝てると思うか」

「戦の勝敗は時の運にござる。いかに相手が戦玄人であっても、これほどの兵力を擁する西軍であれば、巡り合わせ次第で大番狂わせもあり得ましょう。むしろ、我らの働きによって西軍を勝たしめるのです」

「至鎮は、死ぬぞ」

蜂須賀家が西軍についたという報せが東軍に届けば、家政の息子、蜂須賀至鎮は必ず殺される。至鎮に従う兵力はわずか十八騎に過ぎず、斬り捨てたところで家康はなんら痛痒《つうよう》を感じないばかりか、かえって東軍諸将の統率を引き締めることになるだろう。

「殿……」

稲田の顔が、悲痛に歪む。

至鎮はもう十五歳になる。

――御面色黒く御背高く
と『尊語集』にあるように、体格には家政の血が濃く出ているが、性根はむしろ母親の比奈に似た、素直で慈悲深い若者だった。稲田は傅役《もりやく》として、至鎮を我が子のように育ててきた。至鎮と過ごした、ありふれた日々の記憶が、滑稽なほど鮮やかな光彩を放ちながら、次から次へと稲田の目の前に浮かび上がる。

(西軍につけば、あの若君は死ぬことになる)

それを思うと、稲田の胸は締め付けられるように痛んだ。しかし、必死で躊躇を振り払い、家政を正面から見据えた。

「大名たる者は、ときに非情なる決断をせねばなりませぬ。若君も、武門の子として生まれた以上は覚悟していただかなくてはなりますまい」

「気に食わないな」

家政はにべもなく吐き捨てた。

「それで西軍が勝てばまだしも、負ければどうなる。せがれを無駄死にさせ、国を戦火に巻き込んで荒廃させ、蜂須賀家まで滅ぼして……至鎮にも親父殿にも、俺のために死んでいった者どもにも、泉下《せんか》で会わせる顔がない」

東軍に付いても、西軍に付いても、蜂須賀家は滅んでしまう。家政に残された選択肢は、抗って死ぬか、降って死ぬかの二択でしかない。

「しかしながら、よくお考えくだされ。東軍に与さば畢竟《ひっきょう》、阿波は灰塵《かいじん》に帰しましょう。されど西軍なれば万に一つであろうと、勝利の目もあり申す」

稲田は膝を進めて迫ったが、家政はうなずこうとしない。

「たしかに、事を為すためにはなにかを賭けなければならないときもある。失う覚悟なくしては、得られないものもある。しかし、俺自身の企てによるものならともかく、堅田が仕組んだこんな無謀な挙兵のために、大事な国や子を賭場に放り込めるか」

「されど、殿……」

「そんなことになるくらいなら、いっそ自ら……」

そこまで口にしたところで、家政の顔つきが変わった。

大きく見開かれた瞳が、中空の一点をじっと見つめている。憑《つ》き物にかかったような異様な表情のまま、家政は身じろぎさえせず、死人の如く沈黙を続けた。

「殿……？」

尋常ではない主人の様子を訝しみ、稲田が声をかけた直後――。

「……あった」

うわ言のように、家政は呟いた。

一つだけ、手がある。

国を焼かれず、息子も死なず、蜂須賀家も滅びない。それらを成し得る方法が、ただ一つだけ存在する。

（だが、いかにも際どい）

一歩でも踏み外せば、なにもかも瓦解する。それはあまりにも脆《もろ》く、危うい、曲芸のような策だった。

しかし、ほかに道はない。ならば、覚悟を決めなくてはならない。阿波を救いたいと思うのなら、躊躇している暇などありはしなかった。

「左馬亮」

「は」

「至鎮の許へ向かえ」

唐突な命令に、稲田は妙な顔をしたが、構わず家政は続ける。

「関所は、すでに西軍が固めている。それを抜けられるのは、川並衆上がりのお前ぐらいのものだ」

他家ならば、無謀というほかない命令だろう。しかし蜂須賀家にはすでに前例があった。

『寛政譜』によれば、家政は西軍が挙兵した直後、川並衆出身の太田彦兵衛《おおたひこべえ》という男を密かに東軍陣中へ送り込み、大坂の状況を報せているのだ。

かつて「乱」と称され、潜入工作に従事した川並衆の技能はいまだに生きている。

「しかし、なんのために？」

「俺は死ぬかもしれないからな」

どこか他人事《ひとごと》のような軽々しさで、家政は言った。

「だが、後継ぎの至鎮さえ無事なら、お前たち家老衆の後見によって、阿波の治世はひとまず保てるだろう。万が一、東軍が敗れるようなことがあれば、お前が至鎮を戦場から落とせ」

「殿は、いったいなにを……」

「天下を化かすのさ。それ以外に蜂須賀家を、阿波を生き残らせる道はない」

そう口にしたとき、家政はいつものように生意気で、ふてぶてしい、人を食ったような笑みを浮かべていた。

恐れる気持ちはある。だが、不思議と迷いはなかった。国主として己がなにをすべきなのか、家政にははっきりと見えていた。

もはや、霧の中にはいない。

稲田を部屋から送り出すと、家政は次に比奈を呼び寄せた。

「ご出陣ですね」

家政の顔を見るなり、比奈は嬉しそうにそう言った。

「なぜ、そう思う」

「さあ、なんとなくかしら」

「相変わらずいい加減なやつだ」

家政は苦笑してみせたが、内心、

(強い女だ)

と目を瞠《みは》るような思いがしていた。

国も、家も、息子も、自分の命でさえも、明日になれば、全て失っているかもしれない。しかしこの期に及んでも、比奈はいつものように、呑気なほど明るく振る舞っている。

「比奈」

「はい」

「稲田左馬亮が、こちらに来たときの船がある。屋敷の女たちを連れて、阿波水軍の手引きで国許へ逃げろ。お前たちの身柄は、福聚寺の兄上が匿《かくま》ってくれるだろう」

毛利水軍の警戒を切り抜けられるかは、賭けである。だが、このまま大坂屋敷に留まっていれば、比奈は間違いなく人質として捕らえられてしまう。場合によっては、女といえども殺されかねない。

もっとも、家政にそのようなことを説明されても、比奈はまるで動じる気配を見せない。

「私も武家の女です。覚悟はできております」

「それは羨ましい」

家政は苦笑し、比奈の前に右手をかざした。

大ぶりな掌は、ぶるぶると小刻みに震えている。無論、その原因は一つである。

「見ろ、この期に及んでも、俺はこのざまだ。今にはじまったことではないが、我ながら恥ずかしいことだ」

「恥じることなどありませんよ」

比奈は静かに微笑み、震える家政の手を、たおやかな両手で柔らかく包み込んだ。

そこで家政は、はっと気づいた。

比奈の手も、震えている。掌は家政よりも遥かに冷たく、まるで氷のようだった。

それでも彼女は、いつものように明るく微笑んだ。

強くなどはない。ただ、比奈も家政と同じように、強くあろうとしているだけなのだ。

「ご武運を、家政様。私はあなたの国で、帰りをお待ちしております」

「……ああ」

家政はうなずき、比奈の手を強く握り返した。

三

翌日、家政は大坂城に登城した。再三にわたる西軍への参戦要請を、病と称してのらりくらりとかわし続けていた家政が、一変したように自ら城へ参ったというので、城内は騒然となった。

大坂中が臨戦態勢となっているなか、家政は具足も陣羽織もつけずに平服のまま、藍色の華やかな頭巾《ずきん》を深くかぶり、茶人のような格好で現れた。

「蜂須賀阿波守、参上仕りました」

家政が通された西の丸の広間では、十人ばかりの武将が居並んでいた。上段には西軍の総大将である毛利輝元が座し、その傍らに石田三成、堅田兵部などの姿も見える。

彼らの前で、家政は平伏し、じっと頭を下げ続けている。

「いかがなされた、面《おもて》を上げられよ」

戸惑った輝元が声をかけたが、家政はなおもひれ伏し続け、その姿勢のまま存念を語り始めた。

「私は、恐れ多くもお招きに応じず、邸内に伏せっておりました。ようやく病も癒《い》え、このたび登城すること叶いましたが、豊臣家にお引き立ていただいた身であり、また御家の危機でもありながら、かように不忠なる振る舞いを仕出かしたこと、ただただ恥じ入るばかりであり、とても皆様に顔向けができませぬ」

「そう悔いることはありませんよ、阿波守殿」

と言ったのは、堅田である。

「過ぎたことは過ぎたことです。あなたが大義に目覚め、老奸《ろうかん》たる徳川を討つべくこの場に馳せ参じたことこそ、なによりも貴《たつと》いのです。そうではございませんか、輝元様」

「うむ」

輝元も堅田の言葉に同調し、大きくうなずいた。

「兵部の申す通りである。これまでのことは不問と致すゆえ、我らが義軍に加わり、奸賊輩《ばら》を討ち滅ぼすべく戦場で励んでいただきたい」

「過分な御沙汰痛み入ります。されど、それでは私の気が収まりませぬ。この阿波守、度重なる不忠不埒《ふちゆうふらち》の償いとして、かくなる上は……」

いよいよ、芝居の幕を上げるときがきた。

西軍諸将の視線を一身に集めながら、家政はゆるりと上体を持ち上げた。ようやく露わになった顔は、ふてぶてしい笑みに満ちていた。

やがて、拍子抜けするほど淡々と、その言葉は口を飛び出した。

「かくなる上は阿波十七万五千石、その一切を豊臣家にお返し致します」

この場にいる誰もが、その意外過ぎる宣言に息を呑んだ。

阿波を、自ら捨てるというのである。

「阿波守殿、なにを馬鹿な……」

「もはや阿波守ではございませぬ」

言うなり、家政は自らの頭巾をつかみ、その場に放り捨ててしまった。驚きどよめく諸将らの前に、真新しい坊主頭が露わになっている。

「ただいまよりは、私は国主を辞したただの隠居、号を蓬庵《ほうあん》と申します。これよりは高野山《こうやさん》へ上って蟄居《ちっきょ》し、己が罪を省みたく存じます」

それは、事実上の中立宣言だった。

――是《これ》に於《おい》て潔《いさぎよ》く國土《こくど》を返して身を雲水《うんすい》に託し、徳川豊臣両家に關《かん》せざるに若《し》かず（『尊語集』）

国を捨て、大名を辞した一隠居ならば、西軍の軍事行動に与する謂《いわ》れはない。与しなかった以上は東軍の陣中にいる至鎮は殺されずに済むであろうし、西軍は阿波国を無償で接収するため領内が兵火に脅かされることもない。

国を守るために、国を捨てる。一見、矛盾しているようだが、阿波を守るためにはこれ以上ない一手だった。家政は、前もって御用商人である魚屋道通《ととやどうつう》の屋敷で頭を剃り上げ、頭巾をかぶって白々しく登城し、この場に居並ぶ諸将をあざやかに化かしてみせた。

しかし、あざやかに過ぎた。あまりに出来過ぎた舞台は、かえってある種の人間の神経を逆なでることがある。

「我らを愚弄《ぐろう》するか、家政」

怒声を上げたのは、西軍挙兵を画した張本人、石田三成である。

「お前の魂胆など見え透いている。誰も彼もが、お前の筋書き通りに踊ると思うな」

三成は立ち上がって歩み寄り、家政の前に来ると、刀の柄に手をかけた。

「選べ。我らに味方するのか、それとも徳川に与するのか、今ここで、旗色を明らかにせよ」

「佐吉」

家政は、すぐにでも斬りかかりそうな三成に向かって、

「お前には斬れないよ」

と冷ややかに言った。

「試してみるか」

三成は刀を引きつけ、鯉口《こいぐち》を切った。やがて、今にも白刃を抜き放ちそうになったとき、

「お待ちください、石田殿」

堅田兵部が、厳しい声音《こわね》で押し留めた。

「身勝手な振る舞いは、慎まれますように。蜂須賀家の処遇について、あなたの独断を認めるわけにはは参りません」

「し、しかし……」

「阿波守殿、いや蓬庵殿、ひとまず別室にお下がりいただきます。この一件、評定の末、追って沙汰を下すこととなりましょう」

「御意のままに」

家政は深く拝礼し、戸惑う三成を尻目に悠々と退室した。

そう、はじめから三成には斬れないのだ。あくまでも西軍の総大将は毛利輝元であり、輝元がうなずかない限り、家政の身の安全は保障される。

輝元自身の考えは、家政にはよくわからない。だが、その側近である堅田兵部が、ここで家政を殺すような愚を犯すはずがなかった。

罪を省み、阿波を捨てて隠居するなどという家政の言い分は、誰の目にも明ら

かな詭弁《きべん》であり、作意の見え透いた狸芝居である。

しかし、この場で家政を殺せばどうなるか。

阿波に残された蜂須賀勢は、一兵一卒に至るまで、こぞって西軍に歯向かうだろう。だが、蟄居による中立を認めてやれば、その征伐に無駄な兵力を割くことなく、要所である阿波を労せず手に入れることができる。どちらが西軍にとって有益かは明白だった。

(しかし、狙い通り隠居を呑ませ、中立を認めさせたとしても、それだけでは済むまい)

あの堅田兵部が、このまま蜂須賀家を野放しにするなどありえない。相容れぬ者同士ではあったが、それだけに家政は誰よりも、堅田の才覚を認めていた。

(ともあれ、俺は舞台から降りねばならん。狸芝居の続きは、左吉に委ねるほかないな)

それから数刻後、蜂須賀家の阿波返上が認められ、家政の望んだ通り、高野山での蟄居が命じられた。

家政の蟄居により主が失われた阿波は、毛利家を中心とする西軍部隊によって占拠、接収された。

これに伴い、蜂須賀の家臣団は西軍の指揮下に組み込まれるはずであったが、家老たちがあれこれと理由を構えて、なかなか兵を引き出そうとしない。

「されば、私が参りましょう」

と、堅田兵部が交渉役として名乗りを上げた。堅田は議論巧みに家老衆を誘導し、言葉尻を捉え、まずは数百の小部隊を大坂へ送らせることを認めさせた。

堅田の考えるところ、兵数などは問題ではない。とにかく、蜂須賀家から西軍に援兵を出させ、戦闘に参加させてしまうことが肝要だった。そうなれば、いかに当主の家政が蟄居を続けたところで、中立などという言い訳は通らなくなる。

蜂須賀家の家老たちも、それがわかっているからこそ、なんとか出兵を引き延ばそうとしてきたのだろう。

（しかし、無駄な足掻きだ。もとより、天下の大名のいずれもが東西に分かれている中で、蜂須賀家のみが中立を保とうなどというのが、絵空事《えそらごと》でしかないのだ）

それから数日後、海路を越え、阿波から蜂須賀家の援兵が到着した。だが、その指揮官を見るなり、堅田は思わず顔をしかめた。

（これは……）

兵を率いてきたのは、六十過ぎの老人だった。しかも、大将のくせに騎馬にも乗らず、陣羽織もつけず、ただ古びた具足に陣笠、金の輪貫《わぬき》に切裂《きつさき》の指物、それに采配一本を携え、まるで兵卒のような格好で現れたのである。

「蜂須賀家家臣、法斎と申します」

老人は、行儀よく頭を下げた。

（まさか、こうもあからさまな捨て駒を送ってくるとは）

堅田はますます苦りきった。もし東軍が勝利すれば、家政はこの西軍への援兵協力を「家臣の一人が勝手にしたこと」といって責任をこの老臣一人に押しつけ、死罪か追放に処して切り捨てるつもりなのだろう。

（そう思い通りにやらせるものか）

堅田は「遠路はるばる来ていただいて申しわけありませんが……」といかにもすまなそうに、名の通った者でなくては、諸将が納得せぬということを法斎に説いた。

「お連れいただいた兵は、私が預かりましょう。されど、大将としては是非、家老の中村右近殿、さもなくば山田織部殿か林図書殿を寄越されたい。彼らのように音に聞こえた武辺者をあえて出さぬとあれば、西軍諸将が蜂須賀家に対し、あらぬ疑いを抱かぬとも限りませぬ」

無論、これは建前である。言外に、「次もおかしな者を寄越せば、逆心有りとして征伐するぞ」という脅迫を込めている。

ところが、法斎はこの申し出を鼻で笑い、

「右近や織部めが、なにほどのことがありましょうぞ。阿波一国を逆さに振ったところで、この法斎以上の武辺者はおりませぬわい」

と、先ほどまでの穏やかな様子とはうって変わった、荒々しい語気でまくしたてた。さらには、

「お疑いなら、この感状をご覧あれ！」

と塩辛声で叫びながら、叩きつけるようにして堅田に手渡した。

（哀れな老人だ）

堅田は呆れた。主人から武功を賞された証である感状は、武士にとって得難い名誉であろう。しかし、それがたった一枚あったところで、到底、中村や山田ほどの武名に及ぶはずもない。

堅田は「読み上げなさい」と言って、感状を近習に手渡した。あまりにも狸芝

居が見え透いていて、自ら読むのも億劫だった。

「去《さる》十四日、刀根坂《とねさか》にて追崩《おいくずし》の砌《みぎり》、雑兵首《ぞうひょうくび》三つ並びに山崎長門《やまざきながと》討取《うちとり》し功、真に粉骨比類無く……」

近習は、よく響く声で朗々と読み上げていく。だが、その声は徐々に震えを増していき、やがて喉がつかえて絶えだえになり、読み終わる頃には命じた堅田ですら蒼白になっていた。

感状の差出人は、織田信長。そして、それを与えられたのは……。

「高木左吉義清《よしきよ》。感状を頂いた頃は、そう名乗っておりました」

法斎は、小さく頭を下げた。

織田家屈指の馬廻り、高木左吉。信長草創の功臣として、その武名は天下に隠れもない。

「あの高木左吉が、なぜ蜂須賀家などに……」

常になく狼狽した堅田は、やっとのことでその一言を絞り出した。

「二十五年前に、戦で右腕を痛めてしまいましてなあ」

それは、槍働きによって主君を守る馬廻りの役目が、到底担えなくなるほどの大怪我だった。右腕が不自由になり、満足に槍を握ることもできなくなった彼は法斎と名乗りを変えて隠居し、家督も高木左吉の名も縁戚の河合政清《かわいまさきよ》に譲ってしまったのだという。

「あのまま、故郷に戻って隠居暮らしも悪くないと思いましたが」

法斎はそこでにやりと笑い、

「しかし違《たが》えるわけにも参りませぬからな。あのお方を、一人前の武士にするのだという約束を」

その顔つきに、恐れはなかった。怯えも、迷いもなかった。

望み通り蜂須賀家を救えたとしても、この老臣に待っている運命は破滅でしかない。だというのに法斎はまるで晴れ舞台に臨む役者のように、炯々《けいけい》と眼を輝かせている。

それはまさしく、馬廻りの顔だった。己が主と定めた者を、身を挺《てい》して守ることこそ本懐とする、そういう男だけが浮かべる表情だった。

啞然とする堅田の前に、法斎はずいと一歩踏み出した。

「それで堅田殿、たしか名の知れた者でなければ、諸将が納得せんのでしたな。阿波にそれがしより高名な将がおるのなら、是非ともその名をお聞かせ願いたいものでござるが」

返す言葉があろうはずもなかった。中村、山田、林とて世に鳴り響いた武辺者だが、高木左吉と並べられれば、虎の前の猫と変わらない。

「……蜂須賀勢は、北陸の抑えに加わっていただく」

苦い顔で、堅田はそう答えるほかなかった。

「承《うけたまわ》り申した。なにとぞ、よろしくお引き回しくだされ」

法斎はゆったりとした温和な物腰で、丁寧に頭を下げた。

四

その後、石田三成ら西軍主力は近江、美濃、伊勢に兵を展開し、東方への侵攻に努めた。

東軍もまた、西軍を討つべく反転して西進している。両軍の激突は間近であった。

その間、堅田は大坂に留まり、兵糧の手配など後方の事務を進めていた。

――勝てる。

と、堅田が何度も思ったほどに、大勢は西軍にとって優勢なものだった。

東軍は、反転に際して軍を二手に分けたが、その一方は西軍の真田《さなだ》家によって足止めをされている。

さらには東軍最大の友軍勢力である、五大老の一角、加賀《かが》前田家も、西軍の丹羽家に大きな打撃を与えられたことで、家中の士気が乱れ、北陸での停滞を余儀なくされている。

各地の西軍勢力の抵抗によって、東軍はその強大な兵力を十分に前線へ送り込めないでいる。

（徳川様は天下人に値する英雄でしょう。恐らくは、十八年前に毛利軍が討ち漏らした秀吉様と同じように。――だがその英雄を、毛利が倒す）

石田三成率いる西軍の兵力は八万を優に越えており、対する東軍のそれは七万あまりでしかない。

その西軍の中核を担うのは二万の毛利軍であり、その軍配はあの吉川元春の子、広家が握っている。

また、現在では毛利の分家という性質は薄れているとはいえ、秀吉の甥であり、一時は豊臣家の養子であった小早川秀秋も一万五千の大軍を引き連れている。

徳川家康という英雄を、吉川、小早川という毛利一門の軍勢によって突き崩す。たとえ家康がどれほどの戦玄人であろうと、兵力差からすれば、西軍の勝利はもはや揺るぎない。

(勝つだけの手は尽くしてある)

微塵も疑うことなく、堅田はそう確信していた。

慶長五年九月十五日、東西両軍は、美濃関ヶ原《せきがはら》の地でついに激突した。

しかし、その決着は実にあっけないものだった。

わずか半日で、西軍が敗北したのである。

「嘘だ」

大坂城に届いた敗報を、堅田はにわかには信じられなかった。負けるはずがなかった。関ヶ原に送られた西軍本隊は兵力において東軍を圧倒していたはずであり、なにより両軍合わせて十五万という大勢力のぶつかり合いが、わずか半日で終わるなどありえるはずがなかった。

だが、さらに続々と戦場からの報せが入ってくると、徐々に状況がわかってきた。

毛利が、動かなかったのである。

毛利軍の軍配を握る吉川広家がひそかに東軍へ内通し、家康の本陣をいつでも突ける位置にありながら、理由をつけて軍勢を押し留め、戦の決着まで一兵も動かさなかったというのである。

さらに小早川秀秋に至っては、戦の最中でにわかに旗色を変え、味方の西軍に向かって全軍で襲いかかった。この男もやはり東軍に内通していたらしく、この裏切りによって西軍の敗北は決まったといっていい。

西軍を敗北させたのは、こともあろうに、総大将である毛利の軍勢だった。

堅田は、呆然と天井を見上げた。

なにが起こったのか、頭では理解できていても、感情が追いつかない。洞の中にいるような空虚さだけが、堅田の心を占めている。

やがて、その中から沸き起こってきたのは、狂しそうになるほどの激しい怒りだった。

（おのれ、広家……）

堅田は青白い顔を伏せ、血走った双眸を吊り上げた。

吉川広家、あの元春の後継ともあろう男が、なんたるざまか。広家が軍を動かしさえすれば、毛利のもとに天下が転がり込んできた。主家の為を思うのなら、なにをすべきかは明白ではないか。

小早川秀秋も、秀吉の甥でありながらどういう了見であろう。家康討伐は輝元や三成の私戦ではなく、豊臣秀頼の許しを得て行った公戦である。この戦が豊臣家の意を受けている以上、豊臣の子である小早川秀秋などは、誰よりも必死に西軍として戦うべきである。

「武士の風上にも置けぬ、畜生にも劣る不覚人どもめ……」

憎悪と怨嗟《えんさ》に満ちた声が、震える唇の隙間から低く漏れた。なにもかもが手遅れだとはわかっていた。ほんの数日前まで、たしかに見えていた毛利の天下は、二度と手の届かないところに消え去ってしまった。

それでも、堅田は口にせずにはいられなかった。怒りだけが、辛うじてその精神をこの世に繫ぎとめていた。

それから間もなくして、毛利家は東軍に対して降伏し、領国八カ国のうち二カ国のみ安堵、百二十万石からわずか三十七万石への大減封という処分が下された。

大坂城を退き、城下の屋敷に移った堅田の許に、その処分を伝えに来たのはほかでもない、

「まさか、こういう形でまた会うことになるとはな」

蓬庵――蜂須賀家政だった。

敗報が入った直後、毛利家をはじめ生き残った西軍大名たちは、東軍へ降伏交渉するための伝手《つて》を欲した。この役目に、息子が東軍に従軍しており、徳川家と縁戚関係を結んでいる家政は誰より適任であり、毛利輝元らの要請によって諸将の周旋を務めることとなった。

「ところで堅田殿、なぜ西軍が負けたかわかっているか」

「……吉川、小早川の不心得がため」

堅田は亡者のように覇気の失せた顔つきをしていたが、しかしその言葉だけははっきりと、深い恨みを滲ませて呟いた。

「ほう、つまりあの二人の所為《せい》で負けたと、そう言いたいのか」

「ほかにどんな訳がありましょう。毛利両川の家名を継ぐ身でありながら裏切るなど、あってはならないことです」

「違うな、堅田殿」

家政はかすかに笑った。

「まだ気づかないのか、たしかに、直接の敗因を作ったのは吉川と小早川の裏切りだ。では貴殿は、その二将が裏切らないために、なにか手を打ったのか？」

一瞬、堅田は目を丸くした。考えもしなかった、という顔だった。

それはそうだろう、と家政は思った。堅田にとって、よもや毛利両川を継ぐ者たちが裏切るなど、あってはならない、あり得るはずがないことだった。

しかし、現実にそれは起こった。

「前にも言ったはずだ。この世には、尽くされて当然の主もいなければ、尽くして当然の臣下もいないのだと。貴殿はもっと考えるべきだった。極限まで考え、案じ、手を尽くし続けなければならなかった。その責を、貴殿は自ら放り出したのだ。武士はかくあるべきなどという、他人のこしらえた下らない物差しに頭を委ねてな」

小早川と吉川の心を繋ぎとめたいのなら、それ相応の手を打たなければならなかった。必要とあらば、家政に対してそうしたように、騙してでも戦うよう仕向けるべきだった。

しかし、堅田はそれをしなかった。これほどの策士が、毛利という身内に対しては、驚くべきほどに無策であり無思慮であり、赤子のように無邪気に、その忠誠を信じきっていた。

「ならば、あなたは」

堅田は視線をゆっくりと持ち上げ、

「家政殿、あなたは東軍を勝たせるためになにをしたというのです」

「毛利両川か」

家政は堅田の問いには答えず、まるで違うことを口にした。

「吉川に小早川、まったくあつらえたようだとは思わないか」

「いったい、なにを言っているのです」

訝しげに問い返す堅田に対し家政は、

「まだ気づかないのか」

と呆れたような声を上げた。

「それとも、俺が誰だかもう忘れてしまったか。いいか堅田殿、俺たち川並衆はな、〝川〟の流れを手繰り寄せ、舳先を導く術を知っているのだ」

その言葉に、堅田は顔色を失った。

「ああ。毛利両川の流れ、少々こちらに引き寄せさせて貰った」

「まさか……」

家政のしたことは、ただ一つ。

東軍の蜂須賀至鎮の許へ向かうはずだった稲田左馬亮を、出立の直前に吉川、小早川両名の許へ立ち寄らせ、自身の行き先を秘かに告げさせたのである。

吉川も小早川も、驚いたことだろう。

事ここに至っては、三成に与し、家康と戦うしかない。そう思っていたであろう矢先に、西軍の検問を突破し、東軍に内通の意を伝えることができる手段が、目の前にぶら下げられたのである。

その誘惑は、抗い難い。

両名は稲田の伝手を使い、蜂須賀家の縁戚である東軍大名、黒田長政に取り次がせた。その後の内応工作は黒田や家康がやったことで、家政はただ、きっかけを作っただけに過ぎない。

ともあれ家政は、川並衆の滅びつつある古びた技能によって、流れをほんの少し手繰り寄せ、最後に天下の大戦をも化かしきった。

「解せませぬ」

抑揚のない、怒りを無理に抑え込んだような声が、堅田の口から漏れた。

「小早川めが、東西どちらが勝ってもいいよう、保身のために内通をしたのはわかります。しかし吉川は、なぜ毛利家を欺《あざむ》くような真似を……」

「己の言葉には責任を持った方がいいな」

家政はくすりと笑った。

「天下を望むつもりなどない。望むのは毛利の安寧ただ一つ。そのためならば、徳川に天下を譲り渡すことも厭わない……貴殿はかつて、自分でそう言ってのけたはずだ。あれは、俺を騙すための建前だったかもしれないが、しかし理には適っている」

吉川広家は、あくまで毛利家を守るために動いたのだろう。ただ、その手段が堅田とは違っていた。広家が自分とはまるで別の色の旗を背負っていたことに、堅田は最後まで気づけなかった。

「……しかし、家政殿」

堅田は弱々しくかぶりを振るい、言った。

「たしかに、あなたは勝った。あなたの打った手はことごとく実を結び、私はそれを見抜けなかった。しかし、どれほど周到であっても、戦に絶対ということはない。あなたが、今の私の位置に立たされることも、十分にあり得たはずです」

「ああ、その通りだ」

家政はあっさりと首肯した。

事実、堅田の言う通りでもあった。狙い通り内通を約したとしても、吉川や小早川が戦場で心変わりしてしまう可能性は十分に考えられた。ほんのわずかな歪みやずれで、戦の勝敗など簡単に入れ替わる。

「だが俺は、貴殿のように敗北を他人の所為にしたりはしない。たとえ敗れたとしても、この戦の負けは俺のものだと、そう心から言いきれるだけの考えを巡らし、手を尽くす。敗戦の責任を取るという、将たる者の最後の誉れを、みすみす他人に譲ったりするものか」

そこで、家政は改めて堅田を見据え、

「――吉川元春殿も、そうだったんじゃないのか」

と言った。

「あなたに、あのお方のなにがわかる！」

「さあな、なにもわからんよ」

悲鳴のように叫ぶ堅田に、家政は平然とした態度で応じた。

「俺には、元春殿の考えなどはわからぬ。だが、あの男がなにをしたかは、よく知っているつもりだ」

家政の頭にあったのは、伯耆馬ノ山の陣での情景だった。

あの戦で吉川元春は、家政によって出し抜かれ、撤退を余儀なくされた。しかし、その敗勢の中にあっても、元春は周到に、冷徹なほどに手を尽くし続け、最善へとにじり寄ることを怠らなかった。

「刀折れ矢尽き、誇りが泥にまみれようが、まだまだ俺たちの戦は終わらない」

それは堅田へというよりも、家政自身に向けた言葉だった。

石田三成は、東軍に捕らえられて処刑された。

高木法斎は、蜂須賀家に累を及ぼさぬため、自ら姿を消した。

旧友を見捨てて死に追いやり、老臣に反逆の汚名を着せて追放した。これ以上ない悪徳に、家政の両手は染まりきっている。

だが、たとえ死者への罪悪感に苛まれようとも、己への嫌悪に押しつぶされそうになろうとも、逃げることなど許されるはずがない。

「人の上に立つ者が、そう簡単に戦から逃げられるはずがない。貴殿が本当に元春殿の遺志を継ぐというのなら、たかが策を誤り、主家を傾かせたくらいのことで、全てを投げ出して死ねるなどと思わないことだ」

家政の言葉を聞く堅田は、相変わらず虚《うつ》ろな目をしていた。だが、死人のようだった顔に、わずかに血の気が差したようにも見えた。


後日、堅田には次のような処分が下された。

――関原《せきがはら》一件ニ付《つき》御不審有之者ニ付、証人《しようにん》ガ為《ため》江戸ニ召寄置《めしよせおき》候《そうろう》（『福原家譜』）

関ヶ原の戦いに首謀者として関わった疑いがあるため、江戸に呼び寄せ、その身を留め置く、というものである。

だが、この処分を下した家康の狙いは、別のところにある。毛利家は、戦後の大減封処分によって、家臣の大半が牢人として主家を追われた。また、毛利家に残った者たちも、禄高の大幅な削減を余儀なくされた。

その憎しみを、徳川家から逸らし、堅田兵部に集中させようというのである。挙兵を企てた張本人として、家を傾かせた奸臣として、生涯にわたって汚名を背負い、その身を生きたまま晒され続ける。武士にとっては死罪などより、遥かに残酷な刑罰といえるだろう。

堅田はこののち、毛利家の国政に復帰することはなく、五十五歳で病没するまで、身柄を江戸に拘束された。しかしその扱いに一度も抗議することなく、粛々として処分に従い続けた。その様は、晩年を自ら虜囚として過ごした吉川元春の最期に、わずかながら似ているようでもあった。

五

関ヶ原の戦いにおける戦後処理によって、阿波は蜂須賀家に返還され、蓬庵こと蜂須賀家政も帰国を許された。ただし、名目だけとはいえ家政が隠居してしまった都合上、阿波の受取人はわずか十五歳の新当主、蜂須賀至鎮だった。

家政らが徳島に帰ると、家来や領民は盛大に踊りまわってその無事を祝した。堅物の稲田もこのときばかりは大いに喜び、意外にも達者な幸若舞《こうわかまい》などを披露した。

だが、この日の家政はその祝賀の輪に長居せず、天守から皆の喜びようを静かに眺めていた。

「これが、俺たちの国だ」

そう独りごちた言葉が誰に向けてのものなのか、家政自身にもわからない。石田三成か、高木法斎か、あるいは堅田兵部や蜂須賀小六に向けてのものだろうか。

もっとも、誰に対してであろうと、家政はこれから同じことを言うだろう。決意の言葉は、語る相手を選ばない。

「俺は、この国をもっと豊かにする」

そう言って、家政は呑めもしない酒を盃に注ぎ、一息に喉へ流し込んだ。

「だが、それは償いのためなどではない。ただ、俺は俺のやりたいままに、目指し続けた藍色の国を、築いて、紡いで、守っていくだけだ」

緩み始めた口ぶりで喋り尽くした挙句、家政はその場に寝ころんだ。朦朧《もうろう》とする意識に城下の楽しげな声が混濁する。やがてすべてが、まどろみの中へと溶け込んでいく。

——お前は何者だ。

ふと、耳の奥で懐かしい声がした。

かつては答えることの叶わなかった、自らへの問いかけ。しかしいまの家政は、奇妙なほどに落ち着いた心持ちで、少しも迷うことなく答えることができた。

「俺は阿波の国主、蜂須賀家政だ」

こうして滅びを免れた蜂須賀家（徳島藩）は、豊臣家屈指の古参大名でありながら、江戸期を通じて存続した。家政が入国以来、生産を奨励してきた藍染めは徳島の名物となり、二百五十年の長きにわたって藩財政を支え続けた。

その後、明治維新によって武士の時代が終わり、関ヶ原の勝者となった徳川幕府も、大名としての蜂須賀家も、まるで狸が見せた幻のように、綺麗さっぱりと消えてなくなった。

しかし、徳島城落成のときの、あの祝いの踊りだけはその後も絶えることなく受け継がれ、阿波踊りとして現在も人々に愛されている。

――阿波の殿さま蜂須賀さまが　今に残せし阿波踊り

というこの踊りの囃子を家政が聞けば、どのように思うだろう。

「別に、俺が残したわけじゃないさ」

などとそっぽを向き、しかしどこか愉快そうに、餅でもつまみながら答えるかもしれない。

特別書下ろし短編

雀《すずめ》は百まで

一

遠くから、法師蟬《ほうしぜみ》の鳴き声が聞こえている。庭の枝垂《しだ》れ柳は、薄黄色に染《そ》まった葉をさらさらと風に揺らしていた。

薄雲のたなびく秋空の下で、二人の男が、反甫槍《たんぽやり》を手に対峙《たいじ》している。一方は、大柄な体つきをした柔和《にゆうわ》な青年、もう一方は、眉《まゆ》も髭《ひげ》も真っ白な老入道だ。

「さあ、参られませい。宗心《そうしん》が存分にお相手仕《つかまつ》る」

宗心と名乗った老入道が、落ち着き払った様子で声を掛《か》ける。青年は小さくうなずくと、それまでの穏《おだ》やかな微笑を消し去り、踏み込みと同時に突きを繰《く》り出した。

木と木が打ち合う、乾《かわ》いた音が庭に響く。

青年は目まぐるしく立ち回り、あらゆる角度から次々と槍を繰り出す。しかし、その息もつかせぬ攻撃を、宗心はその場からほとんど動かず、軽々とかわし、いなし、打ち払っていく。

「踏み込みが、浅《あそ》うござる」

言うが早いか、宗心は一足で距離を詰《つ》めると、鉄板を刺《さ》し貫《つらぬ》くような凄《すさ》まじい突きを放った。腹部を正面から突かれた青年の長躯《ちょうく》は、いともたやすく倒された。

「戦場では、重い具足を纏《まと》っているのですぞ」横たわってうめく青年に、宗心は厳しい声音《こわね》で言った。「左様《さよう》に無暗《むやみ》に動いては、ただ体力をすり減らすばかりにござる。肝要なるは華美な小技ではなく、死地に踏み込む覚悟と心得られよ」

「いま一本」

青年はよろよろと立ち上がり、槍を構え直した。痛みに顔を引きつらせながらも、目の輝きは褪《あ》せていない。宗心は静かにうなずき、再び青年と相対した。

それから、どれほど打ち合っただろう。宗心は容赦《ようしゃ》なく槍を振るっては、青年を幾度も打ち据《す》えたが、数え切れぬほど倒され、傷つきながらも、彼は屈さずに立ち上がる。

そうして、半刻《はんとき》（約一時間）ほどが過ぎた頃。

（あっ）

宗心が繰り出した突きを、青年がはじめてかわした。しかし、完全には逃れきれず、槍先が額《ひたい》をかすめ、裂《さ》けた皮膚から血が垂《た》れた。

「殿」

「いや、構うな」

慌《あわ》てて駆《か》け寄ろうとする宗心に対し、青年は槍を突きつけた。顔に垂れてくる血のせいで、右目が開けられない。だが、彼はそれを拭《ぬぐ》う様子も見せず、ただ微笑を浮かべている。

「これでよい。敵は、血を拭う間など与えてはくれまい。これならばわしも、戦場にいる心持ちになれよう。……さあ、いま一本ぞ、手加減などするなよ」

ただでさえ、ここまでの打ち合いで満身創痍《まんしんそうい》だというのに、戦意はなおも衰《おとろ》えない。そんな青年の姿に、宗心はどこか、懐《なつ》かしさを覚えていた。

かつては、こんな目をした者が、いくらでもいたものだ。明日の命も知れない中で、誰もが必死に今日を摑《つか》もうとしていた、あの時代には。

緩《ゆる》みそうになる口元を引き締め、宗心は槍を構え直した。これだけの覚悟には、こちらも全力で応じるのが礼儀というものだろう。

「いざ、参る」

声を張り上げ、両者は共に踏み込んだ。

「まったく、敵《かな》わぬな」

濡《ぬ》れ縁《えん》でもろ肌を脱ぎ、小姓らに晒《さら》し布《ぬの》を巻かせながら、青年はため息をついた。額の裂傷だけでなく、全身に細《こま》かな生傷や青あざが生々しく浮かんでいる。

その隣《となり》に座る宗心は、息の乱れ一つなく、涼《すず》しい顔で白湯《さゆ》をすすっている。

「あれだけ打ち合って、こちらの槍先が届いたのは、捨て身で挑んだ最後の一本だけか。お主《ぬし》、今年で何歳《いくつ》になった」

「ちょうど七十にございまする」

「恐ろしいものよな。その齢《とし》で、なおも衰えることがないとは。さすがは宗心……いや、稲田《いなだ》左馬亮《さまのすけ》よ」

「大げさな。拙者《せっしゃ》とて衰えもすれば、老いもし申す」

稲田宗心――かつて太郎左衛門《たろうざえもん》や左馬亮と称していた、蜂須賀《はちすか》家きっての老臣は、木椀《わん》を床に置いた。その手には、いくつもの古傷と共に、相応の皺《しわ》も刻《きざ》まれている。

ときに慶長《けいちょう》十九（一六一四）年、八月である。あの「関ヶ原《せきがはら》の戦い」から、十四年が経《た》っている。すでに筆頭家老の座も、脇城《わきじょう》の城代の役目も息子の示植《しげたね》に譲った宗心は、城中の一角にこの隠居屋敷を構え、老後を過ごしている。

一方、関ヶ原のころ、わずか十五歳であった少年は、いまや一人前の国主《こくしゅ》として成長し、宗心の隣に座っている。

蜂須賀阿波守《あわのかみ》、至鎮《よししげ》。それが、この青年の名だ。

「昔から、お主の槍には遠慮がなかったな」

己の青あざを軽くつつき、至鎮は苦笑をこぼした。

宗心はかつて、この当主の傅役《もりやく》を務めており、幼少のころより武門のなんたるかを教育し、槍、弓、組討ち、乗馬などの武芸も、厳しく稽古《けいこ》をつけてきた。

「今も昔も、相変わらず骨身に沁《し》み入るわ」

「ご無礼のほど、なにとぞご容赦を」

宗心は頭を下げつつ、

「しかしながら、生ぬるい槍に慣れきってしまえば、戦場では生き残れませぬ。たとえ相手が主筋《しゅうすじ》であろうと、いや主筋なればこそ、無用の遠慮や気遣いは、かえって不忠の振る舞いになろうかと」

「そうだな。その通りだ」

至鎮もうなずいて応じる。

「だが、いまの家中には、お主のように躊躇《ちゅうちょ》のう、主《あるじ》のわしを打ち据えられる者はおらぬ。……みな、戦《いくさ》を知らぬ。わしも含めて、大半の者は、命の駆け引きなどしたことがないのだ」

そう言って、至鎮は庭の向こうに目をやった。脇城は、虎伏山《とらふすやま》という山地の先端に築かれた城で、後背には段丘状に連《つら》なった山々がそびえている。紅葉の色づき始めた山容《さんよう》を、至鎮はどこか遠い目をしながら眺めている。

関ヶ原の戦い。天下の行く末を決定づけた、そしてこの当主にとっては初陣《ういじん》となった――実質的な人質として東軍（徳川方《とくがわ》）に従軍していたため、戦闘らしい戦闘に参加したわけではなかったが――あの大戦《おおいくさ》が起こったのは、いまよりも秋が深まり、庭木も山も赤く染まっていた頃だった。

戦に勝利した徳川家康《いえやす》は、その後、江戸に幕府を開き、名実ともに天下人となった。以来、徳川家の治世のもと、実に十年以上もの間、天下には争乱もなく、平穏が続いている。

「無論、泰平は嘉《よみ》すべきことよ。しかし、もし……」

言葉の続きを濁《にご》したまま、若き当主は目を伏せ、黙り込んだ。なにごとかを、言うべきか迷っている……宗心には、そのように見えた。

そして、おもむろに、至鎮は口を開いた。

「宗心よ、実は、お主に頼みたいことがあって来た」

「ほう?」

どうやら、稽古は口実であったようだ。

こちらを呼び出すのではなく、当主自ら脇城までやってくるなど、奇妙だとは思っていたが、あるいは、徳島《とくしま》城中では相談しづらい話題なのかもしれない。

「拙者の如《ごと》き年老いた隠居が、お役に立てることでありましょうか」

「ああ。お主のほかには、決して能《あた》わぬことだ」

そう言って、至鎮は小姓たちを下がらせると、その「頼み」について語り始めた。


いまや徳川幕府は、日本史上のいかなる政権よりも、強固な体制を築きつつある。ただし、盤石に見えるその治世は、ただ一点、大きな問題を抱えていた。先の天下人、豊臣秀吉《とよとみひでよし》の遺児《いじ》・秀頼《ひでより》の存在である。

かつて秀吉が、主家の織田《おだ》家に対してそうしたように、家康は豊臣家から天下の実権を簒奪《さんだつ》した。関ヶ原の当時、まだ八歳の幼童《ようどう》に過ぎなかった豊臣秀頼は、己に振りかかった運命を把握することもできぬまま、天下人の座から転落した。

こうして、実質的な一大名となった豊臣家であったが、この旧政権の主宰者は、いまをもってなお、徳川家を含めたすべての大名の頭領《とうりよう》にして、天下の主であるという姿勢を崩しておらず、摂津《せつつ》、和泉《いずみ》、河内《かわち》の三カ国——およそ六十五万石を領し、徳川幕府の支配から外れた唯一《ゆいいつ》の大名として、秀吉が遺《のこ》した大坂城《おおさか》に在り続けている。

かつての豊臣政権下における織田家のように、秀頼を臣従させ、幕府の統制下に組み入れたい徳川家と、あくまで取り込まれまいとする豊臣家。表立った敵対を避けつつも、互いに警戒しあう両家の間では、緊張した関係が続いていた。

しかし、先月、その均衡を破りかねない、ある問題が起こった。

世に言う、

——方広寺《ほうこう》鐘銘《じしようめい》事件

である。

「宗心よ、隠居のお主であっても、噂《うわさ》ぐらいは耳にしておろう」

「は……」

京・方広寺の大仏は、かつて秀吉によって建立《こんりゆう》されたものの、開眼供養の直前、地震によって倒壊したため、ついに日の目を見ることがなかった。秀頼は、亡き父の十七回忌に合わせて、この大仏の再建を企画した。

ところが、普請がほぼ終わり、開眼供養も間近という段になって、大仏建立は再び差し止められることになる。待ったをかけたのは、ほかでもない、天下人・徳川家康である。

――再建された大仏殿の、梵鐘《ぼんしょう》の銘文が不吉である。

というのが、家康の主張だった。曰《いわ》く、梵鐘の銘文の中にある「国家安康」という一文は、「家康」の名を無断で使った上に、あえて分断している。銘文の中の「君臣豊楽」という一節と並べると、まるで家康に呪詛《じゅそ》をかけ、豊臣の天下の再来を願うかのようではないか……というのだった。

どうも、銘文を撰《えら》んだ僧（清韓《せいかん》）は意図的に、家康の名を入れたらしい。漢詩や和歌でいう「隠し題」のつもりで、両家の繁栄への祝賀を込めて、ひそかに趣向を凝らした……というのが彼の言い分だが、事実だとすれば、余計なことをしてくれたものである。

「されど、話を聞く限りでは、些細《ささい》な行き違いではございませぬか。両家にとって、そこまで深刻なこととも思えませせぬが……」

「わしも、そう思っていた。だが、大御所（家康）様のお怒りは、ことのほか根深いようだ。弁明のため派遣された豊家《ほうけ》（豊臣家）からの使者に、お会いにさえならぬという」

「面妖《めんよう》な」

宗心は思わず眉をひそめた。

これまで家康は、豊臣家に対して、強圧的な態度を避けてきた。あの慎重過ぎる天下人は、豊臣恩顧の大名たちからの反発を危惧《きぐ》し、秀頼に自身の娘を嫁《とつ》がせるなどして、両家の関係における、穏便で現実的な落とし所を模索してきた。

しかし、この事件に対する家康の態度は、従来のそれとは正反対だ。収束を図《はか》るどころか、まるで、自《みずか》ら事を荒立てようとしているようではないか。

「まさか、大御所様は……」

豊臣家と、戦に及ぶつもりではないか。そう口にしかけた宗心を、至鎮は険しい目つきで制した。

「それ以上、申してはならぬ」

どうやら、この当主も、家康の不可解な対応の理由を、うすうす察しているらしい。

すでに家康は、齢《よわい》七十を過ぎている。己の寿命に焦《あせ》ったのか、それとも、もはや豊臣家を攻め滅ぼしたところで、徳川の権威は揺るがないとの確信を得たのか。

（いや、まだ分からぬ）

かぶりを振って、宗心は想像を打ち消す。いまの段階では、まだ、家康が戦を起こそうとしているという確証まではない。予断は禁物である。……しかし、少なくとも、もはやあの天下人が、豊臣に対して下手に出るつもりがないことは、誰の目にも明らかだった。

「とにかく、事と次第によっては、この一件によって、東西の手切れもあり得る。我が蜂須賀家も、身の振り方を考えねばならぬが……」

うつむく至鎮の眉間《みけん》には、深い皺が刻まれている。蜂須賀家にとって、豊臣の大恩はあまりに重いが、領国を守るためには、徳川に忠誠を示さなければならない。この善良な当主の苦悩は、察するに余りある。

「こんなときに、父上はなぜ、あのような……」

「家政《いえまさ》様が？」

蜂須賀家政、号は蓬庵《ほうあん》。「阿波《あわ》の狸《たぬき》」の異名《いみよう》で世に知られる、蜂須賀家の先代当主である。当主の座を退いてからもしばらくは、息子の至鎮の後見として国政に携わってきたが、現在はまったくの隠居として、徳島城からも離れ、勝浦《かつうら》郡中田《ちゅうでん》村に屋敷を構え、悠々自適《ゆうゆうじてき》の老後を送っているはずだった。

「あのお方に、なにかあったのですか」

「なにか、どころではない」至鎮の表情が、ますます険しくなる。「いま、父上は、己の屋敷のほど近くに、亡き太閤《たいこう》（秀吉）殿下を祀《まつ》る神社の築造を進めているのだ」

「……は？」

宗心は、我が耳を疑った。いや、至鎮がなにを言っているのか、すぐには理解できなかった。こんな時期に秀吉を神として祀るなど、徳川への当てつけも同然ではないか。

至鎮の語るところによれば、この「阿波豊国《とよくに》神社」は、家政たっての希望により、秀吉の十七回忌に合わせて、以前から建立が決まっていたのだという。

ところが、築造の最中に「鐘銘事件」が起こり、情勢は急速に緊迫した。当然ながら、至鎮は父に、神社建立を中止にするよう申し入れたが、家政は呑気《のんき》に笑いながら、

――たかが隠居のすることではないか。大御所様も、公方《くぼう》（徳川秀忠《ひでただ》）様も、

かような老人の道楽に目くじらを立てるほど、器《うつわ》の小さきお方ではあるまいよ。などと言うばかりで、一向に取り合おうとしないのだという。

「父上の殿下への思いの深さは、きっと余人の及ばぬものであろう。わしでさえ、豊家に対する大御所様の態度に、思うところがないわけではない。……されど、もはや天下の権は徳川にある。いかに口惜《くや》しかろうと、家と国を守るためには、ただ一途《いちず》に従うよりほかにない」

至鎮は顔を上げ、宗心の目を見た。

「いまさら童のころのように、傅役のお主に頼るなど、我ながら情けないが……」

躊躇のためか、顔つきはやや強張《こわば》っているが、視線だけは逸《そ》らさない。その瞳《ひとみ》の奥には、一国の命運をその肩に背負う——かつての彼の父と同じ覚悟が、たしかに見て取れた。

「宗心よ、どうか父を止めてくれ。お主からの諫言《かんげん》であれば、あのお方も目を覚ますであろう。……いや、もし、それでも変わらぬのであれば、そのときは、いっそわしの手で」

「至鎮様」

宗心は、ゆっくりとかぶりを振った。そうして、すっかり冷めきった白湯をひとすすりしてから、

「放っておきなされ。わざわざ気を揉《も》むだけ、無駄な労です」

「なんだと？」

驚き、訝《いぶか》しがる主に対し、宗心は落ち着き払った様子で言葉を継ぐ。

「いかに豊家に大恩があろうとも、そのために周囲や後先のことが目に入らなくなるほど、可愛げのあるお方ではありませんよ、あなたのお父上は」

「し、しかし」

「家中にも、豊臣寄りの者は少なくありませぬ。家臣らの反発や対立を避けるためにも、この件で揉めるのは得策とは言えませぬ」

「静観せよと申すのか」

「いかにも。ただし、すぐにご公儀《こうぎ》（幕府）には、弁明の使者を立てることです。そのうえで、取り壊せと命じられたのなら、その通りになさればよろしい」

上意ゆえ、止むを得ずということであれば、家政の面目《めんもく》も立ち、家中の納得も得られるだろう。ただ、幕府は表向きには、

――当家としては、天下静謐《せいひつ》のためにも、秀頼殿と良き関係を築きたいのだ

が、鐘銘の一件といい、大坂の態度は不審である。などと言っている以上、まさか今の段階で、「秀吉を祀るなどけしからん、取り壊せ」とは言えないはずだが。

「それでも万が一、家政様がこの先、蜂須賀家にとって、阿波にとっての禍《わざわい》となるのであれば……そのときは、あなたが手を汚されるまでもございませぬ。拙者が刺し違えてでも、お父上をお止めいたしましょう」

にこりともしない宗心の口ぶりに、至鎮は息を呑んだ。乱世の武士にとって、その言葉が修飾でも虚勢でもないことは、この若き当主も理解しているのだろう。

「……分かった」しばしの逡巡《しゅんじゅん》のち、至鎮はようやく口を開いた。「やはり、お主は衰えぬな」

至鎮が去ったころには、陽は西へと傾き始めていた。法師蟬の鳴き声に混じって、気の早い日暮《ひぐらし》の声も聞こえてくる。宗心はじっと黙したまま、刀の目釘《めくぎ》を検《あらた》め、柄糸《つかいと》を巻き直している。

はたして、家政の本心はどこにあるのか。手元の刀身を、そっと陽光にかざしてみる。あの、人を食ったような不敵な笑みが、かすかに浮かんだような気がした。

それからほどなくして、神社が無事に竣工《しゅんこう》すると、家政は盛大な上棟式《じょうとうしき》を挙行した。

その際、棟札《むなふだ》にはわざわざ、

——豊富（臣）朝臣沙弥《あそんしゃみ》蓬庵

と、秀吉から下賜《かし》された豊臣姓を用いて、堂々と己の名を記したという。

二

その後、「鐘銘事件」に端《たん》を発する豊臣・徳川間の亀裂は、とどまることなく悪化を続け、十月一日、ついに両家は手切れとなった。

同日、徳川家康は諸大名に対して、大坂攻めの陣触《じんぶ》れを発する。対する豊臣家も、諸国の有力大名などに向けて、大坂入城を要請した。

なかでも、彼らが特に期待を寄せたのが、恩顧大名の筆頭格である蜂須賀家である。豊臣家は、木俣半之丞《きまたはんのじょう》という家臣を使者に立て、さっそく阿波へと派遣した。

このとき、至鎮は公務で国許を離れていたため、代わって家政が対応をした。

(これは、かえって都合がよい)

と、使者の木俣は思ったことだろう。蓬庵こと蜂須賀家政が、いまもなお、熱烈な親豊臣派であることは、先の「豊国神社」の一件からも明らかだ。成功を確信した木俣は胸を張り、入城要請と徳川打倒の口上《こうじょう》を朗々《ろうろう》と述べ立てた。

ところが、家政の返答は、すげないものだった。

「拙者は、無二の関東一味(徳川派)にござる」

そう言って、申し出を真っ向から突っぱねたのである。驚いた木俣は、なおも食い下がろうとしたが、この「親豊臣派」のはずの先代当主はもはや耳を貸そうともせず、

「お引き取り願おう。今後も、重ねてかような儀にてまかり越すようであれば、そのときは即座に、使者を斬り捨てさせて頂く」

そう冷ややかに言い捨てて、さっさと奥に引っ込んでしまった。木俣はなす術《すべ》もなく、すごすごと大坂へ帰っていった。

この顚末《てんまつ》はすぐに世間へと広まり、人々はみな首をかしげた。

――いったい、蓬庵殿は、なにを考えておられるのやら。

あからさまな豊臣寄りの態度を取ったかと思えば、入城は断固として拒否する。家政の振る舞いは、まさしく不可解だ。使者を送った豊臣家も、狐《きつね》につままれたような思いだったろう。

しかし、宗心には、おぼろげながら、思い当たるところがあった。二つの陣営に挟まれた中での、本心を見せない、のらりくらりとした立ち回り……その有様は、十年以上も前にこの目で見た記憶を、いやでも想起させた。

（もしや、あのお方は……）

確かめねばなるまい。宗心は、わずかな供回りのみを従え、その日のうちに脇城を発《た》った。

穴吹《あなぶき》の渡しから吉野川《よしのがわ》を越え、伊予《いよ》街道を東上する。途中、川島《かわしま》宿で一泊し、中田村の家政の屋敷に至ったのは、翌日の昼過ぎだった。

「久しいな、宗心」

老臣を出迎えた先代当主は、静かに微笑を浮かべた。齢五十七。その居住まいは鷹揚《おうよう》で、一国の父祖に相応《ふさわ》しい威儀を纏《まと》っていた。若年のころの、あのひねくれた姿に比べると、まるで別人のようである。

「なにやら、ずいぶんと騒がしいですな」

宗心がそう指摘したように、屋敷内では先ほどから、中間《ちゅうげん》や小者《こもの》がやけに慌《あわ》ただしく動き回っている。

「此度《こたび》の大坂攻め、家政様は出陣なさらないと伺いましたが」

「出陣せずとも、戦の前だ。隠居は隠居なりに、国許での留守中、いかに備えるか、色々と手を尽くしているのさ」

「左様でございますか。……拙者はてっきり、江戸行きの荷造りでもしているのかと思いました」

家政の眉が、ぴくりと動く。しかし表情は変えずに、この初老の入道は穏やかな語調で尋《たず》ね返す。

「どうしてそう思う?」

「前にも、あなたが一度、使った手だからですよ。もっとも、此度は人質と当主が逆ですが」

かつて、関ヶ原の戦いが起こる直前、家政は息子の至鎮を、実質的な人質として、徳川軍へ派遣した。ならば今度は、家政自身が人質として江戸へ行き、蜂須賀家の進退を保証するつもりではないか。

「間もなく、戦が始まります。されど、力の差はすでに歴然なれば、勝敗は初めから決したようなものです」

豊臣家は、蜂須賀家だけでなく全国の大名に助勢を求めたが、関ヶ原で徳川と対立した毛利《もうり》、上杉《うえすぎ》、島津《しまづ》らや、豊臣家の古参である加藤《かとう》、福島《ふくしま》、浅野《あさの》といった者たちでさえ、まるで要請に応じる気配を見せない。豊臣家が、ようやく大坂城にかき集められたのは、一反《たん》の領地さえ持たない牢人《ろうにん》たちばかりだという。

「徳川の勝利も、豊臣の敗亡も、まず動かない。もとより、あなたにそれが分からぬはずもない。なれば、あとは最も効き目のある手立てによって、徳川に忠誠を示さんとなされるはず」

「なかなか、勘《かん》が利《き》くじゃないか」

家政の浅黒い頬が、微笑に歪《ゆが》む。ただし、その表情は、先ほどまでの穏やかなものとはまるで違う。若いころとまるで変わらない、人を食ったような笑みを浮かべる、不敵な男がそこにいた。

年相応に落ち着いたように見えて、やはりこの先主の本質は変わらないのだ。

宗心は、小さくため息をついた。

「して、理由《わけ》を教えて頂けますな」

「なんのことだ」

「豊国神社の一件にございます」

もはや、徳川の世は揺るがない。そう確信しているのならば、家政はなぜ、わざわざ秀吉を祀る神社を築くなどという、危うい橋を渡ったのだろうか。

「さて、理由ねえ」

脇息《きょうそく》に頬杖《ほおづえ》をつきながら、家政は空とぼけた。

「そもそも、俺が太閤殿下を祀ることが、それほど奇妙なことかね。裏などなく、ただ一途に、亡魂《ぼうこん》を弔《とむら》うためだとは考えなかったのか」

「雀《すずめ》は、百まで踊りを忘れぬと申します」

幼いころに染みついた癖や習慣は、年をとっても変わらないという諺《ことわざ》だ。

「人を騙し、化かし、たぶらかす……蓬《よもぎ》の如くひねくれた家政様の性根が、そうたやすく変わるとも思えませぬ。どうせ、なにか考えがあっての詐略《さりゃく》なのでしょう？」

「やれやれ、ひどい言い草だ」

家政は肩をすくめ、

「しかし、お主の申す通りではある。それゆえ、俺の号は蓬庵というのさ」

そう言って、苦笑まじりに、自身の意図について語り始めた。

関ヶ原から十四年、泰平が続き、世代交代も進み、多くの大名家と同様、蜂須賀家の家中にも実戦を知らない者が多い。経験不足もさることながら、殺さなければ殺されるという、あの戦乱の時代を知らない若者たちは、当主の至鎮を含め、道義を気にし過ぎるきらいがある。旧主の豊臣家を攻めることへの躊躇《ためら》いを、そうたやすくは捨てきれないだろう。

「徳川家と縁組をしているとはいえ、当家は豊臣恩顧の筆頭格だ。よほど必死に戦って功《こう》を挙げねば、疑われる立場にある」

家政は考えた。家臣らを必死にさせるには、はたしてどうすればいいか。……戦わなければ、取り潰される。そんな危機感を持たざるを得なくすればいい。

たとえば、秀吉を祀る神社を築くような。

「もし、戦場で功を挙げ損ねれば、どうなります」

「そうなったら、そのときさ。さほどに不甲斐《ふがい》なき有様で、この難国を治め続けられるものか。実力もないくせに、ただ国主の地位にしがみつく……そんな大名なぞ、いっそ滅んでしまった方がいい」

にやにやと、家政は薄笑いを浮かべている。しかし、その瞳の奥には、一国の命運を背負わんとする覚悟が、強い輝きとなって灯っていた。

人の上に立つ者は、常に問われ続けなければならない。かつて、この先主が口にした言葉を、宗心は今さらながらに思い出していた。

「まあ、必死に戦い、功を挙げたうえで、それでも徳川が文句を言うなら、俺の首を差し出せばいいさ」

そう言って、家政は己の首筋を、手刀で落とす真似《まね》をしてみせた。まるで、庭木の枝でも間引くかのような軽々しさだ。

「罪があるとすれば、この蜂須賀蓬庵ただ一人だ。豊国神社の件は、当主が中止しろと何度も申し入れたのを無視して、隠居した先代当主が、強引に推し進めたことなのだから」

そこまで、考えていたのか。策謀があるとは思っていたものの、あまりの周到さに、宗心は驚嘆を禁じえなかった。

そうだ、これが阿波の狸だ。自分たちとともに、阿波蜂須賀家を築いた国主だ。

いつの間にか、全身が小刻みに震え出している。あまりに久しぶり過ぎて、それが武者震いであることに、すぐには気づけなかった。

「家臣を必死にさせるため、と仰《おっしゃ》られましたな」

おもむろに、宗心は立ち上がった。

「なれば、拙者も隠居暮らしに甘んじてはおられませぬ。家督はせがれに譲ったとはいえ、この宗心もまた、蜂須賀家の家臣ですからな」

言葉の意図するところが分からなかったのか、家政は怪訝な顔をした。しかし、すぐに気がついたらしく、あっ、と声を上げた。

「おい、まさか……」

「此度の大坂攻め、拙者も出陣致しまする」

三

翌月、徳川方の二十万の大軍勢が、豊臣方の籠《こも》る大坂城へと攻め寄せ、「大坂冬の陣」が勃発《ぼっぱつ》した。絶望的な兵力差の中で豊臣方は勇戦したものの、大勢は覆《くつがえ》しがたく、翌年の「大坂夏の陣」によって、跡形もなく攻め滅ぼされた。

豊臣秀頼は自害、大坂城は炎上し、灰燼《かいじん》と帰《き》した。秀吉が築いた黄金の世は、欠片《かけら》さえも残さず、一抹《いちまつ》の夢のように消え去った。


徳川方として参戦した蜂須賀勢の働きは、目覚ましいものだった。大坂城西方の砦《とりで》群の攻略（木津川口《きづかわぐち》の戦い）などで、他家から抜きんでたその活躍を、家康・秀忠は大いに讃《たた》え、稲田示植《しげたね》、稲田植次《たねつぐ》（示植の子）、山田宗登《やまだむねのり》、樋口正長《ひぐちまさなが》、森村重《もりむらしげ》、森氏純《うじずみ》、岩田政長《いわたまさなが》の七名に感状を与え、稲田宗心、林道感《はやしどうかん》（図書《ずしょ》）の二名に対しては、それぞれに黄金二百両を下賜した。

これらの武功により、戦後、蜂須賀至鎮には淡路国《あわじのくに》が加増され、阿波と合わせて二十五万七千石もの大封を領する、四国一の太守となった。

隠居屋敷の庭先で、家政は雀に餌《えさ》をやっている。雀たちはよく懐《なつ》いており、この初老の入道の姿を見ただけで、方々から一斉《いっせい》に寄ってくる。

「そうか。大坂城は、そのような最期であったか」

「はい……」

濡れ縁に座す宗心は、沈鬱《ちんうつ》に顔をうつむかせた。

戦に敗れ、燃え朽ちていった黄金の城の姿が、いまも網膜に焼きついたまま離れない。それは己や家政、そして亡き蜂須賀小六《ころく》らが共に支えてきた家の、あまりにも無残な最期だった。

「家政様」

「なんだよ。見ての通り、いまは忙しいんだが」

群がる雀に囲まれながら、冗談めかして家政は笑う。しかし、その声音に覇気はなく、暗い影を引きずるようにして佇んでいる。

「お聞きしたいことがあります。……豊国神社のこと、あれは本当に、策謀のためだけだったのですか」

「野暮なことを聞くなよ」ぷい、と家政は顔をそむける。「雀がどうかは知らんが、狸だって踊りを忘れぬものさ」

その寂しげな一言で、宗心はすべてを察した。

生まれたときから、豊臣の一員として生きてきたのだ。染みついたその思いは、たやすく消し去れるものではないだろう。

あの神社はきっと、滅びゆく旧主に対する、家政なりの贐《はなむけ》でもあったのだ。

「そら、踊れ」

升《ます》に入った餌を、おもいきり上空へぶちまける。雀たちは一斉に飛び上がったのち、羽や尻を振りながら、地に落ちた粟《あわ》や稗《ひえ》を、ちょこまかと啄《ついば》んでまわっている。見ようによってはそれは、神社の祭神にささげる、にぎやかな奉納踊りのようでもあった。


家政の死後、阿波豊国神社は幕府を憚《はばか》って徐々に縮小されていき、ひ孫の蜂須賀光隆《みつたか》の代になると、社殿は完全に解体された。

しかし、御神体である秀吉の木像は、その後も匿《かくま》われ、秀吉の幼名をもじった「日吉宮《ひよしのみや》」という小さな神社の神体として、ひそかに祀られ続けた。そして、大坂の陣からおよそ二百五十年後、明治維新《めいじいしん》により徳川幕府が滅ぶに及んで、この日吉宮は再び豊国神社として再建される。

木像は豊臣家から大名たちに分配され、全国各地で祀られたものだが、多くは大坂の陣ののちに破却されるか、さもなくば蔵の奥深くに隠され、死蔵された。

徳川の天下のもと、後世までこの像を――過ぎ去った豊臣の世の欠片を守り、祀り続けたのは、三百諸侯の中でただ一家、蜂須賀家のみである。

解　説――読みどころ満載！　歴史小説界を賑わす逸材の痛快作

文芸評論家　大矢博子《おおやひろこ》

すべてが前へ前へ、上へ上へと進んでいた昭和の頃、歴史ドラマや歴史小説の主役は、天下統一を成し遂《と》げた覇者《はしゃ》か、それに匹敵する有名武将たちだった。織《お》田信長《だのぶなが》、豊臣秀吉《とよとみひでよし》、徳川家康《とくがわいえやす》、武田信玄《たけだしんげん》、上杉謙信《うえすぎけんしん》、毛利元就《もうりもとなり》、伊達政宗《だてまさむね》といったあたりだ。当時の大河ドラマは、彼らが天下や国を統一するまでの出世譚《しゅっせたん》だった。

それが平成になり、二十一世紀になると、次第に「誰もが社長になれるわけではない」という空気が強くなる。それに併《あわ》せて、一国一城の主《あるじ》を目指すのではなく組織の中で自分を生かす道を見つけた者に注目が集まり始めた。秀吉の軍師・黒田官兵衛《くろだかんべえ》、上杉景勝《うえすぎかげかつ》を支えた直江兼続《なおえかねつぐ》。真田信繁《さなだのぶしげ》や石田三成《いしだみつなり》、新選組《しんせんぐみ》、会津《あいづ》藩という敗者たちも再評価された。

歴史は覇者だけのものでも、勝者だけのものでもない。むしろ歴史という大きな仕組みの一端《いったん》を担《にな》うバラエティに富んだ〈脇役〉こそが面白い――そんな流れが確立したと言っていい。

その傾向は二〇一〇年を過ぎたあたりから、さらに次の段階へ進んだ。前述の黒田官兵衛や直江兼続というのはそれでも名前は知られていたが、近年になって、よほどの歴史好きでもなければ「誰？」と首を傾《かし》げるような人物が取り上げられるようになったのだ。二〇一七年の大河ドラマで人気を博した井伊直虎《いいなおとら》など、その最たるものだろう。

その直虎より四年も早く、江口正吉《えぐちまさよし》という一般にはほぼ知られていないであろう人物をひっさげて歴史小説界に飛び込んできた若者がいた。簑輪諒《みのわりょう》である。

デビュー作『うつろ屋軍師《やぐんし》』（祥伝社文庫）は丹羽長秀《にわながひで》の家臣・江口三郎右衛門《さぶろうえ》門《もん》正吉を主人公に丹羽家の逆転劇を描いたもので、二〇一三年の第十九回歴史群像《れきしぐんぞう》大賞の佳作に入選、翌年、学研パブリッシングより刊行された。織田家重臣の中で丹羽長秀というだけでも渋いのに、さらにその家臣である。「誰？」と思った。ところがこれがべらぼうに面白かった。知られていない人物の知られていないエピソードの興味深さもさることながら、それを有名な歴史事件や人物と重ねて描くことで、既《すで》に知っているつもりだったことまで新しい視点で楽しめたのだ。

よくもまあ、こんな人物を探し出してきたものだ、と思った。その感想は、デビュー二作目となる本書『殿《との》さま狸《だぬき》』でさらに強まった。今回の主人公は、蜂須《はちす》賀家政《かいえまさ》である。

蜂須賀といえば真っ先に思い浮かぶのは秀吉の若き時代からの腹心、蜂須賀小《こ》六《ろく》である。蜂須賀家政はその小六の嫡男《ちゃくなん》であり、のちに阿波《あわ》一国を賜《たまわ》って徳島《とくしま》藩の藩祖となった人物だ。徳島県の人にとっては身近だろうが、一般には父ほどの知名度はなく、ほぼ知られていない人物と言っていいだろう。かつて蜂須賀家政を扱った作品といえば、白石一郎《しらいしいちろう》の短編「阿波の狸」（新潮文庫『弓《ゆみ》は袋《ふくろ》へ』所収）くらいではないかと思う。

物語は秀吉の毛利攻めの場面から始まる。兵糧《ひょうろう》攻めに遭《あ》っている羽衣石《うえし》城を救いたいが手立てがないという軍議の最中に、秀吉の黄母衣衆《きほろしゅう》として従軍していた家政が、身分をわきまえずある提案をする。それを見事にやってのけ、羽衣石城を救ったまでは良かったが、得意満面だった家政はそのあとで鼻っ柱を折られることになる――というのが冒頭のエピソードだ。

そこから秀吉の覇道に従い、家政は播磨《はりま》に三千石の領地を与えられる。そして四国攻めのあと、秀吉が小六に阿波一国を与えようとするも秀吉の側近でいることを選んだ小六はこれを辞退、代わりに家政が三十歳前の若さで阿波十七万五千七百石の国主となった。

氾濫《はんらん》の多い河川、面積の大部分を責める山岳地帯、前国主の時代から残る国人《こくじん》たちの反抗。決して治めやすいとは言えない土地に、若き国主はどう立ち向かうのか。さらにこのあとに待ち受ける朝鮮出兵や秀吉薨去《こうきょ》、関ヶ原《せきがはら》などをどう切り抜けるのか——。

本書にはさまざまな読みどころがあるが、まずは家政の成長小説としての側面に注目いただきたい。父の蜂須賀小六は秀吉の片腕として武勇・交渉に優れた、万人が認める武将である。のみならず、尾張《おわり》の川並衆《かわなみしゅう》（木曾《きそ》川沿いに勢力を持った野武士の集団。操船や水運に強い）出身で、その技能集団を統率して戦略を立てるという得意分野を持つ。翻《ひるがえ》って家政は、小六の息子ということで召し抱えられてはいるものの、自身はまだ何者でもない。

父への憧《あこが》れと劣等感。自分はいったい何なのか、何ができるのか。何をすれば父を超えられるのか。武功を立てても、それだけではダメだという焦《あせ》りがある。その焦りを隠そうと生意気そうに振る舞ってみたり、怖がっているのを隠そうと強がってみたり。序盤の家政は、実に青い。石田三成や毛利家の堅田弥十郎《かただやじゆうろう》など、若くして自分の道をこうと決めた者たちとの対比の描写も見事だ。

家政本人の悩みとは関係なく、彼は領地を与えられ、次は国まで与えられてしまう。阿波国をまとめること。秀吉亡き後の身の振り方。関ヶ原。ひとつ間違えば阿波国が滅びるという究極の選択が何度も家政を襲う。その中で家政はいつしか、自分が何者かで迷うよりも、若き日に父から言われた一言を支えに、ただ家臣と領民、国のことを考えて事態に臨むようになる。彼の成長の様子は、自分が何者なのかに迷う若い世代にとってひとつの大きな指針となるに違いない。

二つ目の読みどころは、家政の策謀の面白さだ。序盤の羽衣石城の一件からその萌芽《ほうが》はあるが、後半、石田三成に武将たちが反旗を翻す七将襲撃事件や、関ヶ原で東軍西軍どちらにつくかなど、家政は驚きの戦略で徳島藩を守り抜く。あまり知られていない人物だからこそ、先が読めずにハラハラするしサプライズも充分。まるで上質のミステリを読んでいるかのような興奮があった。伊達政宗をして「阿波の古狸」と唸《うな》らしめた家政の策士っぷりをたっぷり堪能していただきたい（ちなみに徳島県は狸伝説の地でもある）。

そして三つ目の読みどころとして、家政の領地経営を挙げよう。デビュー作

『うつろ屋軍師』は合戦の話が中心だった。しかし武将の仕事とは合戦だけではない。天下が統一され、太平の世が来るとなれば尚更《なおさら》だ。領地をいかにして富ませ、強い国にするか。まとまりのなかった阿波国を家政は苦労しながらもまとめ上げ、その土地の特徴を活かした産業を興《おこ》す。合戦すらその産業の発展に利用する。本書はビジネス書としても読めるのだ。

成長小説、策謀小説、そしてビジネス小説。一冊で三度美味《おい》しい本書だが、それらがすべて「徳島藩を守る」というところに収斂《しゅうれん》する。家政の興した産業は今も徳島県を潤《うるお》し、徳島城落成時の祝いの踊りが阿波おどりとして現代に残るという、「今に続く歴史」の描き方も実に堂に入ったものだ。

なお、阿波おどりの起源には諸説ある。本書では蜂須賀家が発祥という説を採っているが、これは歴史研究家の間では決して有力とは考えられていない、ということをお断りしておこう。簑輪諒はそれを承知の上で、蜂須賀家起源説を本書に盛り込んだ。それは「阿波の殿さま蜂須賀さまが　今に残せし阿波踊り」という歌詞を本書に入れることが、何より領国と領民のことを思った家政を讃《たた》える方法だと考えたからではないだろうか。

本書にはボーナストラックとして本編の後日談となる短編「雀《すずめ》は百《ひやく》まで」が収録されている。老《お》いてなお狸っぷりを発揮する家政が実にいいので、単行本で本編を読んだという方も、ぜひ手にとっていただきたい。ちなみにこの後で息子が早世《そうせい》するため、家政は孫の後見として政務に復帰することになる。そのあたりの話も読んでみたいものだ。

なお、江戸時代中期の阿波を舞台とした名作伝奇小説に吉川英治《よしかわえいじ》の『鳴門秘帖《なるとひちよう》』（講談社文庫）がある。家政の興した産業も関係してくるので、興味のある方はそちらもどうぞ。

簑輪諒はこれ以降もあまり知られていない歴史上の人物を次々と取り上げ、快進撃を続けている。文庫書き下ろしのため本書より先に祥伝社文庫入りした『最低《さいてい》の軍師《ぐんし》』は上杉軍と戦った北条家の軍師・白井入道浄三《しらいにゆうどうじようさん》。『くせものの譜《ふ》』（学研プラス）は大坂の陣で大坂方として戦った御宿勘兵衛《みしゆくかんべえ》。『でれすけ』（徳間書店）は常陸《ひたち》平定に挑んだ坂東《ばんどう》武者・佐竹義重《さたけよししげ》。知っている人なら「そう来たか」とほくそ笑むような、知らない人なら「誰？」としか言いようのないような、絶妙なセレクトが実に楽しい。しかもその両方を楽しませるのだからまったく侮《あなど》れない。

それを可能にしているのは、若さに似合わぬ知識量と勉強量、そして若さゆえの型にはまらない発想力とチャレンジ精神だ。今後、簑輪諒は歴史小説界をさらに賑わせてくれるに違いない。目を離してはならない。

主要参考文献

蜂須賀家譜（徳島県立図書館所蔵）
蜂須賀家記（岡田鴨里著）
渭水聞見録（増田立軒著）
尊語集（阿波郷土会／西尾数馬、森甚太夫編）
徳島藩士譜（徳島藩士譜刊行会／宮本武史編）
阿淡藩翰譜（中山義純輯、牛田義文訳注）
阿波志（佐野山陰編）
阿波国徴古雑抄（日本歴史地理学会／小杉榲邨編）
武功夜話（新人物往来社／吉田蒼生雄訳）
名将言行録（岩波書店／岡谷繁実著）
寛政重修諸家譜（続群書類従完成会）
兵法一家言／佐藤信淵武学集（岩波書店／日本武学研究所編）所収
蜂須賀小六正勝（雄山閣／渡辺世祐著）
蜂須賀蓬庵（徳島県編）
蜂須賀蓬庵光明録（長尾覚著）

阿波蜂須賀藩之水軍（徳島市立図書館／団武雄著）
徳島県史（徳島県史編纂委員会編）
徳島県史料（徳島県史編さん委員会編）
脇町史（脇町史編集委員会編）
板野郡誌（板野郡教育委員会編）
佐用郡誌（兵庫県佐用郡役所編）
史伝　蜂須賀小六正勝（清文堂出版／牛田義文著）
徳島藩の史的構造（名著出版／三好昭一郎編）
人づくり風土記　36　徳島（農山漁村文化協会／石川松太郎編）
日本城郭大系　15　香川・徳島・高知（新人物往来社／平井聖編）
街道の日本史　44　徳島・淡路と鳴門海峡（吉川弘文館／石躍胤央編）
信長公記（新人物往来社／太田牛一著、桑田忠親校注）
信長記／日本歴史文庫　第四巻　第五巻（集文館／小瀬甫庵著、黒川真道編）所収
太閤記（岩波書店／小瀬甫庵著、桑田忠親校訂）
川角太閤記／改定史籍集覧　第十九冊（臨川書店／近藤瓶城編纂）所収
惟任退治記／続群書類従　第二十輯下　合戦部（続群書類従完成会／塙保己一編纂）所収

武家事紀（山鹿素行先生全集刊行会／山鹿素行著）
大武鑑（大洽社／橋本博編）
陰徳太平記（香川正矩編）
関八州古戦録（新人物往来社／槇島昭武著、中丸和伯校注）
忍城戦記／埼玉叢書　第二巻　新訂増補（国書刊行会／稲村坦元著）所収
行田市史別巻　行田史譚（行田市役所／行田市史編纂委員会編纂）
川里村史（川里村教育委員会編）
福原家譜（東京大学史料編纂所所蔵）
松平家忠日記（角川書店／盛本昌広著）
日本戦史（元真社／参謀本部編）
小田原合戦（角川書店／下山治久著）
秀吉の野望と誤算　文禄・慶長の役と関ヶ原合戦（文英堂／笠谷和比古、黒田慶一著）
関ヶ原前夜　西軍大名たちの戦い（NHK出版／光成準治著）
戦争の日本史12　西国の戦国合戦（吉川弘文館／山本浩樹著）
戦争の日本史16　文禄・慶長の役（吉川弘文館／中野等著）
戦争の日本史17　関ヶ原合戦と大坂の陣（吉川弘文館／笠谷和比古著）
軍需物資から見た戦国合戦（洋泉社／盛本昌広著）

苧麻・絹・木綿の社会史（吉川弘文館／永原慶二著）
藍が来た道（新潮社／村上道太郎著）
藍染めの歴史と科学（裳華房／三木産業技術室編）

※蜂須賀家政の正室・慈光院の俗名は、一般的には「ヒメ（姫）」とされていますが、作中では混乱を避けるため比奈と致しました（著者）。

注・本作品は、平成二十七年四月、学研パブリッシング（現・学研プラス）より刊行された、『殿さま狸』を著者が大幅に加筆・修正したものです。

殿さま狸

一〇〇字書評

切り取り線

購買動機（新聞、雑誌名を記入するか、あるいは○をつけてください）	
□（　　　　　　　　　　　　　　　）	の広告を見て
□（　　　　　　　　　　　　　　　）	の書評を見て
□ 知人のすすめで	□ タイトルに惹かれて
□ カバーが良かったから	□ 内容が面白そうだから
□ 好きな作家だから	□ 好きな分野の本だから

・最近、最も感銘を受けた作品名をお書き下さい

・あなたのお好きな作家名をお書き下さい

・その他、ご要望がありましたらお書き下さい

住所	〒				
氏名		職業		年齢	
Eメール	※携帯には配信できません		新刊情報等のメール配信を 希望する・しない		

この本の感想を、編集部までお寄せいただけたらありがたく存じます。今後の企画の参考にさせていただきます。Eメールでも結構です。

いただいた「一〇〇字書評」は、新聞・雑誌等に紹介させていただくことがあります。その場合はお礼として特製図書カードを差し上げます。

前ページの原稿用紙に書評をお書きの上、切り取り、左記までお送り下さい。宛先の住所は不要です。

なお、ご記入いただいたお名前、ご住所等は、書評紹介の事前了解、謝礼のお届けのためだけに利用し、そのほかの目的のために利用することはありません。

〒一〇一－八七〇一
祥伝社文庫編集長　坂口芳和
電話　〇三（三二六五）二〇八〇

祥伝社ホームページの「ブックレビュー」からも、書き込めます。

http://www.shodensha.co.jp/bookreview/

祥伝社文庫

殿《との》さま狸《だぬき》

平成30年11月20日　初版第1刷発行

著　者　簑輪《みのわ》 諒《りよう》
発行者　辻　浩明
発行所　祥伝社《しようでんしや》
東京都千代田区神田神保町3-3
〒101-8701
電話　03（3265）2081（販売部）
電話　03（3265）2080（編集部）
電話　03（3265）3622（業務部）
http://www.shodensha.co.jp/

印刷所　堀内印刷
製本所　ナショナル製本
カバーフォーマットデザイン　中原達治

 ISBN978-4-396-34476-4 C0193

祥伝社文庫の好評既刊

祥伝社文庫の好評既刊

宮本昌孝　**風魔**〈中〉

秀吉麾下《きか》の忍び、曾呂利新左衛門《そろりしんざえもん》が助力を請うたのは、古河公方氏姫《こがくぼううじひめ》と静かに暮らす小太郎だった。

宮本昌孝　**風魔**〈下〉

天下を取った家康から下された風魔狩りの命――。乱世を締め括《くく》る影の英雄たちが、箱根山塊で激突する！

宮本昌孝　**風魔外伝**

化け物か、異形の神か――戦国の猛将たちに恐れられた伝説の忍び――風魔の小太郎、ふたたび参上！

宮本昌孝　**紅蓮《ぐれん》の狼**

風雅で堅牢な水城、武州忍《おし》城を守るは絶世の美姫。秀吉と強く美しき女たちの戦を描く表題作他。

風野真知雄　**われ、謙信なりせば**［新装版］
上杉景勝《うえすぎかげかつ》と直江兼続《なおえかねつぐ》

天下を睨《にら》む家康。誰を叩き誰と組むか……脳裏によぎった男は、上杉景勝と陪臣《ばいしん》・直江兼続だった。

風野真知雄　**奇策**　北の関ヶ原・福島城松川の合戦

伊達政宗《だてまさむね》軍二万。対するは老将率いる四千の兵。圧倒的不利の中、伊達軍を翻弄した「北の関ヶ原」とは!?

祥伝社文庫の好評既刊

風野真知雄
罰当《ばち》て侍
最後の赤穂浪士　寺坂吉右衛門《てらさかきちえもん》

赤穂浪士ただ一人の生き残り、寺坂吉右衛門。そんな彼の前に奇妙な事件が舞い込んだ。あの剣の冴えを再び……。

風野真知雄
水の城 新装版
いまだ落城せず

「なぜ、こんな城が！」名将も参謀もいない忍城《おしじょう》、石田三成《いしだみつなり》軍と堂々渡り合う！　戦国史上類を見ない大攻防戦。

風野真知雄
幻の城 新装版
大坂夏の陣異聞

密命を受け、根津甚八《ねづじんぱち》らは流人《るにん》の島・八丈島へと向かった！　狂気の総大将を描く、もう一つの「大坂の陣」。

火坂雅志
覇商の門 ㊤
戦国立志編

千利休《せんのりきゅう》と並ぶ、戦国の茶人にして豪商・今井宗久《いまいそうきゅう》の覇商への道。宗久はいち早く火縄銃の威力に着目した。

火坂雅志
覇商の門 ㊦
天下士商編

時には自ら兵を従え、士商として戦場へ向かった今井宗久。その波瀾と野望の生涯を描く歴史巨編、完結！

火坂雅志
虎の城 ㊤
乱世疾風編

文芸評論家・菊池仁《きくちめぐみ》氏絶賛！　戦国動乱の最中、青年・藤堂高虎《とうどうたかとら》は、立身出世の夢を抱いていた……。

祥伝社文庫の好評既刊

火坂雅志

虎の城 (下) 智将咆哮編

大名に出世を遂げた藤堂高虎は家康に見込まれ、徳川幕閣に参加する。武勇と智略を兼ね備えた高虎は関ヶ原へ！

火坂雅志

臥竜《がりよう》の天 (上)

下剋上《げこくじよう》の世に現われた隻眼《せきがん》の伊達政《だてまさ》宗《むね》。幾多の困難、悲しみを乗り越え、怒濤《どとう》の勢いで奥州制覇に動き出す！

火坂雅志

臥竜の天 (中)

天下の趨勢《すうせい》を、臥《ふ》したる竜のごとく睨《にら》みながら野心を持ち続けた男、伊達政宗の苛烈《かれつ》な生涯！

火坂雅志

臥竜の天 (下)

秀吉没後、家康の天下となるも、みちのくから、虎視眈々《こしたんたん》と好機を待ち続けていた。猛将の生き様がここに！

宇江佐真理

おぅねぇすてぃ

文明開化の明治初期を駆け抜けた、若い男女の激しくも一途な恋……。著者、初の明治ロマン！

山本一力

大川わたり

「二十両をけえし終わるまでは、大川を渡るんじゃねえ……」——博徒親分と約束した銀次。ところが……。

祥伝社文庫　今月の新刊

柴田哲孝
Mの暗号
奇妙な暗号から浮かんだ三〇兆円の金塊〈M資金〉の存在。戦後史の謎に挑む冒険ミステリー。

江波戸哲夫
集団左遷《させん》
「無能」の烙印を押された背水の陣の男たちが、生き残りを懸けて大逆転の勝負に打って出た！

門井慶喜
家康、江戸を建てる
ピンチをチャンスに変えた究極の天下人の、日本史上最大のプロジェクトが始まった！

今村翔吾
狐花火《きつねはなび》　羽州ぼろ鳶《とび》組
悪夢、再び！　明和の大火の下手人、秀助。火刑となったはずの男の火術が江戸を襲う！

簑輪　諒
殿さま狸《だぬき》
豊臣軍を、徳川軍を化かせ！　〝阿波の狸〟と称された蜂須賀家政が放った天下一の奇策とは⁉